超能第七感

The COLLIDE

Ⅲ 碰撞

[美] 金伯利·麦克雷特 / 著

赵晖 / 译

天地出版社 | TIANDI PRESS

图书在版编目（CIP）数据

超能第七感Ⅲ. 碰撞 /（美）金伯利 · 麦克雷特著；赵晖译. —成都：天地出版社，2019.7
ISBN 978-7-5455-4799-3

Ⅰ. ①超… Ⅱ. ①金… ②赵… Ⅲ. ①长篇小说-美国-现代 Ⅳ. ①I712.45

中国版本图书馆CIP数据核字（2019）第067623号

著作权登记号　图字：21-2016-210

CHAONENG DIQIGAN Ⅲ: PENGZHUANG
超能第七感Ⅲ：碰撞

出 品 人　杨　政
作　　者　［美］金伯利 · 麦克雷特
译　　者　赵　晖
责任编辑　杨永龙　聂俊珍
封面设计　思想工社
内文排版　尚上文化
责任印制　葛红梅

出版发行　天地出版社
（成都市槐树街2号　邮政编码：610014）
（北京市方庄芳群园3区3号　邮政编码：100078）
网　　址　http://www.tiandiph.com
电子邮箱　tianditg@163.com
经　　销　新华文轩出版传媒股份有限公司

印　　刷　河北鹏润印刷有限公司
版　　次　2019年7月第1版
印　　次　2019年7月第1次印刷
开　　本　880mm×1230mm　1/32
印　　张　9.75
字　　数　218千字
定　　价　45.00元
书　　号　ISBN 978-7-5455-4799-3

咨询电话：（028）87734639（总编室）
购书热线：（010）67693207（营销中心）

本版图书凡印刷、装订错误，可及时向我社营销中心调换

为了我们所有人，

愿我们怒斥光的消逝。

抵　抗

你要一心扑在需要抵制的错误、
需要扶持的正义和触手可及的未来上。

——卡里·查普曼·凯特(1859—1947)
美国妇女选举协会主席

作者声明

这是一部科幻小说，所述之事并未发生，

至少现在还未发生。

亲爱的瑞秋：

不要觉得我不感激你所做的一切。你是我的救命恩人，而且到现在为止，你让我躲起来是十分正确的。你之前说的都是对的。

我知道，你认为我不应该去看守所看威利。你跟我说这样做很危险，不管是对她，还是对我。你说得很有道理。

- 这是看守所，到处都有摄像头：去了就不能再装死了。
- 本已经失踪了。我真的想让自己的孩子们变成孤儿吗？
- 威利可能因此受到更大的伤害。他们没准儿会用威利要挟我。

你看，瑞秋，你说的话我都听到了。我也相信你说的是对的。

但是，我同样也得相信自己的直觉。尽管去那个看守所有很大的风险，但是不去的话风险更大。也许我和威利会免于身体上的损伤，但是我想说，瑞秋，伤痛有很多种，伤心比伤身更要命。

我一直是威利的精神支柱和依靠，却对她说了谎。她以后还怎么相信我？我害怕我可能已经永远失去她的信任，有时候怕得心脏都要停跳。要是我不回去找她的话，她肯定不会原谅我。

而且我这边已经有了转机。你建议我联系的那些人，那个参议员，还有你在美国公民自由联盟（ACLU）的朋友——他们为这场战斗出谋划策。我们必须要做好准备，这一点是毫无疑问的。

但是现在，我需要先做威利的妈妈。这才是最重要的。她需要确定地知道：我还活着。因此，她需要亲眼看到我。我别无选择，在她经历了这么多事情之后。我不能再伤害她了。我不会再伤害她了。

好了，我咆哮完了。我只是想陈述一下我的情况和理由，记录在案。这样我们就完全清楚了：接下来我要去见威利，不管有没有你的帮助。但是，不管发生什么事情，都请你知道，我非常感激你。我很高兴又和你做回朋友。我曾经怀念你，超乎你的想象。

爱你

祝好

〔 威利 〕

我站在灰色的看守所门前，等待着门嗡嗡地打开。我手上提着一个塑料购物袋，里面塞满了我被捕时穿的已经发霉的科德角 T 恤和短裤。

在过去的两周里，我一直穿着看守所的衣服，一天 24 小时如此。他们设计这么硬的衬衫和裤子，是成心不想让人睡觉。而我现在的穿着完全不同：一条昂贵的牛仔短裤，特别舒服，还有一件柔软得不得了的灰色 T 恤。还没等我开口，瑞秋就把衣服送来了，让我穿着这一身回家。对此，我感激不尽。我感谢瑞秋做的很多事情。

最要感谢的，就是把我保释出来。瑞秋说，把我保释出来并不复杂。但是我不认为他们费尽心机把我关进去，会只因为瑞秋提交了一份保释申请，就肯放我出来。但是我错了。瑞秋再次向我伸出了援助之手。据她说，重点不是她提交的文件，而是提交这些文件之后，给谁打了电话。这听起来又可信，又见不得人。

而我感谢的只有瑞秋一个人，不包括我的妈妈。“我会救你出去。我保证。爱你。”我妈妈的字条上这样写道。而另一面：“信任瑞秋，她会帮助你。她救了我的命。”

但那些不过是空话。做出承诺，然后消失，这很容易。难的是坚守着，直面你干的那些好事。

在妈妈推着那个嘎吱作响的图书馆推车、像鬼魂一样出现在看守所之后，隔天上午瑞秋来看我，一脸无辜。我可以清楚响亮地读到：她也感到内疚。我们在一间专门为与律师会面而设的私密小屋里。这些房间总是有一股洋葱味，而且很阴冷。瑞秋提醒说，这些房间会被监听。

是瑞秋的内疚消除了我所有的怀疑。瑞秋不仅知道我妈妈来看守所看我，还自始至终都知道我妈妈没有死。

我只能怪自己，被瑞秋蒙在鼓里。事实是她真的很难阅读；今天读到她的内疚是个例外。也许是因为她做了这么多年的律师，太会演说。永恒不变的只有一点，那就是瑞秋总不会说出所有真相，就像是习惯使然。试图读出她的真实感受，就像试图用你的手抓住闪电一样困难。这一点可能造就了她事业上的成功，但是也让她这个人不太可信。我反正是从来没有完全相信过她。我到现在才逐渐接受了这个事实。

在瑞秋的对面坐下时，我非常想让她变成一个异类，这样她就能够感受到我有多愤怒。瑞秋曾经骗了我那么多次。

那天，当我抬头看到我的妈妈——真的是我妈妈，她起死回生了——满眼怜爱地望着我，我是否觉得喜悦？我想是的。好吧，是的，没错。但是一天之后，这种喜悦和其他感觉混在一起：愤怒、悲伤、混乱、背叛。

但是，我的妈妈不在我身边，我不能朝她发泄。但是瑞秋在，所以她得承受。

“首先，我要提醒你，在这里说话要当心。”在我还一言未发的时候，瑞秋冲着我们有味的“私密”律师室，先开口了。她在暗示，隔墙有耳。“但是我相信，你很困惑。”

“困惑？”我生气地说，“说恼羞成怒更准确吧！”

她点点头，松了一口气，也许是因为她不必再隐瞒我妈妈没死的秘密。“这也正常。”她说道。

“做解释，”我生气地说道，身体前倾，一只手按在桌面上，“快！”

瑞秋转过身去。“你知道吗，她来这里真的很冒险，也很危险。但是不管怎样，她来了，因为她想让你相信。她知道你的遭遇，她不想让你觉得我在瞎编，或者是唬你。”瞬间，我读到瑞秋的担心。一闪而过。但是没有一丝遗憾。“幸好我认识这里的志愿者负责人。她很给力，在她的帮助下，你的特别访客来做了志愿者。”

“嗯，”我说道，尽管不想消气，但是我的愤怒就像指缝间的水一样，一点点不见了，“真是。幸好。”

“听我说，如果我告诉你她也没想到事情会变成这个样子，你的想法会不会不同。”瑞秋说。这是真话，我很肯定地知道。

“你——”她停下来，扫视四周，“事发当晚，她突然出现在我家门口。我和她多久没联系过了，10年有了吧？但是她跟我说，有人跟踪她，她最后开车到了我家附近。她很幸运，那一阵我刚好在那里住。说实话，起初我以为她是喝多了，或者撞见鬼了。她说话神经兮兮的，就像得了妄想症。但是她那个时候真的吓坏了。我怎么能袖手旁观，不去帮助她？我不知道，也许我有一些私心。之前你妈妈和我不欢而散，也许我觉得这是一个证明她误会了我的好机会。”

“误会你什么？”我问道。感觉这个问题非常重要。

“你知道你的——她是一个复仇天使。而我很久以前就放弃了高尚。”瑞秋耸了耸肩。又一个残酷的事实。瑞秋可能并不感到羞耻，但也不以此为荣。“反正我没想过让别人把她的车开走会有什么问题。车里的那个女孩是我一个客户的女朋友，平时就帮我打扫打扫房子、跑跑腿，我付她钱，我知道她缺钱。她当时已经戒酒两个月了，想让生活回到正轨。所以，她需要钱，而我们需要有人把那辆车开走。我当时觉得这样做会是双赢。”

“关于那个女孩，就这么多要说的。”我说道，决定不提那个伏特加酒瓶。也许那个女孩并没有那么清醒，但是现在就揭发瑞秋，感觉又会是一个错误。

“嗯，关于她没有太多可说的。”瑞秋说。她知道自己应该感到内疚，但是她并不内疚。

“车祸发生之后，我妈妈就只能消失和假死吗？”我生气地说，但是悲伤正在包围我，“就不能去警察局，总之正常一点的做法吗？”

“威利，你比任何人都清楚，警察并不可信。而且还有一个原因，那就是她太担心你们了。”瑞秋说，“还记得塑料娃娃的事情吗？她觉得那对你们——特别是对她的孩子们——是一种威胁。”

“塑料娃娃根本不是针对她的，”我说道，不过我妈妈当时不会知道这些，“她不在了，我们还是一直收到娃娃。我在医院的时候还收到了一个。而且，她之前不是不担心吗？全是装出来的咯？”

“那她还能怎么样？所有人都惊慌失措吗？反正还有其他原因。”瑞秋说，“她收到电子邮件，还是匿名的。里面特别提到你们，不让报警。事发之后我们都深信，保全她的唯一方法，就是让跟踪她的人认为她已经死了。”

“多棒的计划。”我讽刺道。

“现在真相大白了，是和你爸爸的研究有关。但是直到你爸爸告诉她，他的助理在缅因州营地做了什么事——”

“等等，你说什么？”我的胸口发紧，“我爸爸知道她还活着？”因为这场对话只可能发生在5月，在我们相信她已经死了之后很久。

“直到营地发生了那样的事，”瑞秋故意不看我，“当你的……当她意识到那场车祸——那些威胁——是因为你爸爸的研究的时候，她不得不让你爸爸知道她还活着。你爸爸不高兴，但是他后来理解了。他们俩认为，比较安全的做法是不告诉你和吉迪恩。如果没有人知道她还活着，那么她就能在暗地里更好地帮忙。”

瑞秋急切地俯身，但是感觉不自然：“威利，她全国各地奔走，暗地里做着工作，与人见面，争取科学家、记者、政客的帮助。她组建了一支后援团。一切都是为了保护你。”

“保护我？”我用力咽了一口口水，指了指看守所的墙壁，“这也能叫保护？”

“你还活着，威利，”瑞秋说，“不是吗？”

“嘿！”那个高个子、长头发的警卫冲我喊道。我站在看守所的出口没有动。听起来，好像大门已经嗡嗡地开了一会儿了。“你到底走不走？不走就给我回来！”

当然要走，我可不想被关在这里。我惊恐地看着前方，把手中皱巴巴的塑料袋握得更紧。除了发霉的衣物，里面还装着一个信封，信封里是瑞秋的钱（皱巴巴的 80 美元）和我妈妈的结婚戒指。我想把戒指掏出来，握紧它。但与此同时，我又想把它扔进边上的下水道。是瑞秋给我妈妈出的主意，让我妈妈把刻字的戒指放在她家。现在瑞秋承认，这样做适得其反。但是她有帮助别人消失的经验，小心驶得万年船。

最后，我走到了 7 月的晨晖下。早上 7 点——这古怪的提前保释时间——就已经感觉很热了。我举起一只手去遮太阳，同时目光扫视停车场。气压很低，空气潮湿，让我有一种喘不过气的感觉。自从被捕之后，我一直被肆虐的焦虑所困扰。就好像有一个混凝土板压在我的胸口，慢慢地将我粉碎。谢巴德医生说，这是可以预料到的——看守所，幽闭恐惧症产生的压力。

可是现在我已经出来了，焦虑还是没有消退。我需要动起来，而且不能停。对我而言，前进的动力总是好的，这是缅因州营地的恐怖给我的唯一的有益启示。

直到迈开步子走起来，我才看到他。他靠在停车场边缘的一辆汽车的前部，就好像打心底里不想来。他看到我，便起身挥手，并挤出一个微笑。

吉迪恩。

虽然距离很远，但我还是能感觉到他的内疚。爸爸失踪的时间越长，吉迪恩就越自责。这些日子里，吉迪恩备受煎熬。

我告诉他，这不全是他的错。吉迪恩给科尼利亚医生的异类名单可能为收集更多的异类提供了便利，但是鼓励爸爸去华盛顿特区的人是我，他是在那里被人抓走的。我始终认为这件事是昆汀的同伙干的。尽管那天昆汀戴着棒球帽在看守所露面时，我告诉他爸爸的事，他真的很震惊。但是还可能有谁？参议员拉索？没错，我爸爸是准备和他会面，但是瑞秋让华盛顿特区警方查了个底朝天，也没有查到他们会面的任何线索，并且有一大堆文件能够证明，当时拉索在亚利桑那州。

我的感觉是，拉索做了坏事，但是他应该没有抓走我爸爸。现在也联系不上那个自称拿着我爸爸手机的女人。那部手机已经打不通了，或者被毁掉了。无论如何，已经追查不到。现在唯一可靠的线索只有一段监控录像，录像记录下爸爸与别人一起走出机场，然后钻进了一辆黑色的轿车。我没有看录像，但是瑞秋看了。她说，在录像中，我的爸爸走姿“正常”，应该是自愿去的。但是当时他一直在等拉索办公室的人来接他。他跟那个人走了毫不奇怪。

录像只能看到那个人的背影，我们推断是一位男性。他个子矮小，帽子竖起。瑞秋能告诉我的就只有这么多。所以，无法断定那个人是谁，甚至有可能是昆汀。在我看来，所有的一切又都指向了他。

我答应瑞秋，我会告诉吉迪恩妈妈的事。但是现在我看着在停车场那头的吉迪恩，后悔答应下来。因为我知道当吉迪恩发现被妈妈骗了的时候会多难过。最近吉迪恩确实让我非常生气，但是我绝对不希望他去承受那种痛苦。我不希望任何人去承受那种痛苦。

吉迪恩向我走了几步，又挥了挥手。当我开始穿过停车场、走向他时，一辆白色面包车从我面前飞驰而过。它离我如此近，吓得我赶紧后退了一步。我看着那辆面包车停在看守所的大门口。很快，大门开了，面包车开了进去。那个警卫说得没错，我还在等什么？在我浪费的时间里，可怕的事情正在发生。

我走到吉迪恩的面前。“嘿，”他说道，指了指我的包，“要帮忙吗？”

很贴心。但是贴心的吉迪恩给人一种不安和天翻地覆的感觉。

哪怕是不贴心的吉迪恩，我现在也不想见到。我想见到的是雅斯佩尔。那样我就能抱住他，就像过去的两周里我每天都在幻想的。但是保释来得太快。就在雅斯佩尔来访后的第二天，他们告诉我，我的保释申请通过了。我想告诉雅斯佩尔这个消息，但是早上我打他的手机，没有打通。我告诉自己别瞎担心。他可能忘了交话费，欠费停机了。但是我越发觉得不安。

“不用，”我走到爸爸的车的车尾，对吉迪恩说道，“不过谢谢。”我补充道，希望他能别再看我。他投来的那种目光，就好像我是他唯一的救命稻草。

“现在去哪儿？”关上车门之后，吉迪恩问我，想显得愉悦、随意，“去吃早餐吗？里面的东西一定很难吃吧。”

“呃，晚点吧。”我说道。我现在应该告诉吉迪恩妈妈的事情，赶紧说完。但是我没有说。相反，我望向窗外。“我们离开这儿吧，走得越远越好。”

我说不出口。我现在还做不到。

吉迪恩才刚拿到驾照不久，车开得很烂。本来是战战兢兢、慢悠悠地开着，突然来一个加速。我其实不该笑话他的，因为他敢于上路这一点就已经比我强多了。但是，当他终于开出看守所的停车场时，我被猛地抛起又落回到后座上，觉得头晕恶心。

“对不起，”说着，他猛踩了一脚油门，“我还在摸索当中。”

我点点头，又看向窗外，看着破旧的商业街和快餐店消失不见。看守所周边丑陋且令人绝望，离开那里我应该感觉好些才对。但是，我的恐惧正在升腾，就好像我已经知道前面的比背后的更糟糕。这种感觉不全是焦虑。在一个好日子里，我已经学会了分辨。

车又开了 20 分钟，吉迪恩和我几乎没怎么说话，就聊了几句无关紧要的事情。你的舍友人怎么样？很好。里面的东西好吃吗？不好吃。有没有人想要打你？没有。每次开口却没有说妈妈还活着，我都更觉得自己是个骗子。

当车终于开进了牛顿市中心，我才松了一口气。这里看起来和我离开时一模一样。但是我有一种很奇怪的感觉。直到又右拐了一次，我才终于认出来：这是凯西家门口的那条路。而且凯西家就在前面：姜饼色的房顶，爬满常春藤的门面，完美如初。我知道吉迪恩已经意识到自己的错误。虽说他不是异类，但也不是傻子。

“呃，我擦。”他用力踩下刹车。我赶紧用手抵住仪表盘，脸险些撞上去。“对不起，我刚才没有多想。我这就掉头——”

“别。”我对自己的当机立断也很惊讶。我也不知道是怎么了。“唔，很奇怪，自从她的葬礼之后，我就一直想去她家里看看。”

不应该说“想”。“需要”可能更加准确。“必须”，不去不行的那种。感觉好像某个重要的真相被埋葬在过去——凯西的过去，我们的过去。就好像我们只有迫使自己回到起点，才能摆脱这种心碎和失落的可怕循环。

“在那里停一下，行吗？”我指向不远处的路沿。

“啥？”吉迪恩紧握着方向盘，问道。他这会儿像个老头儿一样弓着背。他光是开车就已经手忙脚乱，更别说应付我了。“你确定？”

“嗯，我确定。”我骗了他，好在吉迪恩没听出来，“拜托，就停一下。”

最后，吉迪恩把车停在路边的一个停车位。凯西的家看起来没有变化。虽说她的葬礼才过去两个月；但我以为会有一种衰败的气息。也许这就是我为什么需要在这里停下：它会提醒我，人事变迁，世界依旧。

不，不是这样。这个理由听起来不错，但并不是我来这里的原因。有别的原因。更具体的原因。凯西的家。凯西的家。到底是为什么需要来这里呢？

也许是因为凯西的日记？有可能。雅斯佩尔和我一直没有搞清楚是谁寄给他的。

“管谁寄的呢。”雅斯佩尔道。

我们面对面坐在看守所访问室的桌前。这是我被监禁的第 13 天，雅斯佩尔每天都会来看我。他像往常一样坐着，他的手压在腿和硬塑料椅子之间。这样他就不会不自觉来握我的手。有一次他忘记了，警卫差点儿不许他再来看我。不能有任何接触，不能交换东西，着装要求衬衫和鞋子。规则不多，但是强制执行。

“我想知道，”我说，“不知道的话我难受。你不难受吗？”

“难受？”雅斯佩尔问道。我探寻着话外之音。什么都会让你难受。但是雅斯佩尔不是那个意思。他不会影射。这是我爱他的原因之一。

是的，爱。我还没有告诉他。我一直在斟酌，用“爱”这个词是否合适。但是到目前为止，很合适。我根本没有想到。我本来以为会觉得很傻，像是一种错觉。但是恰恰相反，这是我的真实感受。

“我们至少应该查查看。”我说。

“是玛雅寄的。我们之前都聊过了。”

“那是你说的，”我说，“我想要确认。”

“你不会是嫉妒了吧？”雅斯佩尔开玩笑说。我瞪了他一眼，于是他举起双手。“对不起，不好笑。”

然后他脸红了，脸颊真的红了，就像老套的故事情节。但实际上，因为在看守所，我们整整两周的温情脉脉都只是纯洁的交流，自己管好自己的手，时长 26 分钟，有人监视。事实是，尽管我们一起经历了那么多，雅斯佩尔和我彼此并不了解。但是当我们慢慢地打开心扉之后，一切都清楚了。

原来，雅斯佩尔很愚蠢。我没想到他那么愚蠢。而且他的内心敏感得可怕、令人心碎。他多次谈到他的爸爸，怕自己注定会变成他讨厌的人的样子。他用那种恐惧来解释为什么能理解我的焦虑。或许吧。但是我不理解这两者之间有什么联系。可雅斯佩尔试图制造一个联系，这正是我爱他的原因。

“我要玛雅亲口承认是她寄给你的，我才会相信。”我说，“否则我会一直很难受。”

雅斯佩尔的表情变得柔和了。“你是想让我去问玛雅吗？”这是一个象征性的提议。

不管怎样，我点了点头：“是的，拜托了。”

雅斯佩尔深吸一口气，闭上双眼。“OK，”他说，“但我这样做只是因为……”他的脸颊又红了。他停顿了一下，抬起头，看着我。“因为你。我会去问，但只是为了你。”

我现在坐在这里，望着凯西家的房子，意识到问玛雅是个馊主意。玛雅只会矢口否认。我想在这儿下车，或许是因为我想去问问凯西的妈妈卡伦，玛雅有没有去过凯西的房间，动过凯西的日记。卡伦可能还知道更多事情。

“我需要问卡伦一个问题，很快结束。”我解开安全带，打开车门，“我马上回来。”

“真的吗？”吉迪恩问道，但是我半个身子已经在车外。“呃，那我跟你一起去。”他说道。

直到站在门廊前，我才发现石头间杂草丛生。我没有想到这里已经如此萧条。也许卡伦的状态也是一样。

“有什么事情吗？”我们还没走到凯西家的门口，就听见一位女士喊道。她站在隔壁院子里，声音很尖，很不友善。

我转过身，看到了多米尼克太太。她是凯西家的邻居。她脾气暴躁，头发灰白，身穿一套灰绿色的运动装，右手提着一个购物袋，虽然现在就已经买完东西似乎有点早。凯西一直不喜欢多米尼克太太。我知道自己马上就要知道原因了。

我沉默着，于是吉迪恩说道：“我们想找卡伦。”

多米尼克太太走上前来，上下打量我们。她已经认定：我们不怀好意。她就快要走到凯西家的草坪上。但是还没走到。

“有什么事？”她问道。

我的胃冷冷地搅动——这是我自己的焦虑。但是随即而来的是那种熟悉的、棘手的、异类才有的强烈感受。那都是因为多米尼克太太。她被我们惹恼了，太好奇。全错了。我不想告诉她任何事情。坦白说，我们找卡伦，关她什么事？

我挤出一个微笑。“谢谢你，”我坚定地说，“没什么事。”

就好像多米尼克太太提供了帮助，而非怀疑。

“唔，卡伦不在家。里面没人，”多米尼克太太说道，她很高兴让我们失望，“她走了。”

“去哪里了？”我问道。我知道自己的语气过于急迫了。

多米尼克太太很震惊。“抱歉，我不能说。”不能说，就是不肯说。“那个女人太命苦了，经历了那样的事，哪里还待得下去。你们不如把信息留下，等她回来，我转交给她。”

她想知道我们的名字。她只不过以此为借口，其实无意转交任何东西。老实说，她的话给人一种可信的感觉。或者说，如果来访的是别人，她应该会把信息转交给卡伦。

“不用了。”说完，我便拉起吉迪恩的胳膊，“我们走吧。”

EndOfDays 博客

11 月 5 日

时刻准备着响应召唤去做正确的事情，这一点很重要。不管自己要付出何种代价。主的爱需要牺牲。这样才能证明，我们是上帝忠诚的仆人。

我们如果想有福报，则必须愿意牺牲，以表明我们配得上那些为我们做出的牺牲。而我们不能允许的是一个世界为了奔向下一次科学发现，要以牺牲无辜的生命为代价。

我们必须愿意站出来抵抗这股势力，必须愿意为无辜的弱势群体而斗争，不管代价会是什么。

安心去吧，每一个人。向着光明。

〔 瑞尔 〕

瑞尔躺在莱奥狭窄的床上。在黑暗中，她睁着眼，睡不着觉。

虽然已经快早上 8 点了，但是莱奥的房间关着窗户，里面一片漆黑。当莱奥在梦中酣睡的时候，瑞尔试图想象一片星空。紫蓝色的黑夜，闪着星星点点的亮光。这是她的妹妹凯尔西喜欢做的事。仰望星空。哪怕它们不存在，假装它们在那里。但是瑞尔看到的只有黑暗。她只看到了黑暗。

瑞尔在床上翻了个身，蜷起身子，靠近莱奥。她希望他平稳的呼吸会让她重新入睡。但是无济于事。永远不会有用。

在父母去世之后，凯尔西有一次睡在寒冷的室外，好感觉“离得更近”。离星星更近，还是离父母更近，瑞尔没有问。凯尔西的解释总是会让事情变得更加糟糕。

凯尔西是一个古老但拥有感性的“灵”的“魂”。像一位艺术家，生性敏感。这不全是因为她是异类。瑞尔也是一个异类，但她一直像钉子般顽强。她即使寻死，也能在那个该死的核冬天中幸存下来。

去年 11 月，刚入读哈佛大学的 18 岁的瑞尔和年仅 16 岁的凯尔西成了孤儿。当时，他们的父母正在阿肯色州建造临时住房，不幸被一场暴风雨冲走。之所以会这样，是因为他们是好人。死得其所。

做好事正是瑞尔加入 Level99 的动机。也许一直到 4 月份，瑞尔确实在做好事。但是，在凯尔西死后没多久，昆汀出现了，他让还沉浸在悲伤之中的瑞尔相信，要不是那个野心勃勃的混蛋——本·郎博士，凯尔西就不会死。郎博士利欲熏心，只想靠他的新发现——这些异类——赚钱。自此，瑞尔一心只想让郎博士血债血偿。当然，她从一开始就知道昆汀是个混蛋，是个不可信任的自恋狂。但是比起报仇，这些没有那么重要。

在瑞尔的内心深处，她可能也知道，不管有没有本·郎博士，凯尔西的命运从一开始就注定了。发现她是异类，并不会改变任何事情。也许异类给她带来了麻烦，但是她的麻烦远不止这个。早在父母去世之前，凯尔西就开始酗酒了。瑞尔曾经听到过父母商量怎么干预凯尔西酗酒，但是后来他们死了。葬礼之后，凯尔西开始嗑药。先是大麻，然后是药丸。凯尔西滚下山的时候，就像一个该死的平底雪橇。

瑞尔伸手去抓她，但是没有抓住。

“等等，你和谁一起去？”在凯尔西出事的前一晚，瑞尔问凯尔西。凯尔西正在卧室里换衣服，她的卧室很少女风：粉红的墙壁，贴满了男孩乐队的海报。当时是 3 月份，她们的父母去世半年。那是父母去世后凯尔西第一次欢欣雀跃，而且不是因为嗑了药。

“我的朋友，”凯尔西一边说着，一边打理自己乌黑亮丽的鬈发。她很漂亮，不过是那种柔和优雅的漂亮。和瑞尔的漂亮不一样。

“哪个朋友？”

“跟你说过的，我在博物馆认识的，叫格蕾丝 – 安。”

“哦，格蕾丝 – 安。那是她的真名吗？”

“她不能叫这名字吗？”凯尔西笑着问道。

“反正听着就像瞎编出来的名字，《草原小屋》[1]里的名字。话说，这个格蕾丝 – 安怎么突然要办派对？”这场派对让瑞尔有一种不祥的预感，非常不祥的预感。凯尔西第一次提到格蕾丝 – 安时，她就对这个女孩有一种不好的感觉。“你离波士顿中心就10分钟。你去那儿。”

“是她办的派对，而且她就住那儿。顺便说一句，她住集体宿舍。因为她的父母也离开了她。走了，不是死了，但是一样。”凯尔西不再摆弄自己的头发，而是转向瑞尔。瑞尔能够感觉到，悲伤在凯尔西体内涌动。“我们有共同点，这会让我好受一点。行了吗？而且，派对是在一个老旧的研究所里，感觉很有趣啊。没有违规的东西。纯娱乐。现在的生活太没劲了。”

整个冬天，凯尔西基本都和这个叫格蕾丝 – 安的女孩在一起。她们在附近的大学校园里游荡，勾搭男孩。有一次，她们碰上一个

---

1 *Little House on the Prairie*，美国女作家劳拉·英格尔斯·怀尔德的作品，是其 9 卷一辑“小屋”丛书中的一本。——译者注，下同。

心理测试，就参加了，最后赚了 20 块钱酬劳，并拿去买了啤酒。瑞尔庆幸那不是发生在哈佛。她不可能知道那些跟她们一起喝啤酒的男孩是谁。但还是有许多风险，太多风险。

“不行，”瑞尔说，“你不能去。”

“不行？”凯尔西笑了起来。

“不行，”瑞尔交叉双臂，又说了一遍，“我有一种不祥的预感。你不能去。”

凯尔西笑得更开心了。“听我说，我爱你，小瑞瑞，”她说道，“但是话说回来，你有办法阻止我吗？”她过来拥抱瑞尔，“别担心，我会小心的。我保证。”

因为这是事实：瑞尔想管，却管不了。她所能做的就是看着妹妹的背影，自己站在路边，在心里大喊：小心！

第二天早晨，凯尔西的床上没人，而且没有睡过的痕迹。瑞尔把家里所有房间找了个遍，后悔不已：我应该阻止她的，我应该阻止她的。直到向窗外望去，她看到了什么东西。在车道上。

瑞尔赶忙冲出家门。她的心怦怦直跳，身体在颤抖。她已经报过警，手机还握在手里。她终于冲到凯尔西跟前，才意识到，已经太迟了。她的妹妹身体僵硬、发紫。死了几小时了。毫无疑问，是格蕾丝 - 安干的，一个没有父母、素未谋面、真假未知的女孩，把凯尔西丢在那里。瑞尔竟连怪罪的对象都找不到。

所以，最后，本 · 郎博士成了罪人。

据威利说，有人在她和凯尔西的那本《1984》上写到那个心理测试。但是那个人不是凯尔西。她当时无法知道自己做的那个测试与异类有什么关系。原本只是男孩、20 块钱、啤酒和那个可怕的混蛋朋友。肯定是威利遇见的那个“假凯尔西”。

莱奥终于醒了。瑞尔没有意识到，自己一直在挤他。

“闭上眼睛。”他轻声说。虽然她在他的身后，但是他知道。“再睡一会儿。”

莱奥不会问怎么了。他从来不问。他不问问题，不求回答。这就是瑞尔选择留下来的原因。还有一个原因，就是她爱莱奥。有朝一日，她可能会亲口告诉他。但是之所以没说，是因为她有优势，她已经感觉到莱奥爱着自己。

她盯着莱奥的后背:“我已经醒了很久了。”

“我给你沏杯茶吧。”

她爸爸应该会喜欢莱奥和他偶尔沏的茶，她妈妈应该会欣赏他的忠诚，要是他们还活着的话。“我老是想到凯尔西。”这是事实，但是瑞尔并没有说出口。如果说了，她可能会哭起来。一旦开始哭，就再也停不下来了。事实上，她正在失控。

“有人跟踪我。”瑞尔最后说。她在想的不是这个。但是也许她应该想这个。这绝对能让瑞尔把注意力从凯尔西身上转移到其他地方。

“什么？”莱奥问道。瑞尔没有想到莱奥的反应会这么大。他从床上坐起来，看着她。这让瑞尔后悔说了刚才的话。“谁跟踪你？”

“我不知道。”

虽然瑞尔在怀疑，跟踪自己的人正是出现在她外公家的那些警察。

瑞尔把克鲁特警官送出了她外公家的大门。“我们一定会找到威利·郎。”克鲁特警官说道。此时，威利和雅斯佩尔已经安全地回到了黑暗之中。

克鲁特警官也非常生气。瑞尔能感觉到，他特别想给她一耳光，看她还得不得意。于是瑞尔非常友好地邀请他，目的就是惹火他。

“哦，请进来自己看，”她一边说，一边亲切地招呼，“她不在这里。我骗你做什么。”

尽管如此，克鲁特警官并没有迈步进去。看起来，他是绝对不会善罢甘休的。

“唔，”瑞尔说，“你进不进来啊？”

“进来。”克鲁特警官最后说道。他挥手示意瑞尔让开，并走了进去。

后来，克鲁特警官和他的搭档在楼上楼下走来走去。“我都说了，威利不在这里，”瑞尔说道，“她的爸爸，郎博士，在华盛顿失踪了，她可能去那儿找他了。说不定她还会在那里碰到我外公？”

克鲁特警官没有朝瑞尔的方向看，但是当瑞尔提到郎博士的时候，她感到不寒而栗。不会有错。郎博士失踪和她外公之间一定有关联。警察之所以来她外公家，可能是追踪了雅斯佩尔的手机，但还有别的原因。肯定有别的原因。

几小时过去了，警察不但把房子里里外外彻底搜查了一遍，还变着法子拷问瑞尔和莱奥，每个问题至少换了 3 个问法，这才放过他俩。或者更准确的说法应该是，他们把瑞尔和莱奥赶出了瑞尔外公的家。

瑞尔往外走的时候，克鲁特警官警告了她。“离威利·郎远点，”他咆哮道，“别掺和这件事。”

“哪件事？”瑞尔冷冷地问。克鲁特警官一下子被激怒了。如此暴力，令瑞尔喘不过气。“或许你可以解释一下——”

克鲁特突然抓住她的一只胳膊，把她拉到自己跟前。瑞尔没有想到会这么痛，差点儿哭出来。

“别掺和。离这一切远点，尤其是威利·郎。”克鲁特警官咬牙重复道，然后他指着莱奥，“如果你不听，我就让他付出代价。我会说到做到。”

“他们跟踪你去哪儿？”莱奥问，“你想说什么？”

瑞尔的本意并不是想吓莱奥。她现在后悔告诉了他。“我想说的是，还没有结束。他们不是成群结队跟踪我。但是每次出去的时候，我都觉得有人在监视自己。幸运的是，我再没见到那个混蛋克鲁特。但是我好像看到他们停在我外公家门口的那辆白色货车了。”

“但是威利在看守所里，你又没再和她说过话，”莱奥说，“他们到底想让你离多远？”

瑞尔耸了耸肩：“整件事指的不只是威利，你明白吧？”

“但是其他的你也没掺和，对吧？”莱奥问。

“上次离开外公家之后，我就再也没去过 Level99 那里，这你是知道的，”瑞尔说，“我几乎没有离开过你的房间。”

“那就好。”莱奥躺下来，就好像松了一口气，“他们最终会失去兴趣的，对吧？”

“希望如此，”瑞尔说，“因为我感觉自己已经没有地方可以躲了。”

当瑞尔再次醒来的时候，是上午 9 点。阴影已经上移，莱奥的小宿舍里充满了光亮。床上只有瑞尔一人，她伸手去摸，只摸到凉凉皱皱的床单。莱奥要上哈佛的暑期课程，还要实习。这也是他现在还住宿舍的原因。他的宿舍里只有一张小桌子、一张床。按照学校的规定，宿舍是不允许长期访客的，更不用说合住了。但是莱奥坚持让瑞尔留下来。瑞尔无法拒绝，因为她也无处可去。

自从 3 月份凯尔西去世之后，瑞尔一直住在 Level99 那里。但是，现在去那儿已经不安全了。她不希望克鲁特警官跟着自己，找到他们。而且，也许她只是想休息一下，远离一切。莱奥的宿舍，感觉是一个安全的藏身之处。

瑞尔从床头柜上拿起她的新一次性手机。她每周都会更换一次性手机。知道她电话号码的只有莱奥和 Level99。手机刚才收到了一条短信。也许就是这条短信把她吵醒了。“A？”没有更多内容。是布莱恩发的。意思是，你来吗？布莱恩每天都会问一次。当然，他其实并不希望瑞尔过去。他喜欢掌管 Level99。他只是想确认自己还能继续掌管 Level99。

瑞尔一直提醒布莱恩，当事情平息之后，她会回来，而布莱恩掌管 Level99 只是暂时的，只是为了保护 Level99——尽管现在对瑞尔来说，没有那么简单。也许布莱恩知道瑞尔很矛盾。一直有人在进出瑞尔的在线生活，她注意到了。布莱恩跟她确认去不去是正当的。这是他现在的工作——保护 Level99。

但是瑞尔现在的工作是什么呢？是保护自己？保护威利？保护异类？她不再确定。虽然内心不想承认，但这的确让她感到迷茫。

“我爸爸和你外公在一起。”这是那天晚上威利下水之前说的话。在查证的过程中，因为克鲁特警官的出现，瑞尔产生了愧疚。她的外公。毫无疑问，他是个混蛋。但是他与异类和本·郎博士有什么关系？为什么会有关系？这根本说不通。

而且要是这样，她怎么没看出来？她到底是不是个异类？

这才是最主要的问题，不是吗？读心术不是预言师，异类没有水晶球。感觉和本能是说不清楚的东西。它们会改变，会偏移，会模糊。而且除非异类能证明自己有读心术，人们才会愿意相信。否则根本不信。要么全信，要么全不信。无论是哪一种，你都会很崩溃。

参议员戴维·拉索是凯尔西和瑞尔的外公，他一直恨她们的爸爸。据拉索说，她们的爸爸的信念毁了她们的妈妈，让瑞尔和凯尔西成为他有毒的果实。瑞尔一直怀疑，她们的爸爸是黑人才是她外公对他和对她们有成见的原因。

当她们的父母去世时，法院判决两个女孩年龄上已经能够照顾自己。理论上如此，但事实上并不是。瑞尔刚入读哈佛大学计算机科学专业3个月。她原本打算在家住，一直走读到凯尔西高中毕业。没问题。她们通过母亲的信托基金获得了大笔财产。没问题。她们的小姨——没有子女的曼哈顿银行家苏珊——偶尔会来看望她们。没问题。反正她们都是好孩子，懂道理。

只是，她们能自己照顾自己，并不代表她们应该自己照顾自己。

她们多年未见的外公参加了她们父母的葬礼——毕竟有很多相机在拍。在葬礼上，他并没有跟她俩说一句话。他只是冲着她们说了一些客套话：就像是游行的花车朝人群抛撒走了味的糖果。

葬礼结束之后，瑞尔才去查了她外公在科德角的住所，才开始不时闯入，为的是惹恼他。她并不引以为傲，但她就是想这样做。

瑞尔正要回复布莱恩的短信："不，不来。"这时，她突然看到莱奥的宿舍门缝下塞进来一个信封。不。这是瑞尔的第一反应。不想看。但是现在这种情况下，她是不可能无视门下的信封的。

瑞尔下了床，走过去，捡起信封。她小心翼翼地拆开。信封里有一张纸，上面手写着一句话：他们知道东西在你手上。

他妈的。真是够了。瑞尔打开莱奥的宿舍门，朝走廊张望，愤怒不已。她准备对塞信进来的人大吼，不管是克鲁特警官还是其他人。但是门外没有人。

瑞尔关上门，看着那张信纸，心跳得厉害。遗憾的是，纸上的字没有消失。瑞尔的猜想没错，的确有人在跟踪她——她的外公，他的手下，克鲁特。他们自始至终都知道她在哪里。莱奥的房间，她的藏身之所：不再安全，像其他地方一样。

他们知道东西在你手上？什么东西？瑞尔有点蒙。是威利的照片吗？威利在离开瑞尔外公家之前，给了瑞尔一个长 11 英寸、宽 8.5 英寸的信封。

瑞尔看过一眼信封，所以她知道里面装了什么。是一些建筑物的照片，模糊不清的照片。显然，这些照片对威利来说很重要，但是仅看照片无法知道为什么。有一次夜里，瑞尔看到莱奥在黑暗中翻看那些照片。第二天，他就劝她把照片丢掉。不是因为照片上的内容，而是因为照片是威利的。他是对的。他当然是对的。

布鲁姆距离莱奥的宿舍 3 个街区。那家咖啡馆里有长长的不平整的桌子，永远坐满计算机极客。他们和瑞尔是一类人，虽然瑞尔穿着时尚背心、低腰牛仔裤，身上有游戏板文身和穿孔，看起来并不像极客。但是瑞尔是个实打实的极客。

像往常一样，早上的布鲁姆座无虚席。瑞尔等了 10 分钟，才有位置空出来。在等待的时候，她意识到自己并不知道布鲁姆和莱奥的宿舍相比哪个更安全。但至少如果在布鲁姆被绑架，会有目击者。

瑞尔坐下之后，从包里拿出威利给的装着照片的信封。信封上赫然写着：戴维·罗森菲尔德。她怎么把这个给忘了。

在打开信封之前，她又一次环顾咖啡馆。她感觉有人在看自己，但是她没有发现谁在看她。不过这些人本来就善于混迹人群之中，发现不了也正常。最后，瑞尔快速地翻阅了照片：一座模糊的办公大楼，以及一个上面放着大白桶的架子。水桶上写着字，但是看不出来写的是什么。和她印象中一样，照片拍得很差，从上面找不到任何线索。另一个事实是，她的外公显然想要拿到这些照片。大概率是她的外公。瑞尔没有确凿的证据，但是那种直觉——特异功能、本能，不管你叫它什么，它都特别强烈。

戴维·罗森菲尔德。接下来就应该查查他了。瑞尔拿出笔记本电脑，连接了公共无线网络。连接公共无线网络会有暴露的风险，但是她别无选择。不一会儿，她就搜出了几十个叫罗森菲尔德的人：有律师，有牙医，有高中棒球明星。然后她要找的那个罗森菲尔德出现了，第四条，链接到作家戴维·罗森菲尔德的网站。

瑞尔点开这个网站，光彩夺目的主页跃入眼帘，主页上艺术地罗列着许多《纽约时报》的畅销书。这位作家的照片展示在右侧，他曾经参军，目前是一名记者。罗森菲尔德，鬈发，戴着厚厚的黑框眼镜。样子挺可爱的，虽然照片里他的二头肌有点突兀。他的书都是关于伊拉克和阿富汗的，只有最近出版的一本不是，书名叫作《私人战争：外包如何改变军事面貌》。此外，还有一篇相关的文章，标题是《想要资金，但不想要监督？论联邦政府如何徇私舞弊》。

毫无疑问，这就是瑞尔要找的罗森菲尔德。军事金融的风格，很像她的外公。但是罗森菲尔德与这些照片有什么关系呢？要想回答这个问题，其实最简单的方法是去一趟看守所，问问威利。但是克鲁特警官专门警告过瑞尔：远离威利。她先前无视了克鲁特警官的警告：别掺和这件事，这已经够糟糕了。瑞尔很清楚，这些照片属于“这件事”的范畴。

突然，瑞尔口袋里的手机震动起来，吓了她一跳。她掏出手机，是一条短信，上面写着：“一刻钟内回来，忘带东西了。”是莱奥发来的短信。该死，她没想到莱奥会这么快回宿舍。而那封写着“他们知道东西在你手里”的信还在他宿舍里。瑞尔得赶在莱奥回去之前、看到信之前，把信丢掉。不然莱奥会吓坏的。

瑞尔还在低头看手机，旁边突然有个人说：“打扰一下？”

她跳了起来，把照片抱在胸前。“搞什么？”她大叫。

不过，那只是一个满脸痘痘的男孩，看起来12岁上下，正惊讶地看着她。他神情紧张地把双手举过头顶，意思是说他刚才不是故意的。

“对不起，我——”他摸了摸瑞尔对面座椅的椅背，“我只是想问，这里有人坐吗？”

“没有，”瑞尔平复着自己的情绪，“拿走吧。”

但是当瑞尔坐下来时，她注意到房间那头有一个人：戴着棒球帽和眼镜，一只手端着一杯外带咖啡，手腕上有一条编织皮革手链，坐在一张桌前。独自一人。他刚才在看她。她能感受到他注视的回声。更糟糕的是，瑞尔曾经在哪里见过他。但是因为他戴着棒球帽，瑞尔辨别不出他的长相。

不过，没有辨别的必要。对瑞尔来说，现在最重要的是：先于莱奥赶回宿舍。她得走了。瑞尔快速合上笔记本电脑，把它连同照片一起放入包中，迅速向大门走去。

新鲜的空气让瑞尔感到一种解脱，但是她走在人行道上，还是感到不安。她走得很快，而且还在加快步伐，并不时回头去看有没有人跟着自己。但是她的身后没有人。进入校园时，她已经在小跑了。

在校园里，她感到孤独，感到只有她自己。她害怕。尽管在她身边，有教授、研究生、训练营学生、游客，行人络绎不绝。

突然，有人从瑞尔身边冲过去，狠狠地撞了她的手肘。那个人朝着广场的尽头，也就是莱奥宿舍的方向奔跑，瑞尔刚想发火大吼，却发现朝那里跑的不止一个人。很多人都在朝那里跑。朝莱奥宿舍的方向跑。

于是，瑞尔也开始快跑，同时她在心里暗想着：不不不。

首先映入眼帘的是消防车，消防车就停在莱奥的宿舍楼前。她眨了眨眼。但那不是幻觉，消防车没有消失不见。警示灯闪烁着。接着，她看到了火焰。真实的可怕的火焰，从窗户里蹿出来。

那正是莱奥的宿舍窗户。

最高机密

收件人：参议员戴维·拉索

发件人：建筑师

回复：异类识别模型

4 月 3 日

会议纪要：他们会把预测模型用于两个潜在项目，以识别和跟踪展示出特定技能组的受试者。一个模型将研究身份证的使用，另一个模型将研究可观测手链的可能用途。

评估内容将包括：

——组员遵从实验计划的可能性

——实验计划的成本

——实验的难度

——从头到尾耗时

——法律方面的抗议的可能性

——非常警觉的非目标组员参与实验的效果

结果后续反馈。

〔威利〕

“圣牛”冰激凌店的菜单是一张卷了边的白纸，在汽水机后面的镜子上。现在才上午 11 点钟，时间尚早。店里只有我们一桌客人，坐在靠墙的一个卡座里。离开凯西家之后，我们先是去了药店，然后去吃了早饭，又开着车兜兜转转，最后到了“圣牛”。我告诉吉迪恩，我想把所有这些地方都走一遍。因为我想要感觉一下自由。我真的是这么想的。但是我在拖延，这也是事实。就好像只要我们不回家，我就可以不说妈妈的事情。所以，现在我们在“圣牛”吃冰激凌。

尼古拉斯在柜台里面。他头发花白，大大的肚子令人印象深刻，一张大方脸，上面长着吓人的眉毛。凯西总是说，他其实没有看起来那么凶。应该是的。

如果雅斯佩尔在这里，跟吉迪恩说妈妈的事应该会容易很多。

吉迪恩也许不会这样觉得，因为他不太喜欢雅斯佩尔。但是我肯定会觉得容易很多。不过，我还没有联系上雅斯佩尔。我用吉迪恩的手机给他打了两次电话，两次听到的都是：您拨打的号码已暂停使用。这无疑比之前的“您拨打的号码已停机”更加糟糕。我心里知道，现在最好是打一个电话给雅斯佩尔的妈妈。但是这样做之前，我得先鼓足勇气。

“嘿？”我低着头的时候，吉迪恩向我递过来一张菜单。

“哦，谢谢。”

这个时候，门上的铃声响起，曾经与凯西一起打工、凯西很受不了的那个女孩走了进来。以前她留着一头金色的长发，上面绑着蝴蝶结，手上涂着亮粉色指甲油；但是现在她的头发剪短了，并染成了亮白色，还打了一个鼻环，没有再留长指甲。我想知道，凯西会更喜欢还是更讨厌她现在的样子。我的心里不再有答案。在凯西的葬礼之后，在医院的事发生之前，雅斯佩尔有一次开玩笑，说凯西看人不准。我隐隐觉得，雅斯佩尔不是在批评她，而是因为爱她，才这样说。要深深地记住她，但记住的就是她本来的样子。

“你没事吧？”吉迪恩问道。

现在说任何除了真相以外的东西都会有一种实际背叛的感觉。但我还是开不了口。我身子前倾，想象着那些话从我的心底冲出来。

“妈妈……”我欲言又止。

吉迪恩本来在看菜单，听见我说话便抬起头来：“妈妈啥？”

害怕，他感到害怕。害怕听到我即将告诉他的事情，害怕他知道之后会更加糟糕。而我现在多希望自己不了解他的感受。

“妈妈还活着。”我说道，低头看着桌子。我以为他的情绪——背叛、愤怒、受伤——会扑过来。“她一直活着，那辆车里的不是她。”

但是吉迪恩一言不发。我感觉不到他的任何情绪。当我抬起头，只见吉迪恩面无表情地望着墙壁。完全麻木。这太可怕了。我更希望他有反应，愤懑也好，怒火也罢，悲伤也行。而这静默的空虚，就像窥视一个会吞噬一切的黑洞。

“吉迪恩？”

“嗯。”他终于回话。但是，还是感觉不到他的情绪。他看起来如此苍白和震惊。

“你没事吧？”

“嗯。”说着，他无助地举起双手。这个动作就像在反问：我没事吗？

然后，吉迪恩的心门轰然打开，他的伤心猛地涌入我的体内，以至于我根本来不及想，下意识伸出手去握住他的双手。

“我知道，对不起。”我说。我转过头，不忍直视他满含泪水的双眼。我已经很多年没有见吉迪恩哭过了，我不想看到他哭，尤其是现在。“瑞秋说，妈妈是为了保护我们，所以没有告诉我们。那不是一场意外，是……真的有人想让她死。在她车里的不是她。但我想告诉你的是，她后来躲起来是为了保护我们。”

“我早该想到。”吉迪恩摇了摇头。

“你怎么会想到？”我说道，“谁会想到——”

“你的房间里有一封信，”他打断我，“要是你问我为什么去你的房间，看你的东西——我承认这样做是我不对。过去两周，我去过每个人的房间——妈妈和爸爸的、你的。我很孤独。”

这真实得令人心碎，让我愕然止息。

“什么信？”我问道。

“在你的床头柜上，”他说，“我发誓我没有看内容。但是我看到它在那里，我想，哇，好像妈妈亲笔写的。当然，因为我不是你，我没有任何‘感觉’。理智告诉我，妈妈已经死了。所以，那应该是以前的信……”

“在她出现在我面前之前，我也没有感觉。我不知道她还活着。”但可能并不完全是这样。我之所以一直揪着这起事故不放，可能是冥冥之中知道她没有死。

“等等。”吉迪恩瞪大眼睛，“你看见她了？在哪里？”

该死。

“见了一眼，”我一说完就后悔不已，“她去了看守所，好让我相信瑞秋说的是真话。”

“多棒啊，”他说，“可算知道妈妈最爱谁了。现在没有任何疑问了。”

“好了，吉迪恩，不是——”

“别。”他狠狠盯着我，开启了自我防御模式，“别替她说话。她这些天到底去哪儿了？”

于是，我给吉迪恩讲述了自己所知道的关于妈妈和瑞秋的一切，以及昨晚发生的事情。全部说完以后，我才意识到自己知道的其实很少。

“这伙人想从她那儿得到什么？”吉迪恩问道，“我倒真的希望她掌握了什么。”

“我不知道。这个得问瑞秋。不过，我还有一件事要告诉你。”我说。我必须一次说完。现在就说。“爸爸早就知道这些。”

“什么？”吉迪恩的情绪已经升级，从受伤变成了愤怒，“你在开玩笑吗？”

之前和凯西一起打工的那个女孩本来已经走到我们的桌前，当她听到吉迪恩大叫，就往后退了几步。“我等下再过来？”她瞥了一眼吉迪恩，问道。她的名牌上写着：布列塔尼。

“我突然没胃口了。”吉迪恩喃喃道。

“来杯黑白奶昔？”我说。我什么也不想点，但是我们总得点点什么，好在这里再坐一会儿。

布列塔尼眯起眼睛，看着我：“嘿，你是凯西的朋友吧？”

我点了点头，试着微笑，但我不知道有没有笑出来：“对，我是凯西的朋友。曾经是。”

“呃，发生了什么事？”布列塔尼问道。

我突然意识到，这是一个机会。一个让吉迪恩平静下来的机会。是的，也许我一开始跟吉迪恩说想要来“圣牛”的时候，就是因为布列塔尼：“我能问你一件事吗？”

“你问吧。”布列塔尼说道，尽管我感觉她想要拒绝。我甚至能感觉到她想走开，虽然她的脚没有移动。

“你见过她的男朋友吗？”我希望她见过或者听说过昆汀，这也许会对我了解昆汀是谁有帮助。要是她能告诉我昆汀在哪里，就更好了。

“你是说雅斯佩尔吗？”布列塔尼问，“我曾经在一次聚会上见过他。挺帅的，像大学运动员。但是凯西和雅斯佩尔不是在这里认识的。他们是同一所学校的。你跟他们不是同一所学校吗？”

我感到内疚。我怎么又把凯西和雅斯佩尔扯到了一起。我没有想到她以为我问的是雅斯佩尔。

“不，不是雅斯佩尔。是另一个人，戴眼镜的。成熟些，但是有点极客范儿。”我说道，“凯西跟我说过，有一天他来这里，于是他们才相识的。”

布列塔尼摇摇头：“那我就不知道了。有时候我和凯西的上班时间是错开的。还有，尼古拉斯不允许 13 岁以上的男性来这里，除非是某个人的爸爸。尼古拉斯认为每个人都是恋童癖。所以，我不清楚她怎么会在这里认识那个人。”

“哦，好吧。”我说。我想说她搞错了，但是我的感觉告诉自己，恰恰相反，她说的是对的：凯西不是在“圣牛”认识昆汀的。那会是哪里？她又为什么要撒谎呢？“无论如何，谢谢你。”

布列塔尼走开了，但是没走几步，她又走了回来。

“你知道吗，发生这样的事，我真的很难过。”她说，“凯西是个疯丫头，但是我喜欢她。”

我们回到家。家里还是散发着那种老房子特有的气味，就像薰衣草和枫糖浆混在一起，挺好的。我想从一些熟悉的事物上寻求慰藉，但是我感受到的全是悲伤。好像那气味也只是又一个谎言。

吉迪恩和我并排坐在沙发上，望着那封妈妈写的、没有拆封的信。刚才在“圣牛”把奶昔全吃完了，这会儿我胃里很难受。信是吉迪恩上楼帮我取的，因为我还没有准备好面对自己的卧室。楼下已经让我觉得被记忆淹没。即使是美好的回忆，感觉也很糟糕。也许越是美好的回忆，感觉越是糟糕。而且告诉吉迪恩妈妈没死的事后，我的愤怒又回来了。在向吉迪恩转述的时候，我意识到瑞秋对一些事情的解释很牵强。我的意思是，我爸爸失踪了，而我妈妈却忙着组建一个联盟？这听起来可能很高尚，甚至给人一种她是英雄的感觉。但是我们需要的是她回家，马上！

“需要我拆开吗？”在我们坐了很久之后，吉迪恩问道。

“不，我自己来。”我说道。

我终于双手颤抖地撕开了信封。她必须说明的话太多了。我已经知道，里面的内容远远不够。怎么可能够呢？当我看到只有一页纸、短短几段话的时候，我的心情异常沉重。吉迪恩和我一起读了信。

亲爱的威利：

希望瑞秋已经向你说明事情的原委和经过。我只能说我在竭尽所能确保你的安全。我已经找到人来帮我们了，这其中包括一位参议员——我等不及让你见她。她太棒了。还有一位神经学家，和你爸爸有合作。都是真实的人，聪明，有责任心，并且愿意帮忙。

我知道你很生气，我知道无论我现在说什么，都弥补不了我给你带来的痛苦。但是你要知道，我做这一切都是为了保护你，因为我爱你。

与此同时，瑞秋会帮助你。我很感激她。感谢上帝，让我通过“老太太瑜伽”——你喜欢这样叫它——认识了她，不然事发当晚我绝对想不到去找她。但她是个完美的人。不管怎样，让她帮助你。她救了我的命。她知道应该怎么做。代我向吉迪恩问好。

6月17日

这封信让我的内心久难平复。想到我们见面之后，她偷偷回家，留下这封信；发现自己还那么想原谅她，为她找借口，这让我觉得自己蠢到家了。

我问吉迪恩：“有没有什么话，如果她说了，能让你原谅她？”我之所以这样问，一个很重要的原因是我想让吉迪恩告诉我，我应该怎么做。

吉迪恩想了一会儿。“大概有吧，”他说道，“金无足赤，人无完人，你听过这句话吗？你的意思是，不管怎么样，你永远都不原谅她了？”

“我不知道。”我刚一说完便意识到，是否原谅妈妈并不是最让我苦恼的。我只是不知道让自己最苦恼的是什么。“我要给雅斯佩尔家打电话，看看能不能联系上他。”

“你觉得他知道一些线索？”吉迪恩问道。

“不，”我回答道，“但是他了解我。”

雅斯佩尔的妈妈在响铃3声之后接起了电话。“喂？”她听起来很生气，就好像我们已经在争吵。而她根本还不知道打电话过去的人是我。一旦她发现，情况只会更糟糕。

“请问雅斯佩尔在吗？”我高兴地问道。

“他不在。”她厉声说。我又想了想，她肯定知道我是谁。

“哦，我，呃，我打过他的手机，但是没有打通……”

一阵沉默。她也知道雅斯佩尔的手机打不通，甚至可能知道为什么打不通。

“你能转告他吗，威利给他打过电话，”我问，“告诉他我回来了？”

“我狗屁都不会告诉他。”

然后电话挂断了。我紧握手机，胸口发烫。我知道她敌视我，我没必要理会。可是说起来容易，做起来难。

我手中还握着手机，这时候门铃响了。我一激动：多希望是雅斯佩尔！但是我知道，不是他。

“我去看看外面是谁。”吉迪恩起身，看向窗外。“是瑞秋。”他转过身来对我说。

吉迪恩打开门之后，瑞秋走进了客厅。像往常一样，她身着贴身优雅的黑色西装，脚下是一双价格不菲的10厘米高跟鞋。她穿这双超贵的摇滚范儿的鞋是对律师着装的蔑视，搞得她很勇敢的样子。

“很高兴看到你回家。”她对我说。然后闪过一道光。她的情绪，转瞬即逝。而我现在太累了，无力去捕捉。“我就过来看看，确保一切安好。”

我望着她：“我刚才正在看我没死的妈妈留下的那封信。所以，麻烦你告诉我，什么叫‘安好’。”

“哦，”她避开了我的目光。（可能是）困惑。闪烁。碎裂。消失。“唔，我来是提醒你，保释的活动范围是大牛顿区域。如果你违反规定，哪怕是意外，庭审都会对你不利，更不用说立即中止你的保释。这可不划算。”

“我哪儿都不会去。”我说。虽然我已经知道，自己又撒谎了。

“好。还有一件事，今天检察院开示第一批证据。”瑞秋继续说，她很高兴能够转换话题。现在，她的情绪稳定，一清二楚：冷静、自信、专注。只有每次谈论我的案子时，她的情绪才会是这样。“很有意思哦。”

“有意思在哪里？”见我半晌没有反应，吉迪恩问道。

“证据薄弱，”她扬扬自得地说，“你还记得在第一次问询时，他们举证的火柴吗？”

“记得，然后呢？”我感觉胸腔一颤。那火柴从一开始就令我不安。我怕他们真的在我的床底下找到了火柴，那就意味着，我可能真的对特蕾莎做了什么可怕的事情，只是我自己不记得了。因为在我内心深处某个黑暗的小角落，我始终不自信，不够自信。

“显而易见，火柴没了，”瑞秋怀疑地摇摇头，“现在我也搞不懂，他们到底是弄丢了，还是压根儿就没有火柴这东西。反正现在火柴已经不见了。”

“这是个好消息吧？”吉迪恩问。他看向我。我怕没有那么简单。“这是不是意味着，他们会撤诉？”

瑞秋又摇了摇头：“那倒不是。他们手里还有表明这是恶意纵火的证据。医院是‘由易燃材料建造的’，意思就是，无论是谁干的，都不需要用火柴。”

“也许是特蕾莎干的？”我问道。我想了很久，在最怪异的那些时刻，我从特蕾莎那里感受到的兴奋。就好像她知道马上要有大事发生。

“他们肯定还认为是你干的。”

“那我拿什么来点火呢？他们从大桥上把我抓走，”我说，“把我身上的东西都拿走了。我哪有东西来点火？”

瑞秋深吸一口气，垂下眼帘，就好像她不想再说下去。为了不让我难受。不，就好像她知道她应该是有那种感觉。没有闪烁。没有碎裂。我不认为她有任何感觉。“他们认为雅斯佩尔是帮凶。他们拍下来了，还记得吗，他溜进去看你。”她说。

瞬间，我感觉被雅斯佩尔出卖了。虽然我知道，他并没有牵涉进来。这就是最离谱儿的谎言的真实危险。它们竟有可能是真的。

“但是他没有——”

“事实是什么显然并不重要，”瑞秋说，“重要的是他们能让陪审团相信。”

“那就想办法阻止啊！”吉迪恩吼道，他很生气。可能更多还是生妈妈的气。“这不是你的工作吗？”

愤怒。（也许）闪烁。碎裂。消失。这很合理：她救了我妈妈的命，救我出看守所。我们竟然还这样指责她。

“在这种情况下，我的能力也很有限，”瑞秋谨慎而冷静地说，这些话绝对不假，“我会尽我所能，但是一些普通人，比如陪审员、检察官，他们坚持自己的一孔之见。这些人会胡乱做出愚蠢的选择。”

我问瑞秋："警察找到昆汀了吗？"我这样问，一方面是想转换话题，另一方面是现在我从看守所出来了，昆汀下落不明让我更加不安。

瑞秋皱眉，摇头。但是我感觉到了什么。一闪而过。我肯定那是愧疚。

"你让他们去找他了吧？你告诉过他们，他出现在看守所里，他还活着，对吧？"

"威利，我自有判断。"

"什么？你之前跟我说你在调查！"我大喊。傻乎乎地，我觉得自己要哭出来了。"他还逍遥法外！"

害怕。这是我此刻的真实感受。昆汀活着，没有被绳之以法，这让我害怕。我不想因为他而害怕。事实却是这样。

"威利，根据我的判断，承认昆汀去看守所找你，可能会让人觉得你是他的帮凶，甚至最终将你与凯西的死联系起来，你是知道的，他们还有一个推测：你之前烧死过一个女孩。"瑞秋直视我。冷静。稳定。克制。"再说他们可能永远也找不到昆汀。他们的资源就那么多。对不起，我骗了你。但我真的是为了你好。"

我想了一下，她会不会认为昆汀是我臆想出来的，抑或是我编出来的。我从来没有跟雅斯佩尔说过昆汀来找我，也没有说过我知道昆汀还活着。我想真正的原因是：我怕这些事都是自己的幻觉。

"但要是我爸爸在昆汀手里呢？"我问道。

"你爸爸不在昆汀手里。"瑞秋说道。愧疚。（也许）闪烁。碎裂。消失。不过这是她 100% 确信的事实。但是，100% 确信的人也可能 100% 犯错。作为异类，我深知这一点。“威利，我向你发誓，如果真是昆汀干的，我一定会把他找出来，并让他付出代价。”

不耐烦。（也许）

闪烁。碎裂。消失。

“难道医院这件事，从头到尾没有人要负责吗？比如国家卫生研究院，或者那个科尼利亚博士。”吉迪恩问。他对所有牵涉科尼利亚在内的事感到羞愧，可能正是这个原因，他才一副不情愿的样子。“他不用接受问询吗？”

瑞秋耸了耸肩：“显然在医院，联邦政府该说的都已经说了。国家卫生研究院的一位助理总法律顾问和一位美国律师是这样跟我说的。”

“他们不能那样做，不是吗？”吉迪恩问道。

“当政府‘以安全和安全之名’大喊时，他们基本上可以为所欲为。此外，如果想打这场仗，我们要再等等。现在的要务是让威利远离看守所。”

“还有找到我爸爸。”我补充说，语气十分坚定。

“当然。”瑞秋说。一闪而过。太快了，我都来不及猜。我想知道她是不是已经放弃找我爸爸了。瑞秋站起来，看了看她的卡地亚手表。“抱歉，我有一个会已经迟到 15 分钟了。威利，我们改日再聊。”她快步走到我家门口，“哦，差点儿忘了这个。”她停下来，从包里翻找出几张纸。“你妈妈给我发了几封电子邮件，让我转交给你。我打印出来了，你看看。”她把那几张纸放在门边的桌子上。“哦，她还需要你从我家拿走的那些照片。”

糟糕。妈妈的照片。我就不该拿走那些照片。但是妈妈到现在还惦记那些照片，这让我很生气。她不应该去操心更重要的事情吗，比如我爸爸现在在哪儿。

“照片不在我这儿了，”我说，“那个时候，我为了摆脱那些警察，跳入水中。”

“所以你……”

“我也没办法。”我说。这是事实。我也只准备这样说。现在这种情况，照片可能已经不在瑞尔那儿了，就算还在她那儿，她现在也不见了。我找不到她。或者说就为了我妈妈想要的东西，我不想去找她。

“哦，好吧，”瑞秋装作无所谓，“别担心。没关系。那些照片也不怎么重要。”

但是，当她从门外最后一次回头看我时，我清楚明白地感觉到：这绝对是假话。

《华盛顿国民报》

经验与创新、恐惧与乐观之争

5月20日

还在预热。总统竞选还没有正式开始，但是目前看来，两个潜在对手是如此不同。

其中一位总统候选人，加利福尼亚州的参议员拉娜·哈里森，在近期的医疗改革和扩大公民权利之争中胜出。另一位总统候选人，参议员戴维·拉索，是一名军官，后加入参议院军事委员会，紧盯国家安全问题，但是最近他的重心转到个人隐私上，连他们党内都感到诧异。

拉娜·哈里森说——虽然是政治话术——拉索的终极目标刚好相反。拉索试图限制个人自由，而不是保护它。现在的问题是：选民会相信谁呢?

雅斯佩尔

雅斯佩尔伸手去关手机闹铃。他睡得太沉，以至于花了 1 分钟才想起自己在哪里：波士顿学院的宿舍。对。雅斯佩尔和他的室友查恩斯已经养成了在清晨冰球训练后小睡的习惯。如果你 18 岁，而且每天 5 点 30 分前起床，还要在冰上训练 3 小时，那么你也会像他一样。

终于，雅斯佩尔摸到了手机，并关掉了闹铃。“我不会让那个女孩毁掉你的一生。”威利被带到看守所的第二天，他妈妈生气地对他说。他妈妈认为他不去波士顿学院是威利的错。“她已经毁了。请告诉我，你知道这一点。”

愤怒在他的胸腔里升腾。雅斯佩尔意识到，他的妈妈有多在意冰球集训，因为她想让他进美国冰球联盟，渴望随之而来的金钱。等等。不对，他妈妈的想法不是那样。威利不止一次告诉过他：他妈妈的担心和爱看起来就像愤怒。事实上，她在乎的是他，而不是冰球。反正威利是这么说的。雅斯佩尔仍在努力地相信威利说的话。

要是他的妈妈知道威利一直在帮她说话就好了。但要想让他妈妈知道，他就必须告诉她自己常去看守所见威利。这可不是个好主意，因为他妈妈会感到惊慌，生气的惊慌。她以为他和威利已经断了联络，因此情绪逐渐缓和。而且，是的，如威利和他妈妈希望的那样，加入冰球队是一个正确的决定。他应该加入冰球队。雅斯佩尔现在相信了。至少，大部分时间他是相信的。

雅斯佩尔把他的新 iPhone 手机轻轻放在桌子上。在他和查恩斯合住的小双人间里，桌子紧靠他的床头。新手机是在他出发去波士顿学院之前，他妈妈送给他的礼物，一份她绝对买不起的礼物，一份本来是对于他“做对的事”的奖励。每次与威利交谈时，这份礼物都让他感到十分内疚。

雅斯佩尔坐起来的时候，他的床嘎吱作响。而每天查恩斯醒来的时候，都会像惊讶的史酷比[1]那样哼唧。查恩斯的许多言行都受到了史酷比的影响。

“把那东西关掉。”查恩斯像往常一样，对着自己的枕头嘟囔。就好像闹钟还没有关，就好像他很不爽雅斯佩尔。但实际上，他们俩早上和下午起床，全都要依靠雅斯佩尔的闹铃。要不然，查恩斯会睡上一整天。也不奇怪，雅斯佩尔喜欢被人依靠。这就是大学的好处：你可以选择性地展现自己最好的那一面。

---

1 *Scooby-Doo*，是一部欧美音乐专辑，由华纳国际音乐发行于 2002 年 6 月 1 日。

除了哼唧，查恩斯是一个得体的人。他个子挺拔，来自印第安纳州的特雷霍特，那里称不上冰球之乡。但是查恩斯不同意，他说那里有很多玉米和很多好人，雅斯佩尔听的时候一度觉得很无聊。但是现在，无聊似乎不算糟糕。

“雅斯佩尔，你的问题就在于想太多。”查恩斯总爱这样说，“小伙子，多花点时间生活，少花点时间思考。”

这对查恩斯来说似乎很适用。他来波士顿学院就是为了打冰球、喝醉、勾搭女孩。挨个儿进行，这就是他的生活。除此以外的任何东西，他都觉得无所谓。查恩斯认为生活很简单。他的生活确实很简单。雅斯佩尔则相反，他不确定任何事情。除了威利。他对威利的确定与日俱增。

他最终决定去参加季前赛，是为了威利，而不只是为了不去想她。威利在根本不了解雅斯佩尔的时候就说，他应该去波士顿学院。而且她很坚定。

因为医院发生了太多事情，雅斯佩尔参加季前赛迟到了。他好不容易才说服波士顿学院的冰球教练再给他一个机会。雅斯佩尔说出了真相——凯西和威利，营地和桥梁，然后医院里发生的事，全盘托出。教练皱着稀稀拉拉的眉毛，坐在那里听他讲述。当雅斯佩尔终于讲完他那离奇的故事，教练陷入了沉默。就好像他接下来会讲一些很深刻的道理。

“好吧”，他最后却说，看着雅斯佩尔，“不过要是你今后再错过比赛，或者不来训练，你就给我滚蛋。算你走运，塞缪尔脑震荡了，我只能找你做替补，尽管你看起来有妄想症。你就当作自己完蛋了吧。”

完蛋。这话好熟悉啊。有其父必有其子。法官在判处雅斯佩尔的爸爸15年有期徒刑的时候，就曾经这样说过：“绍特先生，对不起，你完蛋了。”

这也正常。雅斯佩尔的爸爸被逮捕的次数，连雅斯佩尔都记不清了。而那天晚上，他爸爸的行为比之前任何一次都出格。不止是罪恶，而是兽性发作。

那天晚上，他们遇上一个蠢货司机，老是超了他们的车，又减速停下。他们能看到，那个男人在打电话。愚蠢，毫无疑问。雅斯佩尔的爸爸费了很大功夫，才终于把那辆车逼停，他把烟头丢在两腿之间，怒不可遏。

“不，爸爸！”雅斯佩尔冲他大喊。

但是他已经下了车。

“别。”雅斯佩尔自己在车里嘟囔。透过挡风玻璃，他看见爸爸走过平滑的马路，隔着车窗冲那个司机大喊。但是，雅斯佩尔只能眼睁睁看着。因为那时他还只有12岁。12岁的孩子也只能这样。

那个男人下了车。雅斯佩尔看到他的块头比他的爸爸大得多，于是松了一口气。那个男人很壮实，应该三两下就能撂倒雅斯佩尔的爸爸。但是雅斯佩尔那天晚上才知道，愤怒能让一个人爆发出洪荒之力。

当雅斯佩尔在车外尖叫“住手！住手！爸爸，住手！”的时候，他爸爸的拳头已经沾满鲜血。那个男人则躺在地上，一动不动。

这么多年过去了，雅斯佩尔始终不忍回想那个人浮肿且血淋淋的脸。而在夜里，让他更不得安宁的是他爸爸的那张脸，远看和他自己很像。

“在某些方面，我很像我爸爸。”有一次雅斯佩尔去看守所见威利的时候说。

雅斯佩尔不想在看守所约会，但是他已经逐渐习惯。往好处想，他们没有办法，只能真正地去了解对方。雅斯佩尔坐在哪里都无所谓，只要是和威利一起。他对其他女孩是否有过这种感觉？也许有过。雅斯佩尔用情很深，而且经常动情——他的妈妈说得没错。但并不代表这一次和威利会跟以前一样，并不代表这一次不特殊。

“你才不像你爸爸。”威利说。

“得了吧，我在 Level99 那儿差点儿掐死那个孩子，我在学校也打伤过孩子。我会发飙，经常动手。”说着，雅斯佩尔死死盯着威利，太用力，以至于他的眼睛火辣辣的，“我就算不像我爸爸，也没好到哪去。”

威利没有掩饰欺骗，这一点对雅斯佩尔来说很重要。雅斯佩尔希望威利知道他最糟糕的一面（甚至是他自己都憎恨的一面），但仍能不念旧恶地在乎他。

“管它呢。因为就算是这样，你还是可以变好啊。”威利最后说道，“这话是谢巴德医生对我说的，讲到我是异类、我焦虑的时候说的。雅斯佩尔，想打人与打人不一样，打过人也不代表你永远都会打人。不是每件事都非黑即白。”

雅斯佩尔抬起头，看着威利。他不知道她相不相信刚才的话。

但是他清楚地知道，自己现在比以往任何时候都爱她。真的。爱她。也许他已经爱得无可救药。

今天，雅斯佩尔没有和查恩斯一起训练，而是回了家。自从他参加集训，他妈妈一直希望他每天回家，但是他一直躲着她。一部分原因是想要报复她。尽管按照威利的说法，他妈妈已经尽了最大努力。而他应该比任何人都清楚，尽了最大努力也不一定会得到你想要的结果。

“啊，你怎么回来了！”她打开门，惊呼道，就好像她正坐在那里等他。她高兴得手舞足蹈。雅斯佩尔感觉自己是个混蛋。他应该早点回来看看。

“嗯，”说着，他进了门，“我回来了。”

“我去给你弄点吃的。”他妈妈快步走向厨房，仿佛忘掉了值完夜班回到家的疲惫，就在刚才她还累得快站不稳。“应该有一碗烤宽面条。但吃的话得加热一下。哎，你怎么不早点说你今天回来，我好准备一桌子好吃的。烤奶酪三明治怎么样？”

雅斯佩尔点了点头。“好啊。”他讨厌烤奶酪三明治。但是他的妈妈老记不住。现在他只好吃烤奶酪三明治，作为惩罚。

几分钟后，雅斯佩尔坐在那儿，凝视着他不想吃的三明治。但是他的妈妈在看着他，而他来这里的目的就是为了让她好受。雅斯佩尔至少得吃了那个该死的三明治。于是他咬了一大口，然后灌下一大杯水，想把食物冲下食道。

“今天早上的训练怎么样？”他妈妈问道。她的声音听起来很紧张，可能是怕这样问雅斯佩尔会不高兴，于是就有不回来的理由。“队里的其他男孩还好吗？”

雅斯佩尔点头。他们都好。一切正常。有时候他还是得提醒自己。“季前赛很好，真的很好。你说得对，”他说，“查恩斯，我的室友，他人很好。教练也很棒，很强硬的一个人，但是很不错。”

他的妈妈点点头，挤出一个微笑。“太好了。”她说道，但是情绪不太稳定。

“妈妈，怎么了？”

突然间，她握住雅斯佩尔的手，吓了他一跳。她的手指干瘦冰冷。瞬间，她变得如此苍老。“我就希望你别分心，就这一点。尤其是你费了那么大劲才让生活回到正轨。”

“为什么分心？”他问，“我刚才不是跟你说了，一切都很好吗？”

“不管是为什么。”他妈妈看向别处。雅斯佩尔没有读心术，但是他知道他妈妈在撒谎。“我就说说。你做得很好。这是好事。应该保持下去。”她说。

雅斯佩尔挑起眉毛：“妈妈，到底怎么了？”

“没怎么！”她大喊道，手里紧握的一张餐巾纸都被她扯坏了。然后她突然站起来，开始收拾餐盘。“我就是担心你，做妈妈的都这样。”

这是她爱我的方式，这是她爱我的方式。雅斯佩尔告诉自己。但是他很难相信。

“妈妈，我知道你都是为我好，”他说，“你让我去波士顿学院，去参加冰球集训，肯定是对的，我从来不否认。去那里真的对我很有帮助。所以，谢谢你鼓励我去。”

她深吸了一口气，然后对他微笑，泪光闪闪的：“你这样说，我很欣慰。”

“现在我对你很坦诚。所以，你也别瞒着我，好吗？你干吗这么紧张？”他问，“发生了什么事？”

他的妈妈又深吸一口气，低头看着桌子，双臂交叉，抱在胸前。“她回来了。”她终于说。

“谁回来了？”雅斯佩尔的心开始怦怦乱跳。

他的妈妈抬头看着他，摇摇头，眼里充满了泪水。“那个女孩，”说着，她的眼泪终于流了下来，“那个女孩。”

“威利？”雅斯佩尔差点儿叫起来，“她从看守所里出来了？”

他的妈妈点头。“她往这里打过电话。”她不情愿地说。

“啊？什么时候？”雅斯佩尔的手紧握手机，用力点开了通话记录。“她没有给我打电话。”

“没多久，几小时以前。她没有你的新手机号。”

“你把我的新手机号告诉她了，对吧？”

“没有。”他的妈妈坚决地说。

“你干吗不告诉她？”雅斯佩尔喊道。

“为了保护你，”她大声说道，就好像这是再明显不过的事，“我知道让你不去找她很困难。但是现在距离你上次见她已经好几周了。你已经戒掉这个恶习了，要戒得彻底。这才是你所需要的。不要让自己再陷进去。你已经走出来了，坚持住，雅斯佩尔。”

但是雅斯佩尔已经站了起来。她出来了。她出来了。他满脑子只有一个想法。“我得走了。”他飞快地冲向大门。

“雅斯佩尔！”他妈妈在他后面大喊，“你现在有很好的机会。别再为了一个女孩，毁了自己的前程。”

雅斯佩尔在门口转头，强迫自己冷静下来。他能做到。他能心平气和地说“不”，尊敬地说“不”。

“妈妈，我会小心的，”说着，他打开身后的门，并抵住它，“但是我得去见威利，现在就去。”

他妈妈的脸上挂着泪珠。

“雅斯佩尔！”他迈出大门的时候，她再次大喊，“你为什么就离不了她们？”

雅斯佩尔试着平静下来。他开着破旧的红色吉普车，朝威利家驶去。这辆车已经正式属于他，他花了3500块钱从他哥哥那里买来。你为什么就离不了她们？这句话不断在他的脑海中回响。因为他妈妈说得基本没错。她只是对威利有误解。

车快开到牛顿市中心的时候，雅斯佩尔停了一下。他与一位候在那里开罚单的交警四目相对。那是一个提醒：当心。但雅斯佩尔能够做到。他能够在拥有威利的同时，维持人生不偏离轨道。这不是一道单选题。

不过，威利连可能离开看守所都没有告诉他，这令他苦恼。他不久前才见过她，她却只字不提？雅斯佩尔不想受伤，不想多疑。但是事与愿违。此刻，他受伤、多疑。

雅斯佩尔往前开了5分钟，然后又停下来。这次是等红灯，他准备好右转，驶向威利家所在的街区。那个街区比雅斯佩尔住的地方要好得多。一直以来，他和威利之间的差异都不是问题。但是此前，雅斯佩尔和威利是共患难。如果现实情况已经发生变化？这会不会就是威利不告诉雅斯佩尔她出来了的原因？她是不是心存疑虑？

雅斯佩尔的身后传来喇叭声。绿灯已经亮起，而他还停在那里没动，纠结着威利究竟爱不爱我。喇叭的催促让他惊醒过来，他狠踩一脚油门，换挡加速。老吉普犹豫了一下，终于蹒跚向前。

就在这时，雅斯佩尔听到一个不妙的撞击声，然后是叫声。喇叭声再次从他的身后传来，他快速抬眼。

“该死，”他倒吸一口气，赶紧将车熄了火。他推开车门。“哦，该死。”

他跳下吉普，双手颤抖，心狂跳着，跑到车头。

“哦，上帝，他撞到人了？”一个男人从后面的什么地方大叫，“天哪！”

雅斯佩尔首先看到的是自行车。车轮扁了，但是没有散架。然后，他看到了坐在地上、抱着膝盖的女孩。她的眼睛睁着，她在呼吸。

他这才松了一口气。

“亲爱的，你没事吧？”一位老妇人从雅斯佩尔身边冲了过去，跪在女孩旁边，“别起来。你慢慢来。头撞到了吗？你可能会脑震荡。”老妇人留着短发，头发已经花白，身穿粗布衣服，破破烂烂的。她转头厌恶地瞥了雅斯佩尔一眼。“你刚才是不是在打电话？是不是？你差点儿撞死人！她险些丧命！”

“对不起。你没事吧？”雅斯佩尔问那个女孩。

女孩低头看了看自己：“嗯，应该没事——”

“蠢到家了！”老男人从后面冲上来，说道。

“你刚才按喇叭催我。”雅斯佩尔小声说，虽然他知道与他们争这些很蠢，毫无意义。

“我现在打电话叫救护车。还有警察！”吼完之后，老妇人掏出手机。她上下打量着雅斯佩尔，一脸嫌弃。“怎么有你这样的人？”

“我不是故意的！”雅斯佩尔大喊，他的脸火辣辣的，“不小心！无心之过！”

“蠢货，你就是个蠢货。”老男人走上前来，满脸通红，唾沫横飞，“你说你是不是很蠢？”

“住口！”雅斯佩尔大吼，紧握拳头。他努力克制着动手的冲动。别打他，他老了。别打他，他老了，雅斯佩尔对自己说。但他不知道这样有没有用。他已经能感觉到挥拳出去的后坐力。

“别吵了！拜托！”那个女孩大喊，吓了老夫妇一跳。她挥动双手。“是我的错。我刚才着急过马路。”她颤颤悠悠地站了起来。她很漂亮，穿着合身且看起来价值不菲的高科技骑行服，手腕上绑着老派的防汗带，幸好她还戴了一个头盔。当她摘下头盔的时候，她的黑色长发披散下来，落在肩上。“请别报警。我这么不当心，我爸妈知道了会说我的。他们总是说我。况且我人没事。”

雅斯佩尔感到一阵内疚。考虑到前前后后的事，他真希望他们别报警。否则他的妈妈会说，这就是威利会让他分心的证明。教练可能会让他滚蛋。

“我真的很抱歉。”雅斯佩尔平复着自己的情绪，第一次与女孩对视。她的眼睛闪着淡褐色接近金色的微光，就像两个小型万花筒。雅斯佩尔从来没有见过那样的眼睛。瞬间，他忘记了自己要说什么。“呃，我刚才没看见你。”

“呃，你当然没看见她。”老妇人不屑地说道。

“你们这些孩子，还有你们该死的手机。”她的丈夫补充说。

“我没在打电话。”雅斯佩尔温和地说。因为他们距离雅斯佩尔很远，所以可能没看清楚。“我走了一下神儿，然后你就按喇叭，我都不知道发生了什么。她刚才也说了，她急着过马路，闯了红灯。”

“全是我的错。”女孩给予肯定，并把自行车扛到肩上。车轮已经撞扁，没法儿骑了。“这么多红绿灯，我不太适应。”

“我开车送你回家，”雅斯佩尔说道，“你的自行车可以放在我车的后备厢里。”

此时此刻，他恨不能直接去找威利。但是他有其他选择吗？是他开车撞了这个女孩。

“如果要开车送她，那也应该是我们来。”老妇人说，“你还是去驾校重修吧。”

那女孩注视着老妇人。“谢谢你停下来。”她说道，冷静但犀利，“但是如果你能别再大喊大叫，那就更好了。我知道这让你感觉很好，但这对我没有好处。我的头已经很痛了。你还是少担心我，多担心一下你的丈夫为什么那么急吼吼按喇叭吧。”

“呃。”老妇人始料未及，很生气。她冲丈夫挥了挥手。“走吧。

我们真是多管闲事。”

说着，两人朝他们的别克轿车走去。

老夫妇终于走了。“谢谢。”雅斯佩尔对女孩说道。

女孩耸了耸肩：“大混蛋总爱对别人指指点点。”

雅斯佩尔笑了。她说得没错：“无论如何，还是要跟你说一句对不起。好在你人没事，我开车的时候应该多加小心。”

她歪着头：“你好像很想撞上旁边的公共汽车。我刚才说我闯了红灯。”

雅斯佩尔觉得自己脸红了，他想用双手捂住脸。“让我送你回去吧，”他说道，“免得我真的撞上公共汽车。”

女孩低头看着自己的自行车，评估损坏有多严重。最后，她点了点头：“好吧。”

雅斯佩尔把女孩的自行车放进后备厢，然后驶上马路，这才又想起了威利。但是也许拖延是一件好事，能让他冷静下来。他的确希望能打电话给威利，告诉她自己已经在路上。但是，他的新 iphone 里没存威利的手机号。天啊，他妈妈真是厉害。

“因为一些原因，他们没法儿把你原来的联系人复制过来。”她给他新手机的时候说。

但是他当时并没在意。威利不喜欢在看守所打电话。她说人们排着队，听着你打电话，这太尴尬了。反正她在看守所里，他也不能打给她。威利的手机号曾是他唯一关心的，后来威利被关起来了，手机号就不重要了，直到现在。

但是没关系。等他把这个女孩送到她想去的地方，他就能安安稳稳地开车去威利家。这次他会集中注意力。因为就算他不想，撞上这个女孩也是一个提醒：当你分心时，坏事便会发生。即使你因为爱的人分心。

“对了，我的名字叫莱希。”女孩说道，把雅斯佩尔的思绪拉了回来。他刚才一直在牛顿大街上缓缓前行，所以又走神儿了。

“我叫雅斯佩尔。”他说，“去哪里，莱希？”

“波士顿学院。校区就在——”

“我知道那儿，”雅斯佩尔说，口气太过强硬，“我的意思是，我也是从那儿过来的，季前赛冰球训练营。”

莱希似笑非笑，指了指自己：“长曲棍球。”

雅斯佩尔感觉到一种熟悉的牵扯：是命运。他知道，在去威利家的路上撞了一个陌生女孩，却觉得是冥冥之中的注定，哪怕这个念头只是一闪而过，也很愚蠢。但是旧习难改。没有谁是完人，雅斯佩尔不是，威利也不是。此时此刻，他所能做的只是礼貌负责，把这个自己开车撞了的女孩送回家，尽快送回家。

“长曲棍球？”说着，他将注意力转回到路况上，“好酷。我还以为你是自行车骑手呢。”

“我倒希望做个骑手，”莱希说，“可惜女骑手拿不到奖学金。而我碰巧在曲棍球上很有天分。于是我爸妈就让我选曲棍球，因为我是谁、我想做什么都不重要。”

刚好，红灯亮了，雅斯佩尔停下车，转过头看着莱希。她似乎很尴尬。

“抱歉。我这么说是不是像个被宠坏的小鬼，”她说，“别误会我的意思，其实我很感激。但我真的很恼火。你能理解吗？”

“完全理解，”雅斯佩尔说道，莱希描述的正是他当下的感受，“我妈妈竭尽所能，给我一切。但是不知道为什么，我还是希望能有更多的选择。”

莱希转过头，久久地看着雅斯佩尔。“确实，”她说，“但是你知道的，很多人不愿意承认这一点。每次我这样说，结果总感觉自己像一个怪物。”

雅斯佩尔微笑着，耸了耸肩：“我的标准很低。”

她点了点头：“所以，如果你是波士顿学院的，你跑到这里来干什么？”

“我要去见一个朋友。”他回答说。

“哦，她在等你吧，”她说，“我不想耽误你的时间。”

莱希是在故意强调“她”吗，还是只是雅斯佩尔自己的感觉？

“她没在等我，”他说，“我本来是想给她一个惊喜。”

“OK。”莱希说——她似乎还想问什么，但是又把话咽了回去。

后来开回学校的一路，雅斯佩尔和莱希都没再说话。最后，莱希指向前面的校门：“我要去马维斯大厅。你把我放在拐角那儿吧，我这样穿过去比较快。”

雅斯佩尔在路边停了车：“我帮你拿自行车。”

雅斯佩尔把自行车从他车的后备厢拿出来，这才意识到它已经完全坏了，没法儿再骑了。莱希从车上下来，两人都看着自行车。

“让我送去修理店吧。”他转头看着她。她的眼睛在阳光下非常闪亮。“否则我会良心不安。”

“不用，我可以……”但是她随后皱起了眉头，“我能说‘好’吗？”

雅斯佩尔露出微笑：“我开车撞了你，你想说什么都可以。”

“那就交给你了。”

这一次莱希微笑时，她的整张脸都明亮起来。她撩起遮住眼睛的头发，低下头。她的手腕上戴着一条皮革手链。凯西也喜欢戴那种饰品。凯西。威利。莱希？你为什么就离不了她们？雅斯佩尔又想起了他妈妈的话。但是他妈妈说的不对。他不过是出于礼貌去帮助这个女孩。他对这个女孩并没有更多情愫。雅斯佩尔想和威利在一起。他很在乎她，非常在乎。

雅斯佩尔把莱希的自行车放回吉普车的后备厢，然后和她交换了电话号码。接着是一段漫长而怪异的沉默，雅斯佩尔差点儿告诉莱希，她应该知道他其实爱上了威利，而帮她修自行车只是他的善意之举。还好他最后没有说。

“自行车一修好，我就给你打电话，”他说，“祝你曲棍球赛好运。”

“谢谢。”她微笑着，转身走向大门，“祝你冰球赛好运。”

〔威利〕

我洗完有史以来最久的一个澡，回到楼下。“医院把你的手机送回来了，”吉迪恩说道，把手机放在我面前的咖啡桌上，“另外，我替你交过话费了。不过我想说，这部手机可能已经被装了很多跟踪软件。你看看未读短信，就把它扔了吧。”

吉迪恩给我交话费，这应该是别人为我做过的最美好的事了。我低头看着手机，忍住不哭。

“谢谢。”我说道。

当我打开手机，有 136 条短信涌了进来。雅斯佩尔的短信占了 90%，都是从他看到我在桥上被人抓走，到他偷偷溜进医院找到我的那 24 小时里发出的，内容全都是“你在哪里？”“你还好吗？”之类。

没有一条消息是今天发的。现在已经下午 2 点 30 分，我还没有他的任何消息。雅斯佩尔的妈妈可能没有告诉他我打了电话，但是我不能相信——我觉得他已经知道我出来了。但是他没有打电话给我，没有来找我。我告诉自己别在意，实际上却挺闹心的。

点开雅斯佩尔早先的短信之后，未读短信的总数降到了 23 条。剩下的一些是吉迪恩发来的。我在医院时也收到过他的短信，从那天早晨他生爸爸和我的气、冲出家门，到他得知坏事发生之间的那段时间。

吉迪恩也看到了他自己发的短信："等等，呃，我应该没有——"

"没关系。我会把它们删除。"我知道他那些短信八成口不择言。

"但是你得看看爸爸发的那条。"他指着手机屏幕说。

"哦，"我很惊讶，"这很奇怪。"

因为那条短信是在我被抓的那天发出的，但时间是下午 3 点，在我和爸爸在医院会面之后。他知道我没有带手机。那他为什么还发消息给我呢？我惴惴不安地点开那条短信。

只有两个字："凯西。"我不寒而栗。

"什么意思？"吉迪恩问道，"'凯西'？"

"我不知道。"

我提醒自己：深呼吸、深呼吸。但是在各种现实一并涌来的情况下，这很困难。我先是被直觉带到凯西家，然后是"圣牛"冰激凌店，现在又收到一条我爸爸发来的只有"凯西"两个字的短信？这些事情之间肯定有某种联系。我只是害怕知道联系是什么。

雅斯佩尔。现在我真的很希望他在这里。只有他才真正了解我为什么这么害怕。凯西死的时候，是他在我的身边。是他在医院里陪着我，是他和我一起在黑暗中游泳逃离拉索的房子。但是现在我他的话，我只能去波士顿学院。如果必须去的话，我会去，但是我更希望他出现在我家的门口。但这是为什么？我担心看到什么？别的女孩？我真希望是自己想多了。

我继续看未读短信，希望它能分散我的注意力。“威利，我是谢巴德医生。如果你需要找人说话，随时打电话给我。”5天后又有一条短信，当时我还在看守所：“威利，又是我，谢巴德医生。你已经缺席两次咨询了，我有点担心。我也一直联系不上你爸爸。我相信你没事。只是确认一下。”最后一条短信是一周前，也就是我被关起来一周后她发的：“已经问过吉迪恩，知道了前因后果。马上来见你。”

我们面对面坐在看守所的访问室。“你还好吗？”谢巴德医生说，“对不起，我问了一个愚蠢的问题。你肯定不知道怎么回答。你现在感觉怎么样？”

谢巴德医生把双手放在桌子上。我非常想握住她的手，因为我特别想确定自己会好起来。我想感受到从她的皮肤渗透出的一些希望。但是接触是不允许的，而且我从来也没有触碰过谢巴德医生。再说，好起来也不是她能够承诺的。

“不是我干的。”我说。

“我知道不是你干的。”她说。

而且她说的是真心话——她似乎毫不怀疑。这让我开始哭泣。突然地号啕大哭。被捕之后，我一直克制着，没有哭过一次。但是一旦开始，我就停不下来了。很快我的大哭声就引来了一名警卫。好在他没有停下，走了过去。

“对不起。”我泣不成声地说。

“你不必道歉。”谢巴德医生违规伸手快速地握了一下我的手，“换作是我在这里，我也会哭的。”

“我控制不了自己的焦虑，”我说，“我都不知道怎么做深呼吸了。”

“可以理解，”谢巴德医生对我说，“你对周遭的控制力从未这么弱。那你现在是怎么应对的？”

“不应对了吧。”我耸耸肩，“我有一次差点儿晕过去。一名警卫跟我说，要是我真的晕过去，他们就丢我一个人在那儿。”

谢巴德医生睁大眼睛，目光中充满愤怒。

“不，不，不。”她摇着头说。哇，她生气了。她环顾房间，似乎在寻找攻击目标。“我绝对不允许这样的事情再次发生。他们在法律上有义务为你的焦虑做出调整。他们肯定不能因此惩罚你。”她深吸一口气，试图让自己平静下来，“但是我们应该专注于你在此期间能做的事情。我知道呼吸练习对你来说不总有效。但是你在这里的选择有限。试试在脑海中想象。我们以前试过，还记得吗？想象一个让你开心的地方。”

“让我开心的地方？”我问道，努力微笑。

谢巴德医生也笑了：“是的，让你开心的地方。不管你信不信，这个方法确实有效。”

“我现在已经不知道哪里还会让我开心。”我说，而谢巴德医生点了点头。“我能问你一件事吗？”我问道。

“你问吧。”她很珍惜这个也许能解答我疑惑的机会。

“我知道因为保密，你不能告诉我你和特蕾莎见面的原因或细节，但你们到底是怎么认识的？”

谢巴德医生皱起眉头：“特蕾莎？”

“我不知道她姓什么。那时我和她都在医院里。她告诉我，她是你的病人。她就是在大火中死去的那个女孩。”我说。谢巴德医生看起来很困惑。“她和她的外婆住在一起，想起来了吗？个子小小的，戴着大大的眼镜。她甚至还说到你的红色椅子。”

“抱歉，威利。我没有病人叫特蕾莎。我妈妈的名字就叫特蕾莎，所以如果有人叫特蕾莎，我肯定会记得。”

“所以，你从来没让你的病人去做过我爸爸的测试？”我一直以为是这样。

“我的病人？”她看起来很震惊，“那样做是不道德的，至少有可能是不道德的。况且，要是样本全是心理咨询者，肯定会影响试验结果的。”

直到那一刻，我才意识到自己臆想了多少东西。这么多错误的关联，这么多基于错误的假设填补的空白。不，不是假设。是特蕾莎提到了谢巴德医生。这不是我臆想出来的。

“哦。”我说，尽量不让脑子冒出更烦人的解释。

“对不起，威利，”谢巴德医生继续说道，“我感觉我好像让你失望了。”

“没关系，”我说，“我已经很失望了。”

门铃又响了，我和吉迪恩都不想去开门。瑞秋这么快就回来感觉不是一件好事，绝对不是好事。

“可能是雅斯佩尔。”吉迪恩满怀希望地说。

“我觉得不是。”我一边走向门边的窗户，一边说。

我很用力地眨了眨眼。但不幸的是，当我睁开眼睛时，雅斯佩尔的妈妈还是站在我家门廊前。不是幻觉。她看起来还很生气。我深吸一口气，抓住门把手。我拉开门，就像撕下一片创可贴。

她的愤怒迎面而来。

“我只说这一次，”雅斯佩尔妈妈的声音在颤抖，“别纠缠他。”

“啊？”我四下张望，寻找着雅斯佩尔的身影，异想天开地希望他就藏在他妈妈的身后。

“你别给我装傻。他会来这里找你。你和我一样清楚。”

我的内心深处有一个声音在说：保护你自己。但是怎么保护？我甚至不知道自己为什么会被这样攻击。

“我都没有跟雅斯佩尔说过话，”我说，“你忘了吗，我打电话给你，就是这个原因。他的手机一直打不通。”

“我太傻了，以为给他换一部该死的新手机，你就找不到他了。”她嫌弃地摇着头，然后用一根手指指着我，“我早该想到你会打电话给我。因为你知道，我不能对我的儿子撒谎。你知道我肯定会告诉他。”

我的心怦怦跳。雅斯佩尔真的知道我出来了，但是他没有马上来找我？他甚至没有发短信给我。可能，也许，有一百万个很好的理由。但是我现在只感觉伤心。

“我没见到他，”我说，“我和他话都还没有说过。”

“还没见到，”她低声呵斥，“但你有这个打算。我清楚得很。你难道看不出来，这一切和你没有半点儿关系吗？雅斯佩尔喜欢去救人，因为他想做英雄。因为他曾经没救成一个被他爸爸殴打的陌生人。他想去弥补一件根本不是他犯下的错事，老是想去为别人赎罪。而你最终的结局，是自我毁灭。”

我能做的只是惊讶地看着她，因为那听起来真的像极了雅斯佩尔。他跟凯西在一起就是这个原因：救她。在我们去缅因州的路上，他坦承了很多东西。雅斯佩尔也确确实实为没有帮上那个男人而内疚。而我变成了新的凯西吗？我变成了另一个混乱的、需要拯救的女孩吗？我之前怎么没有意识到？

“我知道他变成这样，我应该负责任，”雅斯佩尔的妈妈继续说道，“是我起初做了错误的决定，跟他爸爸结婚。但是这一切我已经没法儿改变。我现在能做的只有保护雅斯佩尔。我对天发誓我会保护他。”她向前迈了一步，伸手抵住门，这样我就不能把她关在门外。她怒视我的样子，感觉像要穿心抓我的肋骨。我想知道，她究竟要怎样保护她的儿子，又要把我赶到多远。“上一次你差点儿毁了他。如果再发生一次，我会疯掉的。”

“OK。”我说。

但是我想表达的是什么意思？是如她所愿，远离雅斯佩尔？多长时间呢？永远？奇怪的是，瞬间，我变轻松了。我一直在担心，我们萌芽中的恋情最终会走向凋谢，我的心会被伤透。而现在退出，就能让那个不可避免的结点快些到来了。

“OK？ OK是什么意思？你的行动呢！”她的声音那么大，吓得我往后退。她对雅斯佩尔的爱那么原始，那么广阔，异常像愤怒。它让我喘不过气。“跟他说点什么，让他没有办法，只能相信。让他不再留恋。你可以告诉他，你爱上了别人，这招儿很管用。”她说。

“你想让我故意伤害雅斯佩尔？”

“哦，拜托！长痛不如短痛，这是为他好。如果真的关心他，你也会这样想。上次他为了保护你，险些丧命。这还不够吗？在你变得飘飘然和他因‘你’困惑之前——如果不是你，也会有别人，一直如此——赶快吧。”

这是一个谎言。她说的第一个谎言。雅斯佩尔的妈妈是在担心，她担心我可能比较特殊，这一次可能比较特殊，所以她才会费这么大劲。而我所拥有的那一点点的异类能力改变了一切。它瞬间瓦解了我被她轻松勾起的内疚。它提醒我要跟从自己的直觉：保护我自己。

“不。”我尽量清楚冷静地说。

“‘不’？”她大喊，“‘不’是什么意思？你刚才才说‘OK’。”

“我改变主意了，”我在她的咆哮前稳住自己，“我不会那样对雅斯佩尔。我也很在意他，所以我不会因为你想让我伤害他，就故意去伤害他。而且，和我在一起并不代表雅斯佩尔的生活就一定会分崩离析。我们能够有好结果。”

我一方面是想说服我自己相信，几乎快要奏效了。

“好结果？”她一脸严肃，目光像刀一样穿透了我，“你知道吗，我嫁给了一个被保释的人，过了一辈子。任何人都可以举报他违反保释规定：喝酒、吸毒、宵禁。我只要说，我看到你在什么地方买啤酒，你就会被关起来。问题就解决了。”

我感觉脸火辣辣的：“你不会那样做的。”

她生气地笑着，两眼放光：“你看看我会不会。”

“你应该走了。”吉迪恩走上前，他想保护我，“威利没有做错任何事。你没有权力命令她。她也不必听这些东西。”

“如果不想回去坐牢，她就得听。”雅斯佩尔的妈妈现在更加自信。用保释来威胁是她刚刚想到的，但是现在她已经紧握不放，就像握着一根长矛。“威利，你想怎么做随便你。但是别说我没有警告过你。”

她是认真的。她会编造谎言，说我违反保释规定。而我不能去冒被送回看守所的风险，因为我的爸爸还失踪着，也没有人像我这样非找到他不可。雅斯佩尔会理解我的，他肯定会理解。只要我向他解释，一切就都会好起来。我现在迫不得已。但是还有时间来解决。

太糟糕了，我并不相信上面所有这些。

“你到底想要我怎么做？”我问道。

“写一张字条。”雅斯佩尔的妈妈说。她想装作无所谓，但是她迫切希望谈妥，然后让我滚蛋。“写清楚。彻彻底底地分手，全新的开始。”

“OK，我可以寄——”

“不，”她打断我说，“现在就写。我让你现在就写。”

我再次对自己说：雅斯佩尔会理解的。我会写这张字条，一旦不用担心保释被取消，我就向他说明一切。然后就没事了。——太糟糕了，一点说服力也没有。

我示意她进屋："吉迪恩，你能带雅斯佩尔的妈妈到客厅去吗？"

"我站在这里很好。"她现在很兴奋。

"我不会在你的威胁之下写任何东西，"我说，"你是跟吉迪恩进去还是离开，随便你。但是你不能站在那里。"

她克制着对我咆哮的冲动。最后她举起一只手："那就去客厅吧。谢谢。"

她跟吉迪恩走了进去。我盯着那张白纸，不知道写什么。然而，我有点开始认同雅斯佩尔的妈妈，也许雅斯佩尔没有我真的会更好。但是更强烈的感觉是，写这张字条是个馊主意，它会开启一件特别糟糕的事情，甚至是比雅斯佩尔和我分手还要糟糕的事情。

异类规则 #7：知道不好的事情将要发生，与知道会发生什么不是一回事。

不过，我不知道还有什么别的选择。雅斯佩尔的妈妈会不依不饶，想尽一切办法保护雅斯佩尔；而现在我的爸爸需要我，我不能再被关起来。我陷入了两难境地。我只能深吸一口气，开始写信，祈祷无论发生什么事，都是天意。

亲爱的雅斯佩尔：

现在我出来了，我意识到自己并不是真的爱你。我只是需要一个亲历者，他理解营地的事和失去凯西之后我的感受。

在这个过程中，我一度感到困惑。

但是我并不爱你，从来没爱过你。我们俩不合适。除了在缅因州的经历，我们没有任何交集。而且我不想跟一个只是因为想做英雄而试图拯救我的人在一起。

对不起。但我不想骗你。我们已经结束了。

威利

写完之后，我的胸口发烫，泪流满面。走到客厅之前，我擦干脸上的泪水。我不想让雅斯佩尔的妈妈看笑话。

吉迪恩靠墙站在对面，神色紧张地盯着我的手机。见我进来，雅斯佩尔的妈妈从沙发上站起来，她特别希望激怒我，我都还没有把信拿出来，她就冲了上来，把信从我的手中抢走。

“如果你想看，你可以看——”但是我的话还没说完，她已经在看了。“我没有写第三者。雅斯佩尔知道那是谎言。”

其实我在犹豫，要不要加一句“没有我你会更好”，减轻对他的打击。我真的很不忍心让他受到这样的伤害。但是我也知道，他看到这样的话之后，一定会想说服我我错了。

“OK，谢谢你。”说着，她已经走向大门。

我以为她会在离开之前回头。我把心切了一片给她，我以为她相应的会做点什么。但是没有，门就这样关上了。

吉迪恩说了句什么，我听不到。我还望着雅斯佩尔妈妈的方向。

他又说了一遍。这次他抓住了我的手臂。

“嘿，你认识这个号码吗？”吉迪恩正拿着我的手机。手机屏幕上有一行文字。

“你好？回我电话。”

是一条两周前从波士顿发来的短信。

“不认识。”我回答说。我用手指把屏幕往下滑。一共有 6 条短信，都来自同一个号码，我都没有回复。

短信的开头从“你好？”转向威胁“你怎么搞的？你连你爸爸也不管了吗？”

最后一条短信是 4 天前发来的。

“你觉得会是谁？”吉迪恩担心地问。我真的不想看到他那么担心的样子。

“我不知道，”我说，“等一下，还有一条来自这个号码的语音信息。”

我打开扬声器，播放这条 3 天前发来的语音信息。

“他的手机还在我这里。不会忘了吧？你爸爸的手机。我不知道你去了哪里，但他的手机已经打不通了。打我现在这个号码，然后你过来取。你爸爸需要你。你应该打电话给我。再见。”

我爸爸的手机原来还能联系上。当吉迪恩凑过来时，我的手指已经放在回拨键上。“你要打过去？你想好了吗？”他问。

“没有。”说着，我拨出了电话。

想不想好并不重要。但是，电话那头传来的是：您拨打的号码已停止使用。

EndOfDays 博客新闻：博客新功能！

5 月 25 日

EndOfDays 的各位读者：

从今天开始，除了博客评论，我们还将提供您需要的所有新闻链接！而且只引用最可信的信息源。

“参议员戴维·拉索：奉献的一生”，《麦卡恩报道》

“军事委员会和更安全的明天之战”，《国家日报》

“为什么我们应该关注隐私”，《国家日报》

“网络安全：该上一课了”，《自由哨兵》

“不惜一切代价：参议员拉索和网络边疆”，《麦卡恩报道》

〔 瑞尔 〕

直到下午很晚，火才终于熄灭。

一开始，火苗蹿出莱奥的房间，在哈佛老旧的宿舍楼迅速蔓延开来。消防队员很快扑灭了莱奥房间里的火，难以控制的是其余部分。瑞尔知道这一点，因为她藏在附近一幢楼的墙角里，观察了好几小时。

起初，她火急火燎地寻找着能确认莱奥不在里面的人。后来，至少有 8 个警察告诉瑞尔，房间里没有人。他们做了各种排查，没有发现伤亡。这才多少让她平静下来。

但是没有莱奥的消息，瑞尔始终不放心。事实上，她已经给莱奥发了 30 多条短信。莱奥没有反应。他不是要回来吗？现在应该到了呀。几小时之前就应该到了。

莱奥一定不能有事。因为这全是瑞尔的错。克鲁特警告过她，让她别掺和“这件事”，否则就让莱奥“付出代价”。结果她不听，还在网上收集与这些照片相关的东西，莱奥的房间就起火了。而她刚收到他们该死的字条。太愚蠢了。

最后一辆消防车开走的时候，瑞尔手中的手机震动起来。“你没事吧？刚和主管开完会，开了很长时间。你发这么多消息是干吗？”

莱奥没事。他还活着。感谢上帝。

回复短信时，瑞尔感到头晕目眩。“你的房间起火了。我没事。但你应该回来，立刻回来。”如果有人在监视的话，最好是莱奥在这儿，瑞尔消失。

“好的。这就回来。你真的没事吗？”

“我没事。只是想见你。”

而现在，瑞尔又有了一次做正确的事的机会：保护莱奥。这意味着她要消失。瑞尔离开墙角，向楼梯走去。宿舍楼门口还聚集着一堆人。她想穿过人群，从最近的校门出去。

“借过一下！”瑞尔大喊。她讨厌发出这么恐慌的声音。虽然现在知道莱奥是安全的，但是她仍然感觉恐慌。她吞咽口水，深吸一口气。“借过一下。”

就在马上要挤出去的时候，她突然感觉有人拉住了自己的手臂。她低头一看，那只拉住她的手上有一条编织皮革手链。糟糕。是在布鲁姆见到的那个男人。她认出了他。大喊，她心想，引起骚动。

“放开我！”她声嘶力竭地尖叫。她用力猛甩，想要挣脱那只手。但是那个人的力气太大了。他把她拉到了自己跟前。

“照片在哪里？”他在她的耳边小声说。但是没有生气，不像克鲁特警官。这个男人给人的感觉只是冷酷、强硬。他的帽子压得很低，故意遮住脸，瑞尔不知道他是谁。声音也辨识不出。不过瑞尔就是觉得有印象，不知道曾经在哪里见过他。

“放开我！”瑞尔提高声音，她已经用了全力。

这一次，她成功地引起了旁人的注意。一个金发、戴着大眼镜的年轻女人走上前来，一副不怕惹事的样子。

“嘿，你在干吗？”她指着瑞尔和那个男人大喊，“放开她！”

其他人也看了过来。那个男人的手松开一些，但还是不肯放手。这就够了。瑞尔用力甩开他，跑进了人群。

她朝着距离最近的哈佛校门一路狂奔，顾不上回头。当瑞尔终于回头去看的时候，在布鲁姆见到的那个男人已经没了踪影。这个时候，有一丝怀疑闪过。就好像瑞尔遗漏了最重要的事情。她再次扫视人群，想看看那个男人在哪里。但是没有找到。

不过，瑞尔却看到了另一个人。在很远的地方。是克鲁特警官，他站在莱奥宿舍前那群人的外缘，正盯着瑞尔。

瑞尔赶紧转身，与此同时，她抓紧了装着笔记本电脑和威利的照片的包。她穿越宿舍楼之间的小巷，从最近的校门冲了出去，来到外面的街道。她要混进附近的火车站，或者消失在迷宫一般蜿蜒的剑桥小巷。瑞尔擅长不被发现，如果有必要的话，她会消失得无影无踪。

在火车站站台上，瑞尔又一次环顾四周。没有看到克鲁特警官，没有看到那个戴皮革手链的人。她只看到远处莱奥的宿舍冒着烟。

而瑞尔，再一次形单影只。

瑞尔跳上了进站的第一辆列车，它开往比肯山。这趟车上有标价昂贵的精品店和高消费的咖啡店，非常适合逃离。

一下火车，她便挤进了熙熙攘攘的人行道：老妇人比肩继踵，还有一些穿着瑜伽裤、推着昂贵婴儿推车的妈妈——瑞尔再次回头张望，没有看到克鲁特警官，没有看到那个戴皮革手链的人。谁也没有看到。在纽伯里街的中段有一家店，瑞尔看到店的招牌：三叉戟书店 & 咖啡馆。这正是她在寻找的地方：有免费的无线网络，一家咖啡馆，服务体贴周到，如果有人想强行带走她，店里的人应该不会袖手旁观。

她走进书店。这是一栋漂亮的双宽连体别墅，里面有很多回收木材和手写指示牌，闻起来有一股松树的味道。在收银台的后面，有一个扎着高马尾辫、戴着方形粗边框眼镜的女孩。瑞尔进来的时候，她正在看一本名为《动物农场》的书。瑞尔迎着她的笑容，走向了咖啡馆。

瑞尔得看看自己的手机。从车站到书店的这一路上，她的手机已经振了 3 次——莱奥发来 3 条短信。莱奥现在可能已经回到学校，而且找不到她。她需要让莱奥放心，并解释自己为什么不告而别。但是她还没有做好准备，因为她还需要说声再见。这样比较好，至少得离开一阵。因为莱奥的缘故。

瑞尔走到楼上的咖啡馆，点了菜单上最贵的咖啡，希望能换来更多不受打扰的时间。然后她坐进一个别人没法儿偷偷靠近的角落，打开自己的笔记本。现在上网会有风险，这是肯定的。但是不去找寻一些问题的答案，同样也有风险。比如说，搞清楚她的外公和这一切到底有什么关系？任何侦察任务的第一步：广撒网。于是她在搜索栏输入：参议员戴维·拉索。

跳出来的第一篇文章来自《雪茄发烧友》(*Cigar Aficionado*)，几小时前刚刚发布的。这是一篇对她的外公和他收集钟表的爱好的特写。瑞尔记得听她的妈妈说起过外公的这个爱好，但是是以一种侮辱的口气。大概是说他对钟表的关注比对人的关注还要多。那篇文章里说，她的外公近来又开始收集指南针，缘起于很久以前还没有当上参议员时，他任职董事的一家公司送给他的一件礼物。

“我喜欢我的钟表，但是它们老是走慢，”文章引用他的话，“即使是在最恶劣的条件下，指南针也会指明方向。”

文章还附上了一张他的照片：他在工作室里，工具捆在腰间，感觉是一位善良的老人，愿意花时间去修理破碎的东西。当然，这不是他真实的样子。这张照片让瑞尔毛骨悚然。

她关闭网页，返回到起始搜索页。她要寻找她的外公和异类之间的联系是什么。证明他就是克鲁特警官和这一切背后的黑手。还有找出他急切寻找那些照片——甚至不惜杀人——的原因。因为就算他知道瑞尔和莱奥不在房间里，火灾也可能伤及宿舍楼里住的其他人。

但是和她外公有关的文章太多了，梳理清楚并不是一件容易的事；很多文章还是去年的。有一篇吸引了瑞尔的注意：摆在参议院军事委员会面前的一项重要军事研究支出法案，研究旨在防止未来公民隐私泄露。之所以会被它吸引，可能是因为这篇文章写得很烂。通篇堆砌而成，乍一看很牛，其实不然。这篇文章还链接到另一篇文章，说她的外公在军事委员会任职多年。全是溢美之词，给人的感觉很不真实。当瑞尔终于把两篇文章一点点看完，她发现它们都有一个共同的博客链接：EndOfDays。看起来好像只是其他新闻网站中的一个，但是瑞尔查了一下发现，这些内容实际上都是它创造的。不过直到点击回到起始搜索结果列表，她才恍然大悟。一家权威报纸报道："参议员拉索正式宣布竞选总统。"

瑞尔屏住呼吸，又看了一次标题。一周前才刚发布。她心想，她的外公竞选最高政治职位是有可能的。但是，被汽车撞也有可能啊。你不会去设想一些非常可怕的事情真的发生。

这个时候，瑞尔的手机又收到了一条短信。

她屏住呼吸，掏出手机。

"你在哪儿？你还好吗？"是莱奥发来的短信。"请回复。我很担心。"

她快速回复。"我没事。但你要特别当心，有危险。我得消失了。我爱你。"

瑞尔点击发送的时候，她的胃抽搐了一下。这是她第一次向莱奥示爱，却紧接着说了再见。她之前不应该浪费那么多时间。她应该早点告诉莱奥自己的感觉，当一切还来得及。

瑞尔从手机里抠出 SIM 卡，把它掰成两半，丢进了垃圾箱。SIM 卡坠地的声音让她心里咯噔一下。

瑞尔回到桌前，又开始努力回想在布鲁姆见到的那个人的模样，那个戴着帽子、抓住她手臂的人。她看不清他的长相。但是他的长相不是最关键的，体态和动作才是。在哪里见过他？他是谁？她突然知道了答案。

肯德尔。

“是肯德尔，那个警察。”在看营地录像的时候，布莱恩说。因为那个时候瑞尔已经开始怀疑昆汀了。所以，在离开营地之前，她特意让布莱恩在那儿放置了摄像头。“等等，他手里拿的是什么？”

“是一支枪。”瑞尔反感地说道。

剩下的事情发生得如此之快：肯德尔从画面中消失，然后是一声枪响，一个受伤的老妇人趺趺撞撞地出现。报警的人是瑞尔，当然，用的是匿名。随后，Level99 就切断了摄像头，因为怕被追踪到。几小时之后，他们才从警方那儿打听到：营地无一人幸存。

在录像中，肯德尔的脸模糊不清，但是他拿着那把巨大的枪移动的样子令人过目难忘——自如、强而有力、气势逼人。瑞尔确信：在布鲁姆见到、后来在莱奥的宿舍外用手抓住她的就是肯德尔。意识到抓住自己的人是一个穷凶极恶的杀人犯本应让她感到害怕，但事实上，她松了一口气。希望这意味着肯德尔和她是站在一边的。瑞尔能感觉到，尽管证据不足。因为现在，她真的感觉自己的队友很少。

瑞尔 11 岁，凯尔西 8 岁的时候，她们第一次见到自己的外公。

“孩子们，你们记得外公吗？”她们的妈妈不客气地说道，“哦，等等，你们当然记不得，因为他从没有来看过你们。你来这里做什么？”

“我难道不能过来看看，跟我的女儿打声招呼吗？”她们的外公苦笑着说道。他站在客厅，外套还穿在身上。

她们的妈妈双臂交叉，抱在胸前：“我想，这要分情况讨论。”

他不肯离开，但也不肯说明为什么前来，最后她们的妈妈只能问他要不要留下来吃晚饭。这句话的用意显然是打发他走。但是他厚着脸皮留了下来。他挥手示意门口那辆亮黑色的奔驰轿车里的司机离开，此时车已经在路边停了整整两小时。

晚餐是痛苦、没完没了和尴尬的——她们的妈妈咄咄逼人，她们的爸爸一言不发。而这种感觉是相互的。她们的外公没有看她们的爸爸一眼。

用餐结束，两个女孩被准许离席。她们上楼，坐在楼梯旁，听着。等着外公可怕的秘密被揭晓。因为两个女孩很肯定，他这样一定是有原因的。

“感觉他有点……”凯尔西小声说道。

“邪恶？”瑞尔接过话头。她们的外公只给人一种冷漠的感觉，别的什么都没有。就像渗出的焦油。“嗯，读他可得小心。吓死人了。”

“哎呀，我把我们的书落在那里了。”凯尔西说。瑞尔叮嘱过妹妹，她们的日记要好好保管。虽然说不出理由，但是瑞尔有一种感觉，应该随时保持警惕。

“没关系，我想他们快说完了，”她知道去责怪超级敏感的凯尔西没有任何意义，“他应该很快就要走了。”

但是她们的外公没有走。她们傻眼的父母起身去厨房洗碗，以为他会告辞。但是他不仅没有告辞，反而走到了客厅，凯尔西和瑞尔能听到他在客厅里走来走去的声音。拿起东西，然后又放下。

“我这次来呢，”当她们的父母回到客厅，她们的外公终于说话了，“是想告诉你们，我在竞选参议员。”

“什么？”她们的爸爸笑了起来。

“是的，亚利桑那州的参议员。”她们的外公没有开玩笑。而且她们爸爸的发笑激怒了他。外公的愤怒像子弹一样，她们在楼上都能感觉到。

“你刚搬到那里。”她们的妈妈说。

“快 10 年了，”她们的外公说，“足以成为我的家乡了。”

“参议员？”她们的爸爸的厌恶已经变成愤怒，而且火热、尖锐，她们在楼上也能感觉到。“为什么？”

“我认为我有胜算。”她们的外公听起来很自鸣得意，“而且我应该去试试。”

“因为你可能会赢？”她们的爸爸怒吼，“这理由好啊，为公共事业做贡献。”

“不是可能会赢，”她们的外公纠正道，“而是有胜算。我不是说一定会赢。但是不去试试，不是 100% 输嘛。”

“所以，这是一场比赛？”她们的妈妈语气悲伤，瑞尔不知道那是为什么。

“比赛意味着机会，”他说，“这更多的是一场技巧比赛。胜利者的战利品。”

他们如此一来一回，互相攻击，感觉无休无止。后来，所有的客气都被用完了，只剩下满满的敌意。

“已经很晚了，”最后，她们的外公说道，“我想我该走了。不过，我还是希望能得到你们的支持。我想有人可能会采访你们。现在只有你和你的妹妹是我的家人。”然后是一片死寂。瑞尔能想象到她的妈妈难以置信地看着她的外公的样子。“那我就走了。”

在出门之前，她们的外公抬头看了一眼楼上。他与瑞尔四目相对。厚重的焦油压得瑞尔喘不过气。

“无知就是力量。”他笑着说。然后他把拳头举过头顶。

瑞尔不知道她外公的这句话是什么意思，但是令人讨厌。冰冷。野蛮。瑞尔手臂上的寒毛都竖起来了。

无知就是力量，瑞尔现在用谷歌搜索了一下。在搜索她的外公之后，她的思绪卡在这里。这句话肯定有什么含义。搜索完这个就停止，她向自己保证。必须如此。已经没有时间了。她不会再上网搜索更多，让莱奥更危险。书店这种地方的公共 Wi-Fi 很容易被追踪到，不能再用。瑞尔必须换个地方查找线索了。然而，就在她没有心理准备的情况下，线索来了。搜索结果的第一个就是：小说《1984》的十大名句。

瑞尔闭上眼睛。该死。那本书，她们的书。那天晚上她们的外公独自一人在客厅，就是在干这件事。他一直在看她们那该死的书。她们的外公、参议员拉索，就是这样——通过瑞尔——知道了异类。或者不是知道了异类，但是有了这个想法。早在那个时候，种子，那种可能性，就已经植根于他的脑海。

瑞尔站在那里，望着她的笔记本电脑。她的手在抓肚子。她不知道自己什么时候站了起来。但是她现在站着。瑞尔环顾书店咖啡馆——没有肯德尔，没有克鲁特，没有任何威胁。只有一位母亲坐到了她的孩子们对面。其他什么也没有改变。

但一切都变了。瑞尔现在已经很清楚。时间错乱了。瑞尔以为的开头和结局颠倒了。

与她的外公在一起的时刻，发生在郎博士的所有研究之前。殷勤的参议员拉索，对两个无辜的小女孩做了什么？做了一些可怕的事，瑞尔非常清楚。现在她必须弄清楚那是什么事——但同时要保证莱奥的安全。

她把笔记本电脑放进电脑包，趁着那个女人被她的孩子引开，把它们一齐扔进了垃圾桶，然后从咖啡馆下楼。

“你找到要找的东西了吗？”当瑞尔往店门口走的时候，收银台后面的那个女孩对她说。

她下意识地警觉起来：女孩在瑞尔离开的时候叫住她，是有原因的。

瑞尔停下来，转身。她需要这个女孩告诉她什么？为什么这个女孩觉得有必要问这句话？书店。一本书。一个作者。没错，就是这个。

“你能帮我查个东西吗？”瑞尔问道。

“你说。”说着，女孩走到她的电脑旁边。

“罗森菲尔德，”说着，瑞尔告诉她是哪几个字，“作者叫这个名字。他有一本关于军队的书。”

“好的。”女孩说，但是她的目光一直没有离开瑞尔，她在担心，“你还好吗？”

女孩是一个异类无疑。

“我不知道。”瑞尔回答，因为该死的事实就是如此。

“嗯。”女孩终于点点头，就好像她完全理解了。她转向电脑，开始搜索。“罗森菲尔德，有了。”她转动屏幕，让瑞尔自己看。“《秘密的战争：外包如何改变军事面貌》。在新书区，非小说平装书架上。来吧，我帮你找。”

〔 威利 〕

奥希罗警官坐在客厅，局促地看着我和吉迪恩。现在刚过下午4点30分，而他已经这样看了我们15分钟。我给他打电话后没多久他就到了，但是现在他恨不得马上离开。这一点我能清楚地感知到。

我尝试向他解释，好让他明白现在是什么情况，进而帮我追踪我爸爸的手机，但是没想到他吓坏了。说起来容易做起来难。在奥希罗的印象中，我还是那个深陷丧母之恸的孩子。没错，我确实很悲恸。因此我没打算告诉他，我妈妈还活着，以及，关于伏特加酒瓶，还是我说对了。当下对我最有利的，可能是让奥希罗继续同情我。

“但我要先问一下，你出来是保释的？”他犹豫地问，“合法的？”

如果我是逃犯，他会马上离开。他已经做好这个决定。他有自己的底线，这正是我信任他的原因。之前他一定要获得许可才肯给我看我妈妈的事故档案，甚至是在我只想听到“是”的时候。他最在意的是什么能做、什么不能做。我认为，这一点最终对我们有利。

“是的，合法保释。”说着，我朝吉迪恩的方向看了一眼。他乖乖点头。“而且，我和那场火灾没有任何关系，你可以不信，但是我说的是真的。”

奥希罗态度不明地点了点头：“你刚才说，所有的一切，包括你妈妈的事故，都和你爸爸在做的研究有关？”他没想掩饰怀疑。我也很尊重这一点。

“虽然没有证据，但我觉得是。”我说道，“不过我爸爸的确失踪了，你可以问华盛顿警方。”

“我问过了，”他说道，“所以，我才来到这里。你讲述的故事得到了验证，至少是其中一部分得到了验证。威利，听我说，能帮你的我都会帮你，只要是合法的。但是按司法管辖权来说，你爸爸的案子是属于华盛顿警方的，我管不了。”天哪，他松了一口气，他说的是真话。

“哦。”我说道。我的喉咙感觉特别紧，竟然打了个嗝。太可悲了。

奥希罗深吸一口气。“听我说，你不妨告诉我，你到底需要什么帮助，”他说道，“然后我来想想办法。”

“有没有可能追踪那个手机号？”我把自己的手机递给他，指着上面的通话记录，“我们尝试回拨，但是号码已经停用。她，就是我爸爸失踪之后在华盛顿特区捡到他手机的那个女人。至少上次我打通电话的时候，她是这么说的。之前我在看守所的时候，她给我的手机打过很多通电话，还发过很多条短信。其中一条短信里说，我爸爸需要我。”

“她是谁？”

“我不知道。我们第一次通话的时候，她告诉过我一个名字和邮箱。我当时记下来，交给了警方。但那是几周前的事了。你现在给我爸爸的手机打电话，直接进语音信箱，语音信箱都满了。她的名字是J打头——或者是L，或者是K。对不起，我真的记不清了。最近发生了太多事。我知道警方一直没有找到她，也没有找到我爸爸的手机。但是我真的得找到我爸爸的手机。里面可能有——谁知道里面会有什么？短信、记录——可能会有一些证据，对找到他有帮助。”

奥希罗警官一只手揉搓着脸。“你联系过华盛顿特区负责你爸爸案件的警官吗？”他问道，“跟进这些基本线索是他们的工作。”

“我给他们打过电话。”我说。我确实打过电话。没多久之前打的，而且我很高兴没有联系上他们。但这不算撒谎。“我知道他们会尽力调查，但是我有种感觉，我觉得他们已经放弃找我爸爸了。他们有一个录像，在录像里，我爸爸‘自愿’上了别人的车。我的律师跟他们聊过。他们好像已经断定我爸爸是自己跑了。但是那不可能。爸爸不会那样对我们，不会在妈妈发生那样的事情之后，那样对我们。”

说完之后我难过极了。因为我向他隐瞒了妈妈的事。与此同时，我意识到我妈妈的所作所为：彻底跑了，自愿为之。我还是难以接受，或许可能我是不想接受。此刻我不确定两者我能否分得清楚。

奥希罗看着我。“我见过你的爸爸，我觉得你说得对，他不会这样对你们。”他伸出一只手，“OK。”

“OK？”我愣了一下，才反应过来他指的是电话，“你是说，你会去追踪那些来电？”

“我不能保证。技术部门办案有他们的优先级，而且鉴于你爸爸的案子不归我们管辖……得花好几天，至少。”

“好几天？”我的心一沉，“我就——我怕来不及。”

话说出口，我才意识到自己有多害怕。就好像我的脑袋里有一个巨大的时钟在嘀嗒嘀嗒走。奥希罗叹了口气，又揉搓他的额头。他不是坐以待毙的人，他心思缜密、不屈不挠。

“还有一个办法，”他三思后说，“不按正规流程。能否办成，我保证不了……”

“拜托，只要你帮我，让我做什么我都愿意，”我火急火燎地说，“不管做什么。”

“我试试吧。但还是那句话，我保证不了。”奥希罗站在那里，点了点头。我感觉他想说一些安慰我的话——我全都听不进去——但最后他什么也没有说。我很感激。“威利，我们再联络。你答应我，要小心。别违反保释规定。他们可不管你有多好的理由。”

奥希罗走了，带走了我的手机。“现在怎么办？吉迪恩问。

“找到昆汀。”我心不在焉地说。我老是不自觉地想到他，但是我们去哪儿找他呢？

“我们不是连他的真名叫什么都不知道吗？”吉迪恩说。

“是不知道。我们对他一无所知。”

“哦。”吉迪恩有点失望地说。他还是认为我是异类，所以我知道的会比他多。“这样或许更好。”

“不过，”我犹豫不决，“我有一个主意。”

我只希望这别是一个馊主意。

在距离 Level99 的房子一条街的地方，我看到了指示牌：D&G 建筑。它就插在草坪上一个新堆起来的土丘上。但除了指示牌和土丘——一看就是年久失修——这房子没有什么变化。倾斜的楼梯，蓝灰色的油漆已经掉得差不多了，门铃按键上的数字难以辨识。

上楼梯前，我深吸一口气，并尝试记住那串数字。我故意没在车里练习，怕重复太多次反而会忘记。于是我凭着印象按下数字。然后我们就等着。一分钟，两分钟，什么动静也没有。

“上一次也是这样。”我说道，让自己别灰心。此前，我极力避免在瑞秋面前提起瑞尔，不想再牵连瑞尔。但是不知为何——也许不是一个好理由——我突然允许自己来找瑞尔了。我还在想到底是为什么。

我又按了一次数字。但门还是没有打开。我真的开始紧张了。我一直寄希望于瑞尔和 Level99，现在彻彻底底的失望才让我意识到之前抱了多大的期望。

吉迪恩凑近一些，从前窗台往屋子里看。原本一楼窗户内侧的贴纸已经没有了。现在可以清楚地看见里面的东西。“之前就是空的吗？”吉迪恩问道，因为隔着玻璃，他的声音变得很小，“看起来已经人去楼空。里面什么都没有了。”

我凑上前，亲自去看。上一次我和雅斯佩尔一起来的时候，里面还有家具摆设，只不过很老旧。现在地板上只剩下厚厚的灰尘了。

“看起来他们真的走了。”我说。

瑞尔说过，Level99 可能不得不搬走，因为肯德尔知道了他们的藏身之处。但我还是觉得他们没有走。不过，如果他们不来开门，走没走也不重要了。

“OK，”吉迪恩说，“接下来怎么办？”

我们到达德莱尼的时候才刚下午 6 点，这家大学酒吧里还没有什么人，只有一个不起眼的白人老头儿——个子矮小，穿着卡其裤，满头发白——坐在门边。他肯定不是学生。

上次雅斯佩尔和我到这儿来的时候是深夜，那时的德莱尼看起来没有这么破旧。在昏暗的日光下，我看到红色的油漆剥落下来，墙纸也卷曲了。而且有一股味道，让人作呕。好在没有看到门卫。

在我们走进大门之后，吉迪恩的手机收到了一条短信。他把手机掏出来，看了看。

“是瑞秋，”说完，他开始念短信的内容，“你们在家吧？另外，附件来自你们的妈妈。”吉迪恩点击了一下手机屏幕。“是一封电子邮件。写给你的，而不是写给我们俩的，真不错。”但与其说吉迪恩感到恼火，不如说感到伤心。“你要看吗？”

“看，但等这件事情办完再看。”我回答，但我其实不知道该不该看。妈妈的每一个解释都让我感觉更加难受。

我在酒吧的最里面看到了莱奥。他在烘干玻璃杯，然后把玻璃杯放在高处的架子上。我们朝他走去，他一定看到我们了，但是他没有转头。当我们接近他时，我感受到了他的敌意。警惕而尖锐，就像一个铁丝网。

他还是对我们不理不睬。“我有话要跟她说。”我轻声说。

莱奥摇摇头，没有抬眼。瞬间，我感觉他的不屑被心碎所替代。瑞尔发生了什么事吗？我暗自祈祷别和昆汀有关。我决定不告诉雅斯佩尔昆汀还活着，但瑞尔？也许我在看守所的时候就应该让吉迪恩告诉瑞尔，昆汀还活着。

“你知道吗，生活中有一堆狗屎的不是只有你一个，”莱奥吼道，他终于看我了，“瑞尔过着她的生活，也就自在了5秒钟。然后你出现了，弄得好像她欠你什么。”

我以为自己会羞愧或者内疚，但是此刻我只觉得气愤不已。

“她确实欠我的。”我压抑着胸腔中的愤怒，但是抑制不住，“你忘了吗？她差点儿害我死在营地！我可记得！”

莱奥手握玻璃杯，犹豫着，一句恶毒的话闪过他的脑海。但是，他没有说出来，而是突然怀疑地看向吉迪恩。没有必要非让莱奥也信任吉迪恩。他连我都不信任。

“你能走开一下吗？”我问吉迪恩。

吉迪恩看了一眼莱奥。“可以。”说完，他走到酒吧前面，坐在那个老人的旁边。

“昆汀还活着，”吉迪恩走后，我说道，“我觉得有必要让瑞尔知道。昆汀随时可能出现。”

“不骚扰她你难受是不是？”莱奥问道。

“你听到我的话了吗？昆汀还活着，我不知道他会在哪里出现。瑞尔可能会有危险。”

当然，我来这里还有别的原因。比这更重要的原因。我其实是想寻求瑞尔的帮助，寻求 Level99 的帮助，好找到昆汀。还有，如果奥希罗找寻失败，也许 Level99 还能帮我找到我爸爸的手机或者捡到他手机的那个女人。但是，我应该自责吗？瑞尔是一个异类。这也是摆在她面前的困境。

“滚，我不会告诉你的。”莱奥说道。他狠狠地瞪着我，我的脸上都能感觉到他目光的压力。“就算我想告诉你，也没法儿告诉你。”

“你这话是什么意思？”

“瑞尔说，我的宿舍起火了。她吓坏了。我猜她可能是想保护我。”我能感觉到他情绪的起伏，他非常想念她。

“起火？”

“是的。把我的东西全烧毁了。起火的时候，我们不在里面。”

突然，酒吧的前面传来一阵大笑。我咬紧牙齿。莱奥和我一齐望过去。显然，是吉迪恩和那个老头儿，两人聊得十分尽兴。

“你走吧，”莱奥说，“你惹的麻烦已经够多了。”

他回到吧台后面工作。他蹲下了一会儿，收拾他脚下的一些东西。在我看不到他的时候，我感觉到他紧张的抽搐，那是一种内疚。他还隐瞒了一些事情。

“如果你有她的消息，你能——”

“不。”说着，莱奥站了起来。我不知道是我适应了他的愤怒，还是他已经没有那么愤怒了。他的拒绝不再那么激烈。“我不会告诉你她的事了。”

“就算昆汀还逍遥法外？”

我等着他收回拒绝，我以为他起码会承认昆汀逍遥法外令人不安。但是没有，他只是在酒吧后面继续工作，无视我。我站在那里，陷入良久的尴尬。

“那好吧。”说完，我向大门走去。

“嘿！”还没走几步，莱奥就叫住我，“你走的时候把这个拿出去。”

莱奥在吧台上面放了一个装满空啤酒瓶的牛奶箱，我还以为他是在开玩笑。但是他表情严肃，他是认真的。

“什么？”我问他。

“把它拿出去。”他重复道。就好像让我做这个再正常不过，就好像我是一名帮工。

但是，他这个举动着实奇怪，为什么让我做这么一件事。“好吧。”我说。

我提着牛奶箱走出酒吧。它的重量比我预想的要轻一些，但是散发着一股臭啤酒味，很难闻，我只好屏住呼吸。希望它不要流到我的鞋子上。

“把瓶子扔进垃圾站，”莱奥说，“所有的瓶子。你可以把箱子放在后头，把里面的东西倒了就行。”

我瞠目结舌。主要是因为，现在除了莱奥的蔑视，我还觉得：他是故意的。我的直觉告诉自己，要按他说的做，即便我还不理解这样做是为什么:“好的，没问题。”

“跟你的那个同伴说，他的话太多了。”莱奥直视着我说。出去。出去。那是他的感觉。“话太多，对谁都没有好处。”

我朝吉迪恩走去。他看着我和我手里提着的装满空瓶的牛奶箱，做了一个鬼脸:“搞什么?”

我无奈地耸了耸肩，尽量把牛奶箱拿远。那个老头儿往我这边看了一眼，但是没和我对视。尽管如此，我还是感到不寒而栗。是因为他，是因为莱奥告诉我火灾的事情，还是因为我他妈的又走进了死胡同?现在鬼知道。

“我们走吧。”我轻声说。

“马上,”说着，吉迪恩转向那个老头儿——随意、友善。他当然还一无所知。“很高兴认识你。”他举起拳头，“挺住。”

“你们刚刚在聊些什么?”出来之后，我问吉迪恩。

吉迪恩耸了耸肩:“我们在聊新闻上说的，信用卡公司怎么掌握我们的所有信息。他们像联邦调查局一样。据说他们能根据人们的购物习惯，预测谁会犯罪，谁会离婚，预测各种意想不到的事情。”

“那你说‘挺住’是啥意思?”

“哦，他很不认可啊，认为这会毁灭文明。”吉迪恩笑着说，“这家伙是个疯狂的阴谋论者，但是说起话来还挺有意思。”

“听起来很搞笑。”

吉迪恩接过我手里的牛奶箱。

“你呢，拿这个干吗？”

“莱奥让我把瓶子扔掉。”我说。现在从德莱尼出来了，我感觉更加诡异了。

“他有啥用意吗？”吉迪恩问道。

“肯定有。”

吉迪恩和我沿着德莱尼门口的巷子走着，一路沉默。几周之前，雅斯佩尔和我就在前方等候。雅斯佩尔，那张字条。一回想起我写下的那些话，我的胸口就痛。在那种情况下，我无法肯定那样做是错的。但肯定不是对的。

我们一走到回收站，吉迪恩就蹲下，把瓶子拿出来，扔掉。此时的他很同情我——如此突然，不知道是为什么——而我所能做的只有忍住不哭。

“那个老头儿可能有啥目的。”吉迪恩说道，试图活跃气氛。

“什么意思？”

“有时候你越想弄明白，就越难理解。”

“这是他说的吗？”

“不是。是他引述的：‘无知就是力量’。”

“无知就是力量。”我复述了一遍。这句话像飞镖一样扎进我的心里。“是什么意思？”

吉迪恩耸了耸肩：“也许少就是多吧，我猜的。我也不知道——”突然他愣住了，低头看着牛奶箱。

我靠近一些，害怕看到里面的东西："那是什么？"

吉迪恩伸手拿出一个塑料文件袋，文件袋用皮筋绑着。"我不知道。"他把文件袋递给我，"不过上面写着你的名字。"

收件人：威利

发件人：游泳教练

回复：7 月 2 日

亲爱的威利：

我知道瑞秋会尽她所能向你解释，但我还是想补充一下为什么我得外出。我一直在努力寻找那些愿意支持你爸爸研究的人，请他们帮忙公之于众。因为你知道，有人会不惜一切毁尸灭迹。

我已经去见过奥杜乌尔博士一次，她是加州大学洛杉矶分校的神经学家，跟你爸爸一直有合作。现在，我得再去见她。我和她要想个办法来公开你爸爸的研究结果。这就是为什么我现在要外出。

不过瑞秋知道该怎么做。她救了我的命，还保护着我。她也会同样对你。

我爱你，

妈妈

〔 雅斯佩尔 〕

雅斯佩尔坐在小小的等候室里：四把椅子，一盆绿植，在一筐笔和一些剪贴板的旁边，还有一大瓶洗手液。

他把莱希送回家之后，才记起来与贾森有约。要不是在收到了他教练的短信——“组会，晚上 7:30，必须参加”——他会取消与贾森的会面，径直去找威利。但现在不行了。雅斯佩尔不能缺席组会。缺席一次，他就要卷铺盖走人了。如果发生这种事情，他就不能说自己可以兼顾威利和生活了。

去找威利，再回来开会，肯定是来不及的。但是去赴约的话时间足够。也许这就是命运的安排。雅斯佩尔决定先去见贾森，再去参加组会，然后去找威利。不管他的妈妈怎么想，雅斯佩尔有信心做到：和威利在一起，同时不让生活跑偏。

而且，和威利在一起对雅斯佩尔来说其实是有帮助的。他决定去校园心理咨询室接受免费治疗，就是听取了威利的建议。在凯西和桥上的事情发生之后，他很自责，需要开导。除了这个已经很充分的理由，威利认为他爸爸给他造成的心理负担也需要处理。而雅斯佩尔知道，威利说的是对的。

雅斯佩尔的心理咨询师，也就是贾森，是一个气定神闲的人，他留着胡子，穿着格子衬衫，看起来是那种会在地下室自己酿造啤酒的人。一次心理咨询之后，雅斯佩尔后悔没有早点开始治疗。接下来的两周里，他见了贾森四次。他感觉好了不少。贾森不一定能告诉雅斯佩尔答案，却循循善诱，在他的帮助下，雅斯佩尔自己有了答案。

“遗传不能决定命运，”在第一次心理咨询的时候，贾森对雅斯佩尔说，“决定命运的是生活经验，还有，你知道的，自由意志。虽然你生性易怒，但是这不代表你会落得和你爸爸一样的下场。”

雅斯佩尔也曾经多次这样安慰自己，但是贾森毕竟是受过训练的专业人士，这话从他口里说出来，效果大不一样。

“嘿，雅斯佩尔，”这时，贾森出现在他的小办公室的门口，“进来吧。”

雅斯佩尔在贾森的沙发上调整着坐姿，尽可能让自己舒服一点。因为虽然治疗正在起效，但这并不代表治疗会很舒适。

“威利从看守所出来了。”贾森还没有打开手中的记事本，雅斯佩尔就开始说了。贾森知道来龙去脉，包括凯西在营地的遭遇，然后在桥上、在医院发生的事情。而且他不露声色，完全看不出震惊或者怀疑。

“这是你一直希望的，对吧？”贾森的表情没有任何变化，就好像他对此根本无所谓，“你去见她了吗？”

“还没。我开车去她家的路上，撞到人了。”雅斯佩尔说。说出来感觉更糟糕了。但是承认这个事实之后，他胸口的压力减轻了一些。“幸运的是，被我撞到的那个女孩没有大碍。她甚至说是她的错，是她突然出现在我面前。但是我确实也没太注意。”

“然后你还觉得是你的责任？”

“我的车撞了她。”雅斯佩尔说，“所以，是的。我是说，我有责任。”

“即便当事人——你撞到的人——说不是你的责任？”贾森说。虽然这是一个就事论事的提问，但是雅斯佩尔觉得是在批评他。

雅斯佩尔耸了耸肩：“她是为了表现自己的友善，才那样说的。”

“或者，是你不想放过自己。”贾森说。

“我为什么要这么做？”雅斯佩尔问。他不是瞎说！这不可能！因为感觉贾森说的可能是对的。

“我不知道。你觉得是为什么？”

这是心理咨询师常说的话。你不用多聪明或者接受长时间的心理治疗，就能听得出来。他们会问你他们已经知道答案的问题。这很傻。但是，天哪，这招儿真的很管用。

“我不知道为什么。”雅斯佩尔回答说。

“好吧。”贾森想了想，“你猜猜看？”

雅斯佩尔耸了耸肩。然后他说了自己唯一能想到的事情：“我猜是想先人一步。”

我的天。这正是雅斯佩尔这样做的原因。他以前怎么从未意识到这一点？

“这说得通。”贾森说道。

“我现在不是应该好受点吗？”雅斯佩尔问道，“我的意思是，我已经意识到了。不是应该有如释重负的感觉吗？”

“我不知道，”贾森说，“你现在是什么感觉？”

雅斯佩尔的嗓子在冒火：“伤心。”

“伤心会是一个尚可的起点。最终，它可以带你到一个好的地方。”

也许是这样，但是现在雅斯佩尔急需转移话题。不能再聊他的难过了，因为他其实有点担心自己会哭。接受治疗是一码事，在治疗中大哭可不行。而且，他需要和贾森谈谈威利。现在与威利的关系问题更加令他困扰。

“你说需要别人是错的吗？”雅斯佩尔问，“我妈妈说，我太需要女孩子了。”

贾森侧着头，又想了想：“我想，这取决于你的动机。”

“就是为了好受一些。”雅斯佩尔知道这一点，但是他宁死也不会向他的妈妈承认。

“大多数人都享受别人的陪伴，这没有什么错。”

“如果我需要她们让我觉得自己是一个好人呢？”

“那我会说，让你觉得自己是一个好人就是我们接下来要做的，”贾森说，“因为你本来就应该有这种感觉。但是，你需要威利，并不代表你们俩不能有好的关系。这两件事并不矛盾。”

听完贾森的话，雅斯佩尔意识到：威利正是他的完美女孩。是的，也许他和威利还需要磨合。但是威利和别的女孩不同。他们俩所拥有的，很特别。

雅斯佩尔兴奋不已地走出贾森的办公室。他真的做好了去见威利的准备。他看了一眼手表。还有充足的时间回一趟宿舍，然后在晚上 7 点 30 分与他的教练会面，之后直接去找威利。他的一个队友已经完蛋了——酗酒、打架。如果开会内容与冰球有关，那么组会将在冰场举行，结束后还要训练。但是教练说这是个短会。结束之后，雅斯佩尔就可以去找威利了。

而且，是的，他有点紧张。对他俩来说，没有桌子阻隔和没有警卫注视将会很不一样。但是他们已经为此做好了准备。

雅斯佩尔进了宿舍楼。他一上楼梯，就看到自己的宿舍门上贴了什么东西。他三步并作两步，可直到他站到宿舍门口才终于看清楚，那是一个被磁带粘住的信封。信封上面用大得离谱儿的字写着：雅斯佩尔。

他从门上扯下信封，用手指卷起磁带。撕开信封之前，他深吸了一口气。这么诡异的字，肯定不是好兆头。发生在现在，绝对是坏事。

亲爱的雅斯佩尔……他的目光直接跳到落款签名的地方：威利。

雅斯佩尔一下子欢欣雀跃起来，但是当他开始看信，他的快乐消失了。这绝对是威利的字迹。雅斯佩尔看完一遍，诧异地盯着那些可怕的话。他又看了一遍。这些话不像威利说的。但不是她还能是谁？这分明是她的字迹。

雅斯佩尔仍然盯着信——这封无比扯淡的信——他试图理解上面的内容。我们俩不合适。不，他不打算去理解。他只想让字迹消失。

突然，走廊的尽头有动静。雅斯佩尔循声望去，他看见一个人——可能是威利——正在往楼梯跑。

“等等！”他冲那个人大喊。他的声音听起来绝望极了，在空荡荡的走廊里回荡。

雅斯佩尔追上去，他的感觉也是绝望的。但是他和威利还有希望。威利只是有些怀疑，这没什么大不了。他的心里也有疑问。但是雅斯佩尔很清楚他和威利一定能走到最后。

当雅斯佩尔终于跑到楼梯口，门已经缓缓关闭。他能听到下楼的脚步声。

“威利！”他大喊道。

一片寂静。

“威利！”他又喊道。但是他只听见楼下的门重重关上的声音。

最高机密

收件人：参议员戴维·拉索

发件人：建筑师

回复：反对研究

4 月 14 日

意识和认同仍然是在竞选活动中需要加强的地方。简单说，就是普通选民不够了解你。有 64%的选民不知道你的主张。而 75%的选民知道参议员拉娜·哈里森（加州）的名字，而且 58%的选民认为公民自由是她的主张。

要想在全国胜出，你必须朝一个目标主张采取积极行动。选票表明，你对隐私和安全的言论引发了 75%以上的美国公众的共鸣。我们建议将“隐私和安全”作为你竞选活动的基石。

请查看附件，我们可以在下次会议中讨论细节问题和接下来的票选。

〔 瑞尔 〕

有一个女孩正在哈佛大学游泳池边的桌子前工作。她很漂亮，有着棕色的直发、粉色的嘴唇。虽然这个女孩化着完美的妆容，但是她的状态并不好。瑞尔与她目光交汇的一刹那，就已经感知到。有人伤了她的心。瑞尔只读到这一件事，但这已经足够。

“我想我的男朋友来这儿和小三私会。”瑞尔斜靠在桌子上，如同女孩的队友一般，“她是游泳队的。我没有证件，但是我得进去，我要当场逮住他们。”

女孩的眼睛已经瞪大，此时两个男孩从瑞尔身后的门走进来，肩上背着健身包。他们亮出证件，瑞尔和女孩转头瞪着他们。男人都是混蛋，两个女孩都是这个感觉。瑞尔现在认为，也许不是所有的男人都是混蛋，但是男人当中的混蛋太多了。

“去吧，”女孩说，“我希望你能抓住那个混蛋。”

瑞尔不知道玛莉姓什么，也不知道她从哪里来，但是瑞尔知道玛莉上初中的时候差点儿入选奥运会游泳比赛。瑞尔感觉自己像个混蛋，因为说实在的她现在也懒得去了解，尽管玛莉是除了莱奥和Level99以外瑞尔最信任的帮手。

莱奥是在艺术史课上认识玛莉的，但是玛莉主修的是心理学，要做大量的实验。她把本·郎博士的异类测试做成了一张由多个单选题组成的问卷。比如:"你是个内向的人吗?"或者"你是《权力的游戏》中的哪个角色?"或者"你在《僵尸启示录》里会怎么做?"

玛莉设计的测试是"你是一个异类吗?"完成测试后会有评分，即知晓自己是一个异类，或者不是一个异类。它还解释了什么是异类。这样的呈现给人一种感觉，那就是异类已经是人尽皆知的科学事实，只不过由于某些原因，做这个测试的人还不知道。最后，超过17,000人通过社交媒体网站和瑞尔开发的APP完成了测试，比原本预想的人数多很多。

5月1日，也就是在昆汀首次向瑞尔指明靶心是本·郎的两周之后，他们上线了异类测试。那是凯尔西出事的两个月之后，但是营地的事情还没有发生。瑞尔当时还不知道昆汀丑恶的嘴脸，她帮助昆汀的目的是为了给凯尔西报仇。但是把本·郎博士的秘密测试发布在网上不是这个原因。郎博士甚至都不知道这件事。在营地的事情发生之后，瑞尔马上撤下了测试。天知道这动作够不够快。她没有想过会将谁置于风险之中。但是在她的内心深处，她很清楚。所以当威利来为医院里的女孩求助的时候，瑞尔只字未提测试的事情。

这就是那种会令人追悔莫及的事情：它能把你生吞，但是在此之前，你却全然不知，浑然不觉。

瑞尔曾经对威利说过，她希望为异类声张正义。这是她和昆汀结伙的初衷。这是真的。但是在这个过程中，她决定为妹妹报仇。

瑞尔在游泳池旁露天看台的中间坐了下来。这里的空气湿乎乎的，有一股刺鼻的氯的味道。想从水中游动的身影里识别出玛莉并不困难。玛莉永远排在第一。玛莉还没从水里出来，瑞尔就看到她了，她的泳帽上印着“佩雷斯”。

玛莉本身也是异类，所以她出水后没多久，就觉得有些不对劲。当终于发现瑞尔时，她僵住了。她手里拿着毛巾，对瑞尔怒目而视。

哇，她生气了。瑞尔远远地就能感觉到。糟糕。瑞尔没有想到玛莉会生气，因为她只顾着自己的破事了。

玛莉看着瑞尔的时候，瑞尔避免去阻挡她自己的感受。瑞尔需要玛莉的帮助，所以，她可以袒露感受和展示脆弱。

这不是一件易事。玛莉走近瑞尔，她的愤怒像火一样灼烧着瑞尔的皮肤。

“你想干吗？”最后，玛莉冲瑞尔大吼，她故意提高了嗓门儿。

有一个男人坐在她们的右手边，6米开外的地方。他正在听她们说话。每一个字都在听。瑞尔打了一个寒战。他是来帮助她的吗？还是她外公派来的人？不，在瑞尔来这里之前，他就已经在那儿了；他不可能是跟踪她来的。他当下在关注，是因为玛莉在大喊大叫。仅此而已。尽管是这样，瑞尔还是希望玛莉能小声一些。要不是她知道这个提议会激怒玛莉，她一定会跟玛莉说。

虽然玛莉很生气，但是瑞尔很坚持。在营地枪击事件发生之后，瑞尔不想节外生枝，于是开始疏远过于实诚的玛莉。说瑞尔藏了起来可能更加准确。死了那么多人之后，瑞尔一直想忘记一切。如果威利不出现，不请求她把那些女孩从医院救出来，她这样的想法可能会行得通。

当然，瑞尔可以向玛莉解释其中的原委，玛莉从来不会拒绝她。现在的问题是，瑞尔能否取得玛莉的原谅。因为玛莉站在那里，仍旧愤怒地瞪着瑞尔，恨不得捅死她。

“听我说，我知道你为什么——”

“你知道？”玛莉生气地说，“你以为你知道什么？”

这毫无疑问是一个陷阱。玛莉双臂交叉抱在胸前，重心落在一侧屁股上，似乎非常想给她一刀。但是在玛莉的愤怒之下，还有悲伤的情绪。这是做一个异类最难接受的部分：几乎所有不好的感受之下，都掩藏着心碎。

“我不知道。”瑞尔举起两只手，小声地说。至少她说的是事实。“我什么都不知道。”

“你要求的每一件事我都做了，然后，噗，”玛莉用两只手做了一个爆炸的手势，“你不见了。我还以为那个叫威利的女孩来找你，可能会带来转机，可能你会振作起来。我以为我们终于可以开始你的计划——为了这个计划，我费尽心思去寻找异类，而你什么都没有做——但是我想错了，你竟然一走了之！对于我们找到她们之后怎么办，你从来没有计划过，是不是？”

确实没有。瑞尔让玛莉以为，她们发布测试，玛莉联系那些得高分的女孩（也就是真正的异类），然后她们就会“采取行动”。但是除了在网上大肆发布本·郎的秘密研究来毁掉他，瑞尔没有更多打算。玛莉说得没错：瑞尔没有任何计划。第一步和第二步之后就没有了，尤其是在瑞尔错误地帮助了昆汀之后。

瑞尔走下露天看台，看了一眼那个现在肯定没在看她们的家伙。他其实一直没有看她们。

她下到游泳池甲板上，站在玛莉前面，张开双臂，做出卸下防备、战败的样子。

“对不起。”瑞尔说。

“对不起？”玛莉问，又是愤怒。她们的矛盾激化了。“你以为说一句对不起就行了？”

“我错了。我利用了你，无视了你。你完全有理由生气。我不会给自己找借口。我只顾着办事，没有顾及你的感受。”瑞尔原本以为，承认错误之后她会感觉轻松一些。但是说完之后，她感觉更糟糕了。她深吸一口气，做好准备。“我知道请你帮忙肯定是个馊主意——”

“但是你还是要这样做，是吧？”

“我没有办法。”

“真是难以置信。”玛莉厌恶地摇摇头。不过，这是瑞尔第一次觉得有了曙光。玛莉仍然非常想相信瑞尔说的话，想信任瑞尔。为了这一刻，她愿意不计前嫌。这让瑞尔觉得自己是个混蛋。“走吧，”玛莉最后说，“你就不该来这里。”

说完，玛莉走了。瑞尔只能做一件事：跟随。

更衣室里没有人。保险起见，玛莉还是检查了一下洗手间的隔间。看起来，她起码没想让瑞尔陷入危险。

“你想过吗，我和 100 个测出来是异类的女孩建立联系，要花多长时间？”玛莉问道。但是不等瑞尔回答，她就接着往下说。“我按照你说的，在波士顿市中心的图书馆里，用一个难以追踪的匿名邮箱给她们发邮件。但是真要和 100 个人建立联系，我得去联系几千个取得高分的人。一点没夸张。我发了 1000 多封邮件。而且她们当中的绝大部分在注册时并没有填写真实邮箱，而我就在那该死的图书馆里，日复一日，发送着被退回的邮件。但我还是不停地发，一封又一封地发，解释这个疯狂的东西，只为帮你。因为我以为这是我们的事业。然后，当我联系上她们，取得她们的信任了，你却走了。我对我自己说，别担心，坚持住，她很快就会带着计划回来。结果，你猜猜怎样？”

瑞尔深吸一口气：“我没有回来。”

“完全正确！”玛莉喊道，她的眼睛瞪得又亮又大，“6 个星期，音讯全无。没有计划，只有那个叫威利的女孩在我锻炼的时候突然出现。你老实告诉我，你到底做没做过计划？”

瑞尔只能不知所措地看着她。因为答案是否定的。

“那些女孩感到孤独，你知道吗？”瑞尔一言不发，玛莉便继续说，“她们并不都有焦虑、抑郁这些可以确诊的症状。但是别人一直说她们‘太敏感’‘太情绪化’，或者‘是错的’。我当时就跟她们说，你这样很好——这是事实。你是一个异类。而且，别担心，因为现在有我们了。但是后来，我们也不管她们了。”

玛莉转向身后的储物柜，猛地抽出一条新毛巾和一些衣物。她试图找回她的愤怒。愤怒比悲伤容易。但是瑞尔是异类，她还是能感觉到玛莉心中存有期待。争取玛莉的原谅只能靠它了，尽管一切事实都表明瑞尔不会成功。

但这也是为什么值得努力，所有这一切。虽然瑞尔已经失去了很多，但是异类是谁、是什么，仍然值得去弄明白。因为知道人们的真实感受——触及它的核心——会不一样。它将会让世界变得更美好、更诚实、更有希望。即使它不是通透完美的。即使读心术不是一种谁都能够掌握的技能。

“我们可以再和那些女孩取得联系。我会向她们解释，之前消失是我的错。”瑞尔说。

“我们为什么要这么做？”玛莉问道。

瑞尔犹豫了一下，做了一个深呼吸。“因为她们可能有危险。因为我有危险，也许。”现在她必须速战速决，不能再拖。“有人在跟踪我。我想是我的外公。”

“你的外公？”玛莉问道，“这件事跟他有什么关系？”

于是，瑞尔站在空荡荡、潮湿的更衣室里，向玛莉解释：她的外公如何以及为何牵涉进来。她知道的并不多。但是她明白，这一切都是从她和凯尔西的《1984》开始，到威利的照片结束。而在这期间，是她的外公成为参议员，进入军事委员会，以及去竞选总统。也许还见了威利的爸爸，见了医院里的那些女孩，以及放火烧了莱奥的宿舍，肆意妄为。

“莱奥的房间起火了？”玛莉小声说，现在她是真的害怕了。真的，真的听进去了。“他没事吧？”

“没事，”瑞尔说，尽管她意识到自己现在也确定不了，“至少当时没事。但是照片还在我这里。也就是说，我想他们不会放过我，而我会连累莱奥。我不知道这些照片有什么用，为了拿到它，他们不惜烧掉一栋全是人的大学生宿舍楼。但是我必须查个水落石出。所以，我需要你的帮助。”

“我的帮助，”玛莉生气地说，但是她心中的期待正在逐渐蔓延，“帮你做什么？”

“做中间人。要是我因为接触 Level99 和其他异类而被抓走，莱奥会陷入更大的危险。”

“为什么找我？”玛莉问道，“因为我太蠢，相信过你一次吗？”

“不是，”瑞尔小心地迎上玛莉的目光，“因为我相信你。”

玛莉带瑞尔回到她的宿舍——因为有哈佛大学游泳季前赛，所以她暑期住校。两人把威利的照片铺在床上。总共有 11 张照片，每一张都有 A4 纸那么大，和瑞尔上次看的时候一样无趣。瑞尔又数了一遍照片。她清楚记得起初有 12 张。她担心是不是在布鲁姆弄丢了一张，但是又觉得不太可能。

“那些是桶吗？”玛莉指着照片问道。照片上，有一个看起来像金属架子的东西，上面有一排白色圆柱体，玛莉就是在说它们。

“我觉得是。”瑞尔凑近了些。她又一次去辨识圆柱体上面的字。“涂灰泥或油漆之类的东西？像是建筑工地。”

“你不是说威利的妈妈是一位专业摄影师吗？”玛莉问道。她拿起另一张照片，皱起眉头。

“是啊。”说着，瑞尔指了指另一张照片。照片上有一排电脑屏幕，还有一个男人侧身指着对面，像是在引导参观。他好像不知道摄像机在拍他。在电脑的上面，是一扇玻璃窗，窗里面还有更多机器，中间有一张长长的桌子，像是用来考试的。

“拍得不太专业。”玛莉怀疑地说。

“也许她是在偷拍。”瑞尔说。她也不清楚是怎么回事。

“好吧，那现在怎么办呢？”玛莉抬起头问道。

“你会帮忙吗？”瑞尔问道。到目前为止，玛莉只是允许瑞尔到她的房间看照片，仅此而已。

玛莉低头看了看，又想了想。最后，她点了点头。

“嗯，我会帮忙。”她说，“但是话说在前面，我这么做是为了其他女孩，也就是那些异类。因为我觉得自己欠她们的。但是我什么都不欠你。”

最高机密

收件人：参议员戴维·拉索

发件人：建筑师

回复：身份证

4 月 20 日

总结一下，在当前的研究完整性威胁得到有效遏制后，将尽快勾画异类身份证项目的细节。届时将对身份证计划的合法性、经济性和实际困难，做出最有效的响应。

〔 雅斯佩尔 〕

在收到威利的信之后的两小时，雅斯佩尔一直在开车兜圈子。

他自认为不会在收到那样的信后还去找写信的人，因为他是一个有自尊的人。但是事实证明，在没有进展的情况下，雅斯佩尔不止一次开车经过威利家门口，傻乎乎的像个失恋的小狗。感谢上帝，他还能继续开车。

雅斯佩尔还认为，在多次尴尬的经过之后，他会觉得非常愚蠢，至少会回家先理清自己的思绪。但事实显然不是这样。因为 10 分钟后，他居然跑去找另一个女孩。一个他没理由去找的女孩。

“哦，你好。”玛雅打开门，露出惊讶而困惑的表情。她没有想到晚上 9 点多了还有人来访。“雅斯佩尔，你怎么来了？我从……从那以后就没见过你——进来吧，进来吧。”

玛雅的头发更显金黄，也更长了，用一个红色的宽发带绑着。她穿了一件黄色连体衣。这身打扮不好驾驭，但不可否认的是，玛雅穿着很好看。玛雅变美，雅斯佩尔不觉得意外。因为像玛雅这类的女孩都会这样。

这就是他来这里的原因吗？因为玛雅漂亮吗？他告诉自己，他是为了达成威利的愿望——看看是谁寄的日记——尽管威利伤透了他的心。在按响玛雅家的门铃之前，他都没有搞清楚自己来的真正原因，这简直糟透了。

“进来吧。”玛雅伸出手，拉住他赤裸的手臂，手指暗暗触碰他的二头肌。玛雅也很擅长伪装小动作。

雅斯佩尔进到玛雅家，他们站在带漂亮楼梯的大理石拱形门厅里，冷气开得很足。雅斯佩尔双臂交叉，抱在胸前御寒，他心想：是不是有钱人的家里都这么冷？

“找我有什么事吗？”玛雅一面说，一面把头歪向另一边。

“我，唔，只是来问问——你给我寄过什么东西吗？”

玛雅大笑起来，然后收起下巴，眯起眼睛，显得更加可爱：“给你寄什么？”

不管他怎么说，都免不了像是一种无端指责。“凯西日记里的几页？”雅斯佩尔问道，然后他愚蠢的声音开始哽噎，在他体内撕开一个大洞。这么久以来，这是他第二次忍不住想哭。但是他不能哭，不能在这里哭。当着玛雅的面哭，太丢人了。

“嘿，你还好吗？”玛雅问道。她把雅斯佩尔引到漂亮的旋转楼梯旁的一条长凳。“坐吧。听好啦，我没有给你寄过任何东西。而且我怎么可能有凯西的日记呢？”

他能说什么呢：说他认为玛雅迷上了自己，以至于在凯西死后溜进凯西的家，撕下那些话语刻薄伤人的日记页，好让雅斯佩尔伤心欲绝、转投她的怀抱吗？

雅斯佩尔摇了摇头。“我不知道。”他俯身，用手肘撑着大腿，双手抱头。“我什么都不知道。我只想搞清楚谁会给我寄这些日记，太奇怪了。”

玛雅把一只手放在雅斯佩尔的背上，开始上下抚摩。雅斯佩尔感觉她的手暖暖的，异常舒服。当雅斯佩尔转头看玛雅，正好迎上她的目光。雅斯佩尔想了一下他之前为什么不考虑玛雅。她可能和他印象中的不一样。她甚至可能很酷。眼前的她这么美，以至于雅斯佩尔几乎感觉不到心痛了。

“你想过吗，可能会是威利？”玛雅道，“我没有别的意思，我只是说，威利那种混乱的状态不是一天两天了，你知道她从中学开始就在看心理医生了。”

雅斯佩尔突然惊醒过来。这就是他之前为什么不选择玛雅。他抽身站了起来。他怎么会允许自己想入非非？他真的失控了吗？

“威利唯一的问题，”他在大步走出门口之前对玛雅说，“就是交了你这个朋友。”

雅斯佩尔最终到了凯西的家门口。离开玛雅家之后，他变得漫无目的，但是车开着开着，就到了这里。里面可能会有答案。

威利说得对，卡伦最有可能知道是谁给他寄的日记。自从凯西出事以后，卡伦一直对雅斯佩尔很好，但是雅斯佩尔仍然没抱希望这次能见到她。不过他已经别无选择。了解日记页从哪里来至少会给他一个再和威利谈谈的理由。是的，他意识到，这是其中的一环。这是整件事的其中一环。

雅斯佩尔用力敲响凯西家的门。等待。再敲。再等待。现在快晚上 10 点了。也许卡伦已经睡了。就在雅斯佩尔快要放弃、准备离开的时候，前门开了。

开门的是一个男人，他留着灰白色的胡子，扎着灰白色的马尾辫，身穿短裤和浅灰色的 T 恤，上面印着“生活是一个海滩”。雅斯佩尔一开始还以为自己按错了门铃；他甚至后退了几步，去查看门牌号码。

“有事吗，孩子？”冷静、平和的声音。

是凯西的爸爸文斯！雅斯佩尔在听到他叫自己“孩子”之后才醒悟。

文斯的头发变长了，在凯西死后，他还留起了胡子。其实在凯西的葬礼上，文斯叫了雅斯佩尔好几次“孩子”，雅斯佩尔心里还挺高兴的。不过，文斯出现在这里真的很奇怪。

他和卡伦已经离婚多年，而且据凯西说，她父母的关系并不好。但是话说回来，失去唯一的孩子也有可能改变一切。

“嗯，你有没有见过凯西的日记？”雅斯佩尔没有做任何铺垫，唐突地问道。他刚说完就后悔了，起码应该先解释一下为什么要找那本日记：那些他收到的日记页。一上来就问凯西的日记，肯定给人一种恐怖的感觉。但是文斯可能有点心不在焉，他没有表现出反感。

“你要进来吗，孩子？”文斯问道，也很客气。

“嗯，”雅斯佩尔说，“谢谢。”

文斯示意雅斯佩尔坐在沙发上，那个位置让雅斯佩尔有点尴尬，因为那是他和凯西最后一次做爱的地方。雅斯佩尔恨自己还记得这些，特别是在文斯的注视下。于是雅斯佩尔开始滔滔不绝地说话，而且语速很快。

“有人从凯西的日记里撕了几页寄给我，我想卡伦或许能告诉我是谁干的。整件事快把我搞疯了。”

“哦，卡伦也许知道，但是她要到下周才回来，”文斯说，“她去欧洲待两个月。听着可能有点奇怪，但是她需要离开一段时间。”

“哦，好吧。”雅斯佩尔说道。

“不过，日记的事有点奇怪。我们可以去凯西的房间看看，”说完，文斯站了起来，“不知道会不会有什么发现。但是有的时候，一次尝试就会让难题迎刃而解。”

“是的，谢谢你。”雅斯佩尔说，他庆幸文斯没有把自己当成不速之客。但是文斯看上去很奇怪。“这样最好了。”

在凯西的房间里，文斯和雅斯佩尔翻找着抽屉，检查了角落和成堆的纸下面，寻找凯西的日记。但是不管他们怎么找，就是找不到，雅斯佩尔也越发觉得心塞。他似乎已经知道这一切都是徒劳。

“哦，看哪，”文斯转过身来，手里拿着一个黑封皮的本子，“找到了。我都不知道凯西还写日记。”

但是当文斯把日记递给雅斯佩尔时，雅斯佩尔却不敢去接。他突然很害怕，怕会在凯西的日记里读到诸如凯西有多爱昆汀，而根本没爱过他的内容。他不确定自己现在能受得了。在看完威利的信后，他太脆弱了。

但是文斯拿着日记本的手还没放下。雅斯佩尔需要说点什么：“我真的只想知道是谁寄给我的。至于日记，我不想再读了。”

“哦，好吧。”文斯飞快地翻阅着那本日记，“确实有几页被撕了下来。但遗憾的是，我们还是没法儿知道是谁干的。得等卡伦回来问她，不过很有可能她也不知道。凯西的很多朋友都来过，然后离开。而在那之前……我们没想那么多，所以也没有留意。”

楼下突然传来一个声响，他们都吓了一跳，朝门看去。

“是松鼠，”文斯恼怒地摇摇头说，“它们是从阁楼进来的。本来待在墙里面的，但最近闯进了地下室。我得去楼下看门关好了没有。这要是让卡伦知道了，她会一直念叨个没完的。”他把日记放在旁边的桌子上。“但是我跟你说啊，看别人的日记是有很大风险的。一个人脑子里的想法，只是想法。现在还有人给你寄她的日记吗？”

雅斯佩尔摇摇头：“没有了。”

“结束了。也许这才是最重要的，”他和蔼地说，而雅斯佩尔确实感到如释重负，“孩子，也许你应该做的是放手。相信我，我知道的。有的时候放手可能是最难的。”

回到学校之后，雅斯佩尔没有回宿舍就去跑步了。他必须燃烧掉一些让自己难受的东西，否则他可能会爆炸。校园里还有很多人在去酒吧或聚会的路上。现在是晚上 11 点，对跑步来说太晚了。不过，雅斯佩尔越跑，感觉越好，越想跑下去。

他的脚踏在人行道上，脑海里一遍又一遍地回想威利信里的内容，他希望这些文字会变形。没有成功，于是他尝试不去想信的内容。但还是不管用。威利为什么会认为他们不适合呢？是因为两人差距太大？谁规定两个人一定要相同？

雅斯佩尔还讨厌威利和他分手的理由，因为那与凯西和他分手的理由很像。但是雅斯佩尔心里在想，他掐住 Level99 那个孩子的脖子是不是也是威利提出分手的原因之一。但那件事发生在威利被逮捕之前很久。按照 26 分钟递增理论，他们应该是在看守所的访问室里坠入爱河的。

难道没有？难道是雅斯佩尔幻想出来的？

去看守所见威利，既让人高兴又让人讨厌的是什么？是不能有亲昵动作。他们连手都摸不着，更别说其他的了。尽管如此，雅斯佩尔还是设法谈到了性爱。但是主动权掌握在威利手里。

“你知道不小心发生性行为是什么感觉吗？”雅斯佩尔问道。他一直在讲他一个朋友的故事，压根儿没提他自己。

“不知道，”威利回应道，“我没有过性行为。从来没有。”

威利从来没有过性行为，而雅斯佩尔有过。显然不止一次，包括和凯西。现在这个话题摆在了他们的面前。威利也在盯着雅斯佩尔，好像认为有必要说清楚。但是雅斯佩尔不知道这件事是对是错，一点头绪也没有。他从未如此渴望知晓答案。最后，他只好看着威利，希望她能感觉到他没有坏心，哪怕是在他彻底搞砸的时候。

“没关系，”威利终于说，解救了他，“你什么也不用说。我只是想让你知道。”

“哦。”说着，他重重地呼了一口气。剩下的是一种猜测。“嗯，很高兴你告诉我了。”

威利笑了：“我也很高兴。”

雅斯佩尔在校园里又跑了两圈，直到感觉膝盖刺痛。他不能弄伤膝盖，不能失去冰球。现在他比以往任何时候都需要冰球赛，需要那种疼痛。否则，他可能真的会打旱地上的人。

雅斯佩尔猛地左拐，经过波士顿学院的西门，准备回宿舍。当他低头去看手机上的跑步 APP 时，迎面撞上了一个人。

“看路啊你！”女孩大叫。她被撞倒在地。她拔出耳机，一脸愤怒。雅斯佩尔愣在那里，以为自己出现了幻觉。

“不会吧，又是你！你不撞人是不是难受？”女孩说。

但那不是幻觉，就是她，那个骑自行车的女孩。那个他开车已经撞了一次的女孩，那个自行车被他撞坏的女孩。糟糕。自行车。雅斯佩尔忘记把它送去修理了。他出去的时候就应该去办的。他居然都没有把自行车从车的后备厢里拿出来。威利的来信，让他把所有事忘得一干二净。

“对不起，我没当心。”他说，希望能先不聊自行车的事。

“我开始觉得，你是不是总是不当心。”说完，她终于笑了。

“他们说你的自行车明天应该就能修好。”为了避免谈到更多自行车的事，他撒了谎，“等修好之后，我给你送去。”

那女孩眯起眼睛，好像不相信他：“给我送去？你为什么觉得我会告诉你我的地址？”

雅斯佩尔的脸涨得通红。他知道她是在开玩笑，但他还是不好意思：“唔，那——”

“我在开玩笑啦。”女孩侧着身说道，“放轻松。”

雅斯佩尔舒了一口气，就好像胸腔里一个不断膨胀挤压的气泡终于破裂。他笑了，真的。“是的，是应该放轻松。很有必要。”他说。

“不如等自行车修好之后，你给我打电话，我过来取？”女孩提议说。她是在暗示他吗？玛雅的挑逗很明显，但是这个女孩什么心思，雅斯佩尔看不明白。威利的信让他开始怀疑自己理解最直白感受的能力。“然后你还可以请我吃顿饭什么的，你欠我的。”

说完，莱希走了。雅斯佩尔站在那里没有动，他看着她离去的身影，看着她的长马尾辫来回摆动。这个时候，她回头看了一眼，并挥手道别。就好像她知道他肯定还站在那里，目送着自己离开。

〔威利〕

我几乎一夜没睡。早上，我躺在床上，想着莱奥给我的那张照片，或者更确切地说，是他藏起来给我的照片。它令我不安，甚至让我在自己家里也很不安。

昨天晚上，一直等到我们安全回到车里，我才把莱奥给我的文件袋打开。文件袋里面是一张模糊不清、不太对劲的 8 乘 10 的黑白照片。照片上是一辆黑色轿车，没有什么特别，只有车牌是清晰可见的。在背景部分，还有一个指示牌，上面写着“需要协助请呼叫总部”和一个电话号码。但除此以外，就只有那辆轿车和灰色天空的一角。

“这是什么？”吉迪恩问道。

“是妈妈拍的照片，”我说，“我从医院出来之后，在瑞秋家发现了一个信封，里面装着妈妈拍的照片。一定是妈妈发现自己被人跟踪，就把照片交给了瑞秋。我对这张照片没什么印象，但全都是这样的照片。”

“原来上次瑞秋问的就是这个，”吉迪恩说，“你不是说照片没在你那儿了吗？”

我点了点头。“我给瑞尔了，”我说，“不过我没有告诉瑞秋，因为我不想让她去找瑞尔。现在我也不知道其余的照片在哪里，原本有好多张的。”

“也许最重要的就是这张？”吉迪恩猜测说。

昨晚，我觉得吉迪恩的猜测有些道理。但是现在天亮了，我躺在自己的床上，感觉又变了。这时，突然有人敲我卧室的门。

“进来！”我说。

吉迪恩打开门，但是没有进来。“奥希罗发来一条短信，”他说，然后把短信内容大声读了出来，“我查到一些东西。来我住的地方：海港区 PH–C 卧铺街 72 号。10 点见。”读完，吉迪恩抬起头看着我，“我们怎么做？”

吉迪恩的犹豫是对的。奥希罗让我们去他家，感觉有点奇怪。但是我真的担心走入陷阱吗？找不到爸爸，我倍感煎熬，我想要所有的答案，同时又只想要那些好的答案。

“我们去找他，”说着，我从床上爬起来，“一定得去。”

“那是一种什么感觉？”在驱车前往奥希罗家的路上，吉迪恩问我。他没有别的意思，他提问的动机很单纯：好奇。“我是指，能读懂人的感受。”

直到开始思考怎么回答他，我才彻底明白：我不只是在读人的感受。去奥希罗家，那是一种直觉，不依附于某个人存在。在发现自己是一个异类之后的几周时间里，未经正规训练，我就从读人的感受进阶到了读情势。进步了那么多、那么快。难怪有人费尽心思要控制，控制我们。谁知道有一天我们会变成什么样？

“有时候我觉得它是我身体里的一种物质。比如说你现在很害怕，但你试着不去害怕——我能感觉得到，就像我感觉得到自己的心跳很快一样。这些感觉一度让我困惑，但是现在我能分清别人的感受和自己的感受。还有我自己的焦虑，我得有意把它分出来。区分这三者变得越来越容易。而且，我越学习读人，对一些事情就越有预感。”

“你说‘对一些事情’是什么意思？”

“比如说去奥希罗家，”我说，“这并不是读人的感受。”

“预感。”吉迪恩说，也许他早就明白了。我不知道在他不那么生气的时候，他跟爸爸有没有聊过这项异类研究将会走向哪里。

“但是预感并不总有。”我一边向吉迪恩解释，一边充实细节，“有的时候我的预感是准的，但不是一直都准。比如雅斯佩尔想自杀的时候，我预感到了。但是在我赶到大桥之前他改变了主意，这点我就没有预感到。所以说，并不是有了预感，我就能够远离麻烦。我的预感不是万能的。”

“不是 ESP。”吉迪恩苦笑。

“不是，”我说，“其实这一直是个问题。我的意思是，当你不得不承认现在还理不清头绪，你怎么证明自己的预感是准的、重要的。他们会用这一点来对付我们。我知道他们一定会的。”

“有些人，尤其是一些男人，会尝试对付异类。但这并不代表他们会得逞，”吉迪恩说，“你想不想知道，不是异类是啥感觉？”

“啥感觉？”

“什么感觉都没有。”他耸了耸肩，“这就是奇特的地方。我不靠感觉，就靠事实做决定。但是我不觉得会有‘更多’什么，可能是因为我根本不知道‘更多’是什么感觉。而且我发誓，我从没有体验过‘应该去做什么事’的强烈感觉。如果有，我肯定不会忽略的。”

“哦，”我说，突然觉得在我们之间有一条无法逾越的鸿沟。吉迪恩和我是双胞胎。我们有很多的共同点，应该说几乎一模一样。唯有这一点不同。突然之间，我感到最重要的就是这一点。

“你觉得我不是异类可惜吗？”吉迪恩问道。他说出了心里话，并没有挑衅我的意思。

我耸了耸肩：“我觉得凡事都有两面。这是一把双刃剑。”

“也许吧，”吉迪恩说，“但我认为，人们会希望有一个赢家、一个真相。你看那个博客，连地狱里的怒火都比不了那些不喜欢父亲研究结果的毒蛇，满口瞎话。”

“嗯，EndOfDays。”我说。说着，我们驶下高速公路，进入波士顿的市中心。我讨厌这个名字突然出现在我的脑海里，就像一个接一个的鞭炮。End. Of. Days. “但那不是……他们不是正常人。”

“嗯，”吉迪恩说，“他是一个狂热分子。我就担心普通听众意识不到这一点。”

我们驶进了奥希罗居住的社区。这地方全是旧工厂改建的豪华阁楼。空旷的建筑散布在明亮的小酒馆和时尚的咖啡馆之间，甚至还有一个艺术片电影院，里面八成会有豆浆咖啡供应。附近还有一群看起来萎靡不振的白人少年，他们聚在一个用木板封起来的仓库前，好像仓库就是他们刚拿下的堡垒。

“100 米后右转，即将到达终点，目的地在您的左边。”语音导航提醒我们。

使用导航是有风险的。有人可能已经在跟踪我们。但是这样至少可以确保我们去到奥希罗家。如果真的有人在跟踪我们，不妨让他们知道我们这边有个警察。

我们向左拐，从两根砖柱子间穿过，把车停在了一个普普通通的停车场。在停车场的后方停了一排白色面包车，像是豪华酒店的服务车辆。而在我们的面前，是一栋豪华的改建阁楼。

我环顾四周:“一个警察能住这么好?”

我有一种不祥的预感。不是我自己的焦虑，也不是吉迪恩的情绪，是其他东西。是对奥希罗豪华住所和他的身份不匹配的一种不好的感觉。我不知道这一点为什么重要，但确实如此。就像是一个呼应。

“你改变主意了？我们还进去吗?”吉迪恩问道。他显然注意到了我怀疑的神情。

“没有。”我又抬头看了一眼那栋建筑，然后推开车门，“进去吧。”

在漂亮的大厅里，有一个白头发、方脸的门卫，他坐在办公桌后面，不满地看着我们，他觉得自己一个眼神就能把我们赶走。

“我们要找奥希罗警官？”我不应该说成疑问句。真讨厌自己这样。

“叫什么名字？”他眼睛瞪着我问道。

“唔，威利。”

门卫厌恶地吸了一口气，拿起电话。但是当电话接通时，他的情绪变好了，说话的声音突然变得温柔而礼貌。我猜电话那头是一个他喜欢的女人，奥希罗的妻子或者女朋友。“有个叫威利的来找奥希罗警官。”当他们不知道来人姓氏的时候，往往会这样说。他又一次上下打量我们。“好的，没问题。”他挂断电话，但还是想赶我们走。

这就是为什么做一个异类是一件幸事，同时也是一种负担：我不需要钻进门卫的脑袋里，不需要知道他暗恋谁。知道这些都没用。但我就是会做这些事，首先就是读他。如果你是一个异类，你别无选择。

最后，门卫指着后面的电梯，还是一副很不爽的样子：“顶楼C。”

电梯门开了，一个壮观的阁楼展现在我们面前：木梁，裸露的砖，许多窗户。

“没错，”吉迪恩小声说，“我们可得搞搞清楚。”

一个女人雀跃地从拐角走来。她又高又壮，穿着无袖T恤和牛仔裤，手臂有瑜伽教练那样隆起的二头肌。她留着一头蓬松的浅棕色长发，脸上带着迷人的微笑。

“你一定是威利，”说着，她与我握手，“而你是吉迪恩。”她转向吉迪恩，也握了握他的手。“自我介绍一下，我是伊丽莎白，埃文的妻子。”她似乎以为我能听懂。而我诧异地看着她。“哦，我是说奥希罗警官。对不起，我忘了他从不告诉别人他的名字。他可能也没跟你们提起过我吧。”

这个时候，奥希罗警官也从拐角处走了过来。他穿着牛仔裤和合身的T恤。脱掉警服的他就像只穿了内裤。

“你啊你，都没跟他们提起过我。”伊丽莎白顽皮地数落他。

“在你怪我之前，我们能不能至少先坐下？”奥希罗问道。

他们把我和吉迪恩引到一个开阔的客厅。“这里很漂亮。”我说道。这里窗户很多，绕房间一圈都是，一边能看到波士顿的天际线，另一边是水。“我从没见过这么棒的公寓。”

“我的工作远不如埃文的工作高尚。”伊丽莎白说。她坐在现代组合沙发的一边，跷起修长的二郎腿。吉迪恩和我则在较矮的一边坐下。“但收入确实比较多。”

“伊丽莎白在一家信用卡公司工作，做的是风险控制和网络安全。”奥希罗说道，我能感觉到他对她超乎爱情的那种敬重，“我想你需要的东西，她找起来会比我走正规渠道快得多。”

“信用卡公司吗？”我问道，“去追踪我爸爸的手机？”

“信用卡公司可以向太空发射火箭。”伊丽莎白站起来，从橱柜里取出一些文件。“说实话，我没想过在我的职业生涯里要做这样的事情，但是不用多久我就会退休，像埃文一样恰当地帮助别人。所以，我不能告诉你打电话给你的人具体是谁，因为那是一部用现金买的一次性手机。但是，我能进入那家电话公司的数据库，并且——”

“她这么做冒了很大的风险。”奥希罗责怪说。我不知道他责怪的是我还是伊丽莎白。“我叫她别这样做。”

“谢谢你。”我先看看伊丽莎白，然后又看看奥希罗，因为这似乎是奥希罗想让我做的——想让我心存感激。不，不是。他只是想少一点担心。他最关心的是伊丽莎白和她的幸福。

伊丽莎白瞪了奥希罗一眼。“吓唬够了啊，埃文。你要有点信心。我很好，不会被发现的。”她把取来的文件递给我。我低头一看，上面印的都是地址，还有仔细整理出来的在地图上的坐标。“这是一份清单，列出了那部手机每次拨出电话、发出短信时的位置。一开始都是在华盛顿特区，最后到了这里。3 天之前你收到的语音信箱的留言，就是从这里发出的。”她指着地图上的一个点。“距离这里 1 个多小时，在弗雷明汉。”

“但你不该去那里。”奥希罗警官双臂交叉，说道。他想说“我不允许”，但是欲言又止。“你根本不知道会遇到什么，这太太太危险了。”

伊丽莎白这一次挨着我坐下来，目不转睛地看着我。“这是他的真实想法。他甚至不同意我告诉你地址。”她瞥了一眼奥希罗，“但是我们有一点看法是一致的，那就是这些信息我无权保留。它属于你。”

“你说得不对，我第二次打电话到华盛顿特区之后，就同意你告诉她了，”说完，奥希罗转向我，“他们告诉我，你父亲的案子已经结案了。”

“我爸爸还失踪着，怎么就结案了呢？”吉迪恩问道。

“没错。更麻烦的是，我刚跟华盛顿特区通完话，15 分钟后，我的上级把我叫到他的办公室，说有人投诉我干涉其他司法管辖区的调查。他说我要是再这样，就会被开除。”奥希罗摇了摇头，“所以，我现在也不知道到底是谁出于什么动机，想掩盖什么，但是我能肯定的是，已经没人在寻找你爸爸了。我很抱歉。”

我的目光从地图上抬起，我的喉咙发紧：“谢谢你告诉我这些。”

“但我们不会袖手旁观的，”伊丽莎白开朗地说，靠过来握住我的双手，“去他的华盛顿特区警察。”

我讨厌在别人已经如此慷慨相助的时候，还必须请求更多。但是我别无选择。

“感谢你们帮我这么多，我全都记在心里，可是我能再请你们——”

“不行，”奥希罗坚决地挥手，“绝对不行。”

“埃文。”伊丽莎白说，声音不大，但很坚决，“当然可以，威利。我们会尽可能帮忙的。有什么需要，你尽管跟我们说。”

“你们能找出一个博客的运营者吗？”我说，“博客叫作 EndOfDays。”

“EndOfDays？”伊丽莎白做了个鬼脸。“听起来不错呀。我应该能办到，没问题。但是在我们行动之前，建议你去注册一个新的

Gmail 账户，这样我们联系起来相对安全一些。”她示意吉迪恩去拿咖啡桌上的电脑。

“还有，你能不能帮我查一个车牌号？”我问道，做好了被奥希罗拒绝的心理准备。

“车牌号？”他喊道。就好像我刚才说的是可卡因。

伊丽莎白对奥希罗举起一只手。“埃文，冷静。”她转向我们。“如今黑入车管所比以前难多了，埃文是想表达这个意思。他们有那么多标记，主要是应对恐怖主义分子的。”她看向奥希罗。“但是埃文，你可以查一个车牌号。通过档案册，走正规流程。没人会多想的。”

伊丽莎白歪着头笑了：好啦，亲爱的。又是这个眼神。和莱克西看道格的眼神一样，和我妈妈看我爸爸的眼神一样。这个眼神，让事实变得远没有感情重要。有一天，我可能也会用这种眼神看雅斯佩尔，如果我没写——我没有想下去。有一天——当我收回字条上的话之后——我会的。

奥希罗呼了一口气，他很生气。但是他拿伊丽莎白没有办法。“好吧，什么车牌号？”他问我。我从包里掏出照片，递给他。奥希罗一下子警觉起来。“这看起来像监视器拍的照片。从哪里来的？”

“我不知道。”我回答说。

奥希罗把照片递给我，用手指指着照片上的汽车：“这是政府的车牌。威利，你惹上了什么事？”

“我不知道。”这是我能想到的唯一答案。我真的不知道，我都快哭了。

“我可以去查这个车牌号，但是我有一个条件。”说着，奥希罗把照片放在了擦得锃亮的咖啡桌上。

“你尽管说，我都答应你。”我毫不犹豫地说。

“我要跟你们一起去。”

“跟我们一起去哪儿？”我问道。

“弗雷明汉，”他说，“我知道你们要去那里。而且，尽管很不想插手，但是我不跟着你们的话，会良心不安。”

11 月 17 日

今天一个真正的信徒出现在我的道路上。她是新来的，聚会结束后来找我。她告诉我，听了我跟大家分享我的挣扎，她真的很感动。我为追求正义而献身的精神是高尚的。

然后她给我讲了一件在我家后院发生的可怕的事情。我听完这个令人心碎的故事就意识到，应该从这里开始。从身边开始。拯救那些被渴望出名的科学家们利用的女孩，就是我一直在寻找的正义。

如果我能把这些女孩从一个我曾经认识的人正在犯的错误中拯救出来，我相信自己会一天天得到救赎。

〔 瑞尔 〕

玛莉在离 Level99 住所一条街的一个隐蔽处把车停了下来。房子看起来空无一人，但是瑞尔知道不是这样。在她外公家发生那件事之后，她曾经想过让 Level99 离开这里。他们以为会有关于 Level99 与营地的事的流言蜚语。但是始终没有听到。实际上，几乎没有任何关于营地的事的闲言碎语。瑞尔知道没什么好大惊小怪的，但她还是讶异于事情和人可以统统被这样抹掉。

瑞尔还是得注意，别一不小心把人引到 Level99 这儿来了。她觉得没有人跟踪她去玛莉家，更不用说从玛莉家到 Level99 这里了。但是瑞尔不会拿莱奥的生命来冒险。如果她外公的心腹——她确信那些人就是她外公的心腹——发现她和 Level99 有联系，她大概率会被认为没有做到“别掺和这件事”。这可能会把莱奥置于更危险的境地。

但是她至少要和玛莉一起出现一次，好让布莱恩承认由玛莉来接替自己的位置。瑞尔只需要尽自己最大的努力销声匿迹。这个计划是想让玛莉走到前台，而瑞尔偷偷退场。

“我按了密码之后怎么做？”玛莉问道，转身从后座拿她的包。包好像被什么大东西压住了，她不得不用力拽。瑞尔在玛莉的房间里待了一晚，深知玛莉是个健身狂。但即便如此，她还是无法接受玛莉要在汽车里举重。

“随时随地锻炼啊？”瑞尔朝后面指了指，说道。

“是啊，我一堵车就会锻炼。”说着，玛莉耸了耸肩。

“真的吗？”瑞尔问道。

“假的，”玛莉气呼呼地说，“那东西是我一个朋友的，我要还回去的。你不是异类吗，怎么听不出来我在开玩笑。”

玛莉说得没错：瑞尔太紧张了，她很郁闷。她太需要敏锐起来。她不仅需要神不知鬼不觉地回到 Level99，还需要做好一去就要应对布莱恩的准备。因为只要扯上布莱恩，总会有很多的麻烦事。

布莱恩想成为瑞尔的正式继任者，而不是她的临时继任者，因此他会比往常更加难缠。但是他真正应该做的是尽一切可能说服瑞尔。因为在瑞尔离开之后，由谁来领导 Level99 是瑞尔的决定，不管她何时做出选择：今天，明天，或者 10 年以后。她有时经过深思熟虑，会觉得是时候了。但是此时此刻，她能感觉到，自己需要坚持下去——为了 Level99。

无论如何，她很清楚自己的继任者永远不会是布莱恩。布莱恩无疑是一个了不起的黑客，但是做一个黑客和做一个领导者并不一样。而且，他只是一个混蛋。瑞尔想都不敢去想如果 Level99 的权力落入坏人之手会发生什么。

在凯尔西的葬礼之后没多久，班尼特·巴拉来看望瑞尔。他是瑞尔爸爸的一位老朋友，起先他是她爸爸的大学教授，后来和她爸爸是多年的邻居和跑友。班尼特经常在感恩节时来，给两个女孩钱，让她们帮他耙草。她们生日时，他总会送她们科技类的礼物。班尼特一直没有组建家庭，所以他就像是她们的半个养父，但是总能维持远近有度。

3 月末的那天，班尼特出现，让瑞尔负责整个组织。在那之前，瑞尔对班尼特与 Level99 的关系一无所知。

“你父母知道。”他实事求是地说。

“真的吗？”瑞尔隐约感觉到被出卖了，虽然她知道这有点荒谬。

“你父亲打算接替我的工作。”班尼特说。他由于已经胰腺癌晚期的缘故，费了好大劲才俯下身子，坐在一把椅子上。“我一确诊，就开始安排了。那个时候我还有很多时间。”

“哦。”瑞尔说。她对她的爸爸伸出援助之手并不感到惊讶，虽然她想象不出她的爸爸居然会是一群年轻黑客的领袖。她的爸爸对这类人一向没有耐心。

“嗯，”班尼特说，“现在我想让你接替他的位置，瑞尔。”

“我？”瑞尔问道，一边恐慌，一边兴奋。不，事实上只是恐慌而已。“为什么选我？”

“因为你是我认识的最合适这个工作的人。你在哈佛大学主修计算机科学专业。”他说，“你能够胜任，而且——”

“我以前主修计算机科学。但是我退学了，你忘了？我只在那里待了3个月，没有学到什么有用的东西。没学过黑客。就学了一堆理论。仅此而已。”

“你是离开了，我查过。但是你我心里都清楚，你想回来的话随时都可以。而且，电脑技术是重要，但还有比它更重要的。”他继续说，“我需要选一个负责人，他永远不会为了一己私欲来操纵Level99，或者带领它去做违背道德的事。良好的判断力是第一位的。”

“你怎么知道我有很好的判断力呢？”瑞尔问道。她希望既能甩掉责任，又能更深地理解他的意思。

班尼特出现，说他需要瑞尔，这对瑞尔产生了一些影响。她确实打算在秋季返校，当她做好准备的时候。也许这会让她觉得自己已经做好准备了。

“我知道你有良好的判断力，因为你父母对你的养育，”他说，“对你的言传身教。”

后来证明，班尼特是对的。在凯尔西死后，投身于Level99很可能救了瑞尔一命。就连权力的更迭也比瑞尔预想的要容易得多。这就是Level99实行的严格君主制的好处：没有人对继承规则有任何异议，而且负责管理的人领最低工资。

没有人会因为瑞尔是异类而生气——新领导人几乎都是异类。没过几天，瑞尔就觉得自己天生是Level99的领袖。她特别在行。而且凯尔西死了，Level99 和莱奥对她来说就是最重要的了。

而现在，最重要的变成了莱奥和异类们。他们比 Level99 更加需要她。可能是时候做出改变了。她已经重新获得哈佛大学的录取，将于 9 月入学。但是她不会把权力交给布莱恩，那不可能。

“你按了密码之后，告诉他们是约瑟夫·康拉德派你来的，”瑞尔说完之后，玛莉推开了车门，“你进去之后，找布莱恩。告诉他我从后面进去，让他打开地下室的门。”

瑞尔从两座大楼之间潜入水泄不通的后院。她走的是 Level99 的紧急逃跑路线。很快，她就意识到这条“逃跑路线”糟透了。你需要穿过邻居后院的一个又一个栅栏。事实上她才爬了一个栅栏就累得够呛，尤其是在 7 月这种潮湿的天气。于是，瑞尔把制订新的逃跑路线放到脑子里 Level99 待办事项的第一位。

当瑞尔终于气喘吁吁地进到 Level99 的后院，她看到布莱恩已经站在地下室的门口。他双手叉腰，还是老样子，看起来有点像老鹰——白金色的头发、蒙眬的眼睛、尖尖的鼻子，以及瑞尔不希望看到的棋盘文身。这让他看起来仿佛常驻此地。

“终于来了。”他抱怨道，转身下楼。

然而，让他生气的并不是等待。布莱恩其实希望瑞尔再也不要回来。他一直很确信自己不是临时代管。

瑞尔跟着布莱恩来到 Level99 的地下室。熟悉的长桌前，戴着兜帽、头戴耳机的 20 多岁的年轻人弓身坐在笔记本电脑前，谁也没有抬头。眼前这一切让她如释重负，感觉就像回到了自己家。

玛莉则刚好相反。她站在房间的另一边，看上去吓坏了。Level99和她想象的太不一样。确实，这里看起来、闻起来就像是一个地牢。一个不友好的地牢。但是你会逐渐喜欢上它——反正瑞尔已经喜欢上它了。

“说吧，有啥事？”布莱恩问道，挑衅地坐在瑞尔常坐的桌子前。一看就知道他是故意的。

“我回来了。”瑞尔说。这不是真的。但是她得这样说，布莱恩过得太舒服了。

“你回来了？”布莱恩假装不当回事地问，“不走了？”

“这个再说，你现在先帮我办一件事，”她说，“应该说是一些事。”

但从哪里开始呢？威利、肯德尔、异类、罗森菲尔德？她的外公？这么多问题，该死的这么少答案。

瑞尔觉得布莱恩想找一个万全之策来应对现在的状况。布莱恩知道他不应该太快屈服。他不能太通情达理了，否则瑞尔会知道他只是想拍她的马屁。但是帮忙也是向她示好的一个方式。这一点他也清楚。天啊，他表现得太明显了。

“就是我们有点忙。”布莱恩说。他选择了一个折中的办法：很难办。“我们在为总统竞选预热。说到这个，我才刚知道你的外公——”

她瞪着布莱恩。惹恼她的不是布莱恩的这句话，而是他的腔调：简直就是个混蛋。“我们都很清楚，我的外公是谁从来就不是秘密。”她生气地说。

布莱恩举起两只手:“你说什么就是什么咯。”

“这些要求你必须完成。别忘了，这里还是我说了算。”瑞尔说，“我需要你去搞清楚，肯德尔到底是谁。还有一些女孩需要你去帮我联系。”

“女孩?”布莱恩问，就好像她要让他把山羊赶到一起。

“被识别为异类的那些女孩。”

布莱恩显然听过“异类”这个说法，因为他帮助过昆汀。不过，瑞尔确实在Level99和异类之间画了一条线。Level99追踪到郎博士的研究，黑了他的数据，但那名义上是为了阻止某些混蛋科学家利用他人——完全符合Level99的使命。而瑞尔和玛莉所做的工作以及那个测试是她们私下里做的，她不能用Level99来报私仇。但是现在情况发生了变化，她决定这样做，是为了保护那些无辜的女孩。

“肯德尔?”布莱恩问道，“你是指那个杀人不眨眼的家伙?”

“嗯，就是他。但是在此之前，你先帮我查查威利怎么样了，”瑞尔说，“上一次有她的消息，她还在监狱里。我需要确认。另外，我还需要这个家伙的地址。”

瑞尔从口袋里掏出几页折叠的书页。她递给布莱恩一页，上面写着她与威利在医院挖出的异类的名字;另一页上写着戴维·罗森菲尔德的名字，以及他的书的名字。那本书比她预想的要好，也更恐怖。瑞尔没看几页，但是已经知道书的中心思想:政府的所作所为超乎她想象的糟糕。

“好吧，你说了都有10件事了，”布莱恩说，“我做了之后有什么好处?”

“你做了之后有什么好处？你还想不想要自己的饭碗？”瑞尔生气地说，“我不是问你能不能做，我是让你去做。”

瑞尔能感觉到布莱恩强忍住想咒骂她的冲动。他忍住了，只见他抚摩着下巴，环顾四周。有些更年轻的黑客正在听他们说话。他们知道规矩：瑞尔才是老大。如果瑞尔开口，他们会狠狠地揍布莱恩。

想到这一点，瑞尔感觉好多了。她的力量可能会局限于这个地方，这个时刻。但是权力就像火：星火可以燎原。

“好，”布莱恩低下头说，“我们会去调查的。”

“调查什么？”瑞尔问道。

“所有这些，”布莱恩说，“不过可能需要点时间。事情很多。”

“那就从威利和异类开始吧，”瑞尔一边说，一边又给布莱恩递了一页纸，“这是我们了解到的信息。只知道一些女孩的名字，邮件地址不一定有效。我们需要她们到上面的这个地址集合，今天就到。”

布莱恩看了看表：“今天？还要她们去一个地方？有没有搞错，他们都不认识我。”

他说得有道理。瑞尔能感觉到玛莉在看她——没有你想的那么简单，好吗？

“那就给我们她们所有人的联系方式，”瑞尔说，“我们会想办法让她们去那里。”

下午早些时候，瑞尔和玛莉坐在玛莉房间的地板上，等待着。她们花了两小时在Level99那儿给异类发邮件。玛莉的邮件写得比较含糊——她为没有保持联系而道歉，然后描述了一个摆在异类面前的威胁，说需要志愿者。哦，不过没有必要恐慌。就这些，其他的会在她们下午来了之后解释。

至少威利很容易找到。很容易知道她离开看守所，被保释了。但她目前身在何处是一个谜。为此瑞尔感到自豪。她把威利教得很好。但是瑞尔想到威利的时候还有另外一种感觉，黑暗得多的感觉。她一点也不喜欢这种感觉——担心。

布莱恩也很容易就找到了戴维·罗森菲尔德的地址。棘手的是挖出肯德尔和她外公的真相，那需要花更多的时间。布莱恩说他会继续去查，并及时汇报。瑞尔有点怀疑，她不确定布莱恩会做多大努力，成功的可能性又有多大。但是从玛莉那里打探更多，实在是太冒险了。无论布莱恩能挖出什么，都比一无所知要好。

“有多少人说她们会过来？”瑞尔看了看自己的手表，问道。她起身在玛莉的宿舍门前踱步。她担心自己会不会把将异类聚集起来这件事想得太简单了。也许没有一个人会来。

玛莉从后兜里掏出一张纸。“我们联系了65个本地人中的27个，包括在医院的那些女孩。”她说，“有21个女孩表示愿意帮忙，差不多占到80%。这才刚通知了几小时。”玛莉努力往好的方面去想，从最有利的角度解读数字。当你本来有17,000种可能的时候，21个肯定听起来很少。不过，玛莉的积极乐观是一种安慰。她们俩当中必须要有一个人积极乐观。“是个不错的开始。今晚会来的只有11个，都是临时通知的。她们都有父母。你准备好做演讲了吗？”

“演讲？”瑞尔问道。

她确实没考虑到这一点，不过玛莉说得没错。作为合格的领袖，应该做好说一些鼓舞人心的话的准备。瑞尔第一天到 Level99 的时候做过演讲，她当时很怕自己不能服众。现在她却忽略了自己是异类这件事的实际领袖。不过她的确是。她当然是。玛莉则是她可靠的中尉。

“是啊，做一场关于异类这整件事的演讲。”玛莉感到很失望，但是她在努力掩饰，“它是什么，意味着什么，你认为你的外公在搞什么鬼。”

“但是我不知道，”说完，瑞尔突然觉得自己很傻，“我没有任何答案。”

“你总比这些人知道得多，”瑞尔说，“她们有些人一无所知。医院里的女孩们不知道，‘可能的异类’——”

“‘可能的异类’？”瑞尔问道。

“哦，这是我对她们的称呼，就是那些通过我们的测试识别出的异类，”玛莉有点不好意思，“我的意思是，我们其实也不知道那个测试准不准。自我报告的方式有内在缺陷，你读大学的时候就知道。那些女孩可能是异类，但这和在郎博士的测试中被正式确认为异类不一样。他把人的体征，比如心率之类的数据也考虑在内。所以，准确来说，我是一个‘可能的异类’，我没有做过正式测试。”

“你绝对是个异类，”瑞尔说，“我能感觉到。”

玛莉很尴尬，因为她的内心其实很需要瑞尔这么说。但是瑞尔说的是真心话。她们之间的情绪流动就像电流一样。不过严格来说，瑞尔也没有做过正式测试。

“不管怎样，”玛莉说，“可能的异类在做我们的在线测试时，至少看到了一些关于异类的描述。但是从我和医院里女孩们的邮件沟通来看，她们至今还处于被洗脑的状态：相信之前是恐怖袭击。”

“她们脑袋里都没打个问号，就离开医院了？”瑞尔问道，“她们是异类，应该会产生怀疑啊。”

瑞尔在心里又记下一点：告诉她们，别那么容易上当。

“行了，你我都知道外界的声音有多容易让人迷失自我，”瑞尔说，“不管怎么样，至少应该解释一下。把基本的东西讲清楚，这就是我想说的。好让大家能够在同一个频道上。”

“可惜我不能向她们保证一切都会好起来。”

玛莉耸了耸肩：“反正如果她们真的是异类，也不会相信你。”

第一个女孩来的时候，已经快两点钟了。她留着一头红色鬈发，用一根红色的印花丝带扎着，她很害怕。害怕敲门。瑞尔应门后，她不敢进去。她想要进去，只是害怕瑞尔和玛莉是不真实的。

“我是伊莉斯，”她说，“我之前在医院里。”

她说完“医院”便语塞了。她可能不知道那里发生了什么，但是她至少知道那是错的。瑞尔会帮她了解清楚。

“你来对地方了。”瑞尔说。伊莉斯应该能感觉到瑞尔说的是实话。此外，她还必须放下戒心。所有这些女孩都需要学会让自己心安。

瑞尔已经准备好做一名领袖；她甚至知道说什么才是对的。但是她不会在处理女孩的情绪上浪费时间。

1 小时后，人来齐了，总共 11 个女孩。她们有一些坐在玛莉的床上，有一些靠墙站着，其他人则盘腿坐在地板上。一些人怀疑地眯起眼睛，另一些人脸上则是害怕的神情。对瑞尔来说，这里聚集了太多的人，以至于她无法清晰读出她们每一个人的感受。倒也问题不大，因为瑞尔本来也没想知道。

她们中有 3 个人来自医院：伊莉斯、拉蒙娜和贝卡。而且瑞尔很快就发现，她们都做过本·郎的一个后续测试，有一个人的动机是好玩儿（拉蒙娜），有一个人是为了钱（贝卡），伊莉斯则猜想可能对大学有帮助。其余的女孩都是在线测试识别出的“可能的异类”。她们的体形、个头和肤色不同，对穿衣的品味各异，风格也差很多，有的大胆，有的焦虑，有的傻乎乎的。有些看起来像有钱人家的孩子，有一个女孩则是无家可归。幸好她们有这些差别，因为不一样增加了控制她们的难度。所以，也无法摧毁。

“感谢大家的到来。”瑞尔站在她们前面，开始了演说，“我接下来要说的一些事情，你们可能有耳闻。所以，请认真听。然后每一个人都问问你自己是否相信我。如果你仍然认为这是扯淡：没关系，我说真的，你可以随时离开。我们希望你听从自己的内心。不管是什么事，听从自己的内心。这就是为什么我们在这里。”瑞尔停下来，环顾四周，“我希望你意识到，你一直在忽视自己的真实感受，在开口之前，你浪费了多少精力去听这个世界说你错了。现在你需要做的是掌控它，你是什么感觉，你在乎谁。你来决定什么是真相。所以，如果你的直觉是现在就走，那你就走。我更希望的是你跟随自己的直觉走出那扇门。”

说完，瑞尔故意沉默了很久，房间里安静得有些难耐，但是没有一个人离开。没有一个女孩走动一步。

“那好，”瑞尔看到没人打算走，就继续说下去，“欢迎。你们都是异类，至少我们很确定这一点。现在我们来说说这到底意味着什么。”

紧接着，瑞尔做了展开。她尽力去解释郎博士的研究，以及什么是“阅读”。她不止一次地告诉这些女孩，如果威利在场，她会把这门科学解释得更好。瑞尔尽她所能，集中讲解着基础内容：有研究表明异类是存在的，有充分的理由相信房间里的女孩就是异类，而这决定了她们能做什么、她们是谁，也正因如此，她们会被人盯上。

也许。

“威利在哪里？”叫拉蒙娜的女孩问。

“之前一直被关在看守所里，被指控在医院纵火，”瑞尔说，“刚被保释出来。我现在也不知道她在哪里。”

“哦。”拉蒙娜陷入自责。

“你为什么自责？”瑞尔问道，“发生了什么事情？”

拉蒙娜环视了一下房间里的其他女孩。但她们只是茫然地望着她。她们也能感受到拉蒙娜的自责。在一个全是异类的房间里，没有什么是秘密。

“别想撒谎。”拉蒙娜还没回答，瑞尔就又说道。这样一个示例让她松了口气。“这句话你们其他人也听清楚。你骗不了其他异类。你们都有读心术。如果你不走，我将教你如何阻挡——老实说，这可能是最重要的——然后你就能保护自己的感受不被别人阅读。而要是有人在阻挡，你大概率知道她们有所隐瞒。谁知道呢，也许我们还有办法，找出一种更好的不会被察觉的屏蔽方法。那肯定会有帮助。”瑞尔转向拉蒙娜，“不管怎样，你对威利感到深深的自责。你老实说是为什么吧。”

拉蒙娜低下头，悲伤多于内疚。“我跟警察说，我想八成是威利放的火，”她抬起头，睁大眼睛，感到绝望，“我的意思是，威利在医院里什么都不解释，而且还发生那么奇怪的事情，塑料娃娃什么的。她追着那个人，就好像要干掉他。哪儿都有她。我不确定是谁放的火，但是她肯定撒了谎。”

“她是撒了谎，”瑞尔说，“这一点你说对了。但是你的其他推断大错特错。下次在冤枉别人之前，先搞清楚状况。”

拉蒙娜低下头，恨不得钻进地缝里。而瑞尔觉得自己像个傻瓜，她是最不配去用道德批判别人的。

“听着，每个人都会犯错误。”瑞尔接着说，声音更加温和。反正已经是尽可能的温和了。然后她看向女孩们。“但是从现在开始，我们必须互相支持。在这种混乱的情况下，我们有的就只是我们自己。”

〔 雅斯佩尔 〕

雅斯佩尔把莱希的自行车送到修理店时，已经是下午 3 点。修车师傅让他 1 小时后再来取。于是，他有危险而漫长的 1 小时要消磨。尤其危险的是，他仅能找到的这家修理店就在威利家附近。所以，他硬着头皮去了，现在他距威利家只有几条街。

雅斯佩尔只想最后去那儿看一眼，然后就死心。他把吉普车开到威利住的街区时，对自己说：画上句号。他甚至不在乎看到威利。他只是想以这个地方——她家——为标志，宣布他最终的再见。

很可惜，雅斯佩尔只是在自欺欺人。当看到威利家近在眼前的时候，他发现竟然连自己也骗不了。

而且雅斯佩尔知道，他妈妈担心的事情正在发生，他开始搞砸一切。他先是缺席了前一晚的组会。

“老兄，你跑哪里去了？”晚上 11 点 30 分，当他终于跑完步、回到宿舍时，查恩斯问他，“教练非常生气。”

“糟糕！”雅斯佩尔耷拉着脑袋，闭上眼睛。发生那些事之后，他为了参加组会特意回来，当他看到威利的字条，就把这件事忘得一干二净了。“他说了什么？”

“‘该死的雅斯佩尔跑哪里去了？’这是他的原话。我对他撒了谎，我说你妈妈生病了，”查恩斯自鸣得意地说，“他就没再说什么了。但是你最好有证据能证明她病了。还有，下不为例啊。”

“谢谢你，兄弟，真的谢谢你。”雅斯佩尔说。

他一直到现在还心存感激。那天早训，教练在留他下来多训练了 1 小时，又让他打扫了更衣室之后，提到了医院就诊单。但愿他能说服自己的妈妈去弄一张就诊单。她本身在医院工作，当然，雅斯佩尔得想一个像样的、不牵涉威利的借口，说明自己为什么缺席了组会。

但是任他苦思冥想，就是想不出来，现在他只得坐在车里，而车就停在距威利家一条街的地方。雅斯佩尔觉得威利家没有人。现在就像午夜时分，而不是下午 3 点。

OK，就像现在这样。没人在家，没什么可说。

正当雅斯佩尔准备开车离去的时候，他突然看见威利家的前门是敞开的，就像上次威利在医院，有人把她家弄得一团糟时一样。所以，他至少得去看一眼。

他把车停在对街两辆车之间的一个隐蔽的地方。他从后视镜里观察着威利家，两分钟过去了，什么人都没看见，只有前门离奇地敞开着。他正想着或许自己应该下车到前门去看看，突然一个大块头出现在门廊，手里拿着一个纸板箱。他在台阶前止步，四下张望之后，走下来到了路边。一辆白色面包车开了过来，停在他的旁边。他把纸板箱放进面包车的后备厢，然后上车坐在乘客座，车便开走了。

我靠。那家伙是谁？那是什么？简直太可疑了。雅斯佩尔下意识地发动了车，尾随那辆面包车行进。

他是不是希望通过尾随这个大块头——这个可能很危险的坏家伙——让威利回心转意？是的。他知道这样做很愚蠢吗？是的。可惜这并不能阻止他。

那辆面包车一直向前行驶，开了有将近 1 小时。雅斯佩尔没有想到要尾随这么长时间。他们很快驶出了牛顿，开到了一个无人区。周围只有树，更多的树。

最后，面包车驶下大路，驶上一条长长的土路，开进了树林。雅斯佩尔开着车穿过土路，找了一个隐蔽的地方，把他的吉普车停好。现在只有一个选择，那就是走着去了。

雅斯佩尔沿着坑坑洼洼的土路往前走了几百米，终于辨认出隐藏在树林里的是几个仓库。仓库很长，是米色的，依次排列。但是树林里很安静，而且荒芜一人。这里有仓库是非常奇怪的，至少里面不会有什么好事。

雅斯佩尔小心翼翼地向前走着，他一直沿着土路，一路安慰自己：如果有必要，他随时都可以回头，跳进树林里。他一直和仓库保持着距离。和面包车也是。

突然，雅斯佩尔听到一些声音，他赶忙停了下来。不，不是一些声音。只有一个声音。一个人的声音。他很肯定自己认识这个声音，那是跟踪他们到科德角的其中一个警官的声音。他从没见过那个人的脸。但是他永远忘不了那个声音从瑞尔外公家的前门传来，当时他和莱奥、威利就躲在瑞尔外公家的办公室。“克鲁特。”威利当时说。显然，他之前也去过威利家。

现在，雅斯佩尔俯下身，他能看到那个人在仓库前的空地踱步——在打电话。

“嗯，”他听到克鲁特说，“我现在正在处理。”说完，他沉默着，听电话那头的人说话。“嗯，我们讲好的。我走之前会确认的。”

克鲁特挂断了电话，又从雅斯佩尔的视线中消失了。过了一会儿，有一股特殊的烟味传来。然后克鲁特再次出现了，他平静地走向那辆面包车。司机没有开门。克鲁特钻进树林里，消失了，而那辆面包车也开走了。

面包车驶过的时候，燃烧的气味更加浓烈。这让雅斯佩尔想起了凯西，他感到难受和内疚，赶紧去看是什么东西着火了。

当他走过第一栋建筑的时候，火出现了：从大小来判断，肯定是那个纸板箱烧着了。当雅斯佩尔走近，他能清楚地看到在燃烧的就是它，基本只剩一堆冒着烟的黑灰了。克鲁特到底在烧什么？如果纸板箱是从威利家拿走的，那绝对不是好事。为此，雅斯佩尔必须马上告诉威利。

在雅斯佩尔转身离开之前，他透过后面的窗户，朝仓库里面瞥了一眼。仓库里有一个很长的中央走廊，两边各有几十个小房间。

像办公室，又像监狱。如果有人在里面工作，那肯定糟透了。但是这些无法解开雅斯佩尔心中的疑惑：克鲁特为什么驱车来这儿？或者他在烧什么？

但是不管有没有答案，雅斯佩尔都得告诉威利。他一找到她，就会告诉她。

雅斯佩尔回到威利家，但是没有她的踪迹。他回了学校。此时他满脑子都是克鲁特和纸板箱的事——以及要怎样告诉威利——他竟然把莱希的自行车背上了楼，而不是把它锁在宿舍旁边的停车棚。

“该死！”他站在楼梯上，咕哝了一句。当推开楼梯门时，他还低头看着手里的自行车，险些与查恩斯撞上。

“嘿！”查恩斯躲开了，没有被莱希的自行车撞到小腿。他在楼梯顶上转过身，眯起眼睛望着雅斯佩尔。“兄弟，你精神恍惚啊。没事吧？”

不，雅斯佩尔有事。他很想告诉查恩斯。但是从哪里讲起呢？他甚至都没跟查恩斯说过威利的事情。他不想解释拘留所，并不是因为感到羞愧——他一点也不羞愧。他只是觉得，这是威利的私事，不应该去跟别人说。

“嗯，我没事。”雅斯佩尔说。

“刚刚有个女孩，”查恩斯楼梯下到一半的时候说，他停了一下，回头看雅斯佩尔，“来找你。”

“什么女孩？”雅斯佩尔问道。

“长着可爱又狂野的眼睛。她没告诉我她的名字。我跟她说我不知道你去哪里了——我有一个很重要的约会。”他眨眨眼。“我不会很快回来。反正她给你留了一张字条和一些饼干。你很幸运，她来的时候我正要出去，否则就没这些东西了。给我留点啊，你还欠我的。”

走进宿舍，雅斯佩尔把莱希的自行车放了下来。果然，他桌子上有一个纸盘，上面放着一堆巧克力饼干，用玻璃纸包裹着。但是他看着字条上面的字（不是威利的字迹），还傻傻地希望饼干是威利送来的。

亲爱的雅斯佩尔：

非常感谢你把我的自行车修好。对不起，之前我很过分。糟糕的一天。

祝好，

莱希

不，绝对不是威利写的。不过莱希很友善。瞬间，他的脑海里闪过：也许她……但是他没有想下去。他只是因为莱希在那里才想到了她。触手可及，其实不能构成喜欢的理由。

雅斯佩尔深吸一口气，拿起一块盘子上的饼干，咬了一大口，然后重重地坐在椅子上。

管他呢。至少他认识到了自己的问题，对吧？他现在又不是因为莱希让他感觉很好，就要去找她。也许进步缓慢，但还是有进步的。

雅斯佩尔把剩下的曲奇饼干放进嘴里，闭上眼睛。他现在累得要命；逃离真相令他身心俱疲。现在才下午 5 点 30 分，但也许他会去睡觉，为明早做好准备。他一定会好好发挥，再接再厉，让教练忘了对他的不满。明天一切又会是崭新的。

雅斯佩尔起身打算去睡觉，但是他的动作太猛了。他感到一阵眩晕，身体失去平衡。房间开始旋转。他想吐。雅斯佩尔伸手想稳住自己，但只抓了一把空气。他倒在地上，只看到天花板，在旋转。

最高机密

收件人：参议院军事委员会 戴维·拉索

发件人：建筑部军事情报局

回复：租期延长

5 月 5 日

曼彻斯特 2642、亚利桑那 1754、华盛顿特区 1619 三处设施的租期延长已经批准。请提供所有预算的细节，并尽快提出内部装修的申请。

此项目已被授予一级安全许可，执行相应的保密规则。相关沟通到此为止，后续这些设施将由你的办公室独自维护。

〔 威利 〕

当我们终于开车驶离波士顿时，已经是下午 5 点 30 分了。我们跟随伊丽莎白的地图，前往弗雷明汉。奥希罗警官一直紧随在我们后面。我们说好了，一离开波士顿就扔掉吉迪恩的手机。很难想象我们和外界完全切断联系后是什么样子。妈妈的邮件提供的信息不多。但说不定瑞秋还会发来有用的信息？不过留着手机风险太大。在牛顿有人跟着我们还不要紧，但现在可不行。

奥希罗让我们等到傍晚再出发去弗雷明汉。他说要是他不去上班，会引人怀疑。但是我觉得他其实是想找到我爸爸的下落，这样我们就不用去弗雷明汉了。显然，他没有成功。我们本来想白天就走、自己去查，但是碍于奥希罗答应帮我们的情面，我们没有行动。

于是，我和吉迪恩竭尽所能熬过了这漫长的一天。我们去了市中心看电影——古老的武术电影，两场连映。电影是吉迪恩选的，并不是因为有特价优惠。

“在那里停吧。”我指着车水马龙的高速公路旁一个出口处的加油站。

吉迪恩照我说的做了，确保后面的奥希罗能够跟上。我把身子探出车门，正准备迅速丢掉吉迪恩的手机，就在这时，我看到了瑞秋发来的短信。

“威利去哪里了？她可千万别出牛顿，会违反保释规定。”

“她没出牛顿，我发誓。”我回复。假扮别人让我突然有一种解脱的感觉。

“吉迪恩，快回来。马上。你妈妈就要回来了。她回来后需要威利的帮助。她还发了一封电子邮件。”

有一个附件，我赶忙点开。邮件内容如下：

收件人：威利

发件人：游泳教练

回复：7 月 2 日

亲爱的威利：

我正从加利福尼亚往回赶。我等不及要见你了。奥杜乌尔博士说她告诉爸爸，最新技术可能会带来关于异类的新发现。她认为异类的脑部结构发生了改变，尤其是灰质缩小了。

但是威利，还有一件事。奥杜乌尔博士把这些都告诉了爸爸。他已经了解。但是她说爸爸让她保密。这真的很奇怪。奥杜乌尔博士说她不是很想这样。于是，她和爸爸起了很大的争执。她觉得爸爸也许还偷偷和别人合作，在卖这个研究报告。

我的意思不是说爸爸做错了什么，只不过奥杜乌尔博士很担心。我也很担心。

我永远爱你，

妈妈

我先是感到愤怒不已，然后是内疚。她怎么能仅凭某个博士的一句话，就说我爸爸做错了什么？我才不管奥杜乌尔博士跟爸爸是不是有合作。事实是我们根本不认识她。我妈妈起初就不应该跑出去寻找答案。但话说回来，现在我和吉迪恩在这个废弃的加油站，即将去往未知，我其实也没有资格说这些。

OK，这就回去，我回复瑞秋。

吉迪恩，我没跟你开玩笑！！现在就回来！

我关了机。

"瑞秋吗？"吉迪恩问道。我点了点头。"她一定气炸了。"

"是啊。"我说，为成功激怒她而感到莫名的高兴。就像一个叛逆的小毛孩。

我把曲别针掰直，用它去戳吉迪恩的手机卡槽。这招儿是跟瑞尔学的。取出 SIM 卡后，我推开车门，丢掉了手机。手机坠入空无一物的垃圾桶，发出"砰"的一声。随之而来的是深深的懊悔，就好像我犯了大错。只是我还不知道错在哪里。

吉迪恩和我继续驾车行驶。半小时后，我们最终到达了伊丽莎白给我们的地图所指示的位置：马萨诸塞州的弗雷明汉的美国军团大厅。电话最后一次拨出就是从这里。我们看到的是一座白色小砖房，屋顶前斜，因此显得很不协调。又或许是我现在感觉的投射。我告诉自己别多想了，因为我们别无选择，只能挺住。

吉迪恩把车停在靠近前门的一个停车场，奥希罗则把车停在一个非常远的隐蔽地点。我们在出发之前就商量好了，让奥希罗等在军团大厅的外面，找个我们看不见的地方，但是距离军团大厅也不是太远，这样如果我们一刻钟内没有出来，他会知道我们遇到了麻烦，就会来营救我们。

“你确定还想这么做？”我正准备伸手去开车门的时候，吉迪恩问我。我能感觉到他的担忧。不，比担忧还严重，是恐惧。

我强作欢笑：“定义一下什么叫‘想’。”

“我是说真的。”说着，吉迪恩看向黑漆漆的停车场。有一半的车位都停着车。“里面显然有人，而且人数应该还不少。我们不知道里面有谁，是干什么的。现在这样贸然进去，可能会有危险。”

“我知道。而且我还知道，打电话给我的人也许压根儿不知道爸爸的事情。她可能只是想问我们要钱。但这是我们唯一的线索。”说着，我又看了看军团大厅。我对进去没有半点儿犹豫。“去军团大厅是正确的方向。我觉得我们应该继续寻找爸爸，他需要救助。”我转向吉迪恩，“但这些都只是‘感觉’。我没有办法证明。你在来这里之前应该就知道。”

当吉迪恩看向我，我感觉他平静了一点。在那一刻，他选择相信我。

“那好吧，”说着，他打开了车门，“听你的。”

我们走进了军团大厅。在空荡荡的大厅里，有深色的石头墙面、抛光地砖，还有一面墙上有长长一排旗帜。里面很凉爽，有点潮湿，像一个地下室。在高高堆起的桌子上，各种小册子随意摆放：丧亲支援、退伍军人服务、老年人电脑培训、除草服务，还有遛狗的——没什么特别之处。

在桌子的对面，有一扇关闭的门。门上挂了一块手写板，手写板上写着：下午6点有会。门后有声音传来，有笑声，还有断断续续的谈话声。吉迪恩点点头，于是我推开门。我本来以为会看到军人，要么像肯德尔一样狡猾，要么像克鲁特警官一样高大的军人——这毕竟是一个军团大厅。但当我望向屋内，看到的是各式各样的人，老中青都有，有胖有瘦，有高有矮，这里即将举办一场温暖又热闹的社区聚会。不，也许是一场匿名酗酒者聚会。匿名酗酒者聚会让我想起了凯西的爸爸，这让我感到当头一棒。在凯西的葬礼上看到文斯真的是太可怕了。凯西的死令他伤心欲绝，他对我非常愤怒。但是我真的能怪他吗？凯西出了这样的事，我多少还是有些自责的。

当然，一想到凯西，我就又很想念雅斯佩尔。写下那张字条真是愚蠢。

我又回头看了看那各色的面孔，有微笑的，有聊天儿的，有互相寒暄的；似乎没有一个人察觉我们的到来。他们是普通的小镇人，看起来友善、开放。在房间里，许多椅子朝向前面的一个空讲台整齐排列；已经有一些人落座了。墙边有一张桌子，上面放着一个盛有买来的饼干的纸盘，旁边是一些塑料杯子，还有两大罐橙汁。

“我们也坐下吧，”吉迪恩从牙缝里挤出这句话，“既来之，则安之。”

他说得没错。人们开始走向椅子。当房间终于安静下来的时候，我们也坐下了，这时我不自觉地想要往左边看。那里有两个年轻女孩，她们穿着可爱的上衣和系带平底凉鞋。漂亮，但是算不上惊艳。我的目光却被她们吸引。看向她们的时候，我觉得自己忽视了一些重要的东西。最重要的东西。

“大家好。”一个男人站在房间前面喊道。他头发灰白，穿着时髦的白色亚麻布衬衫，手腕上戴着昂贵的手表。他比大多数观众要老成得多。“和往常一样，非常高兴大家能来。你们大部分人应该都认识我，我是约翰大哥。今天晚上我只是过来帮场，不是常驻。不过接下来几天都会是我。我知道，自从前几个月我走了之后，来这儿聚会的人越来越多。但我不会瞎往自己身上联想，你们别担心。”

他兴高采烈地环顾四周。是真的快乐，那就是他的感觉。尽管屋子里有那么多人，而且他与我们的距离很远，但是他的快乐就像聚光灯一样耀眼。当他的目光扫过我们，我做好了被停下来注视的准备，因为他并不认识我们。但他只是平静地继续扫视，很热情。

“今天晚上，我想用牛顿的一句话开场：‘重力可以解释行星的运动，但它不能解释是谁让行星运动。’我认为这句话与我们的使命紧密联系。因为科学和精神的空间不仅和平共存，还互相促进。这一直是我们追求的目标。”

他继续往下说，阐述信念和证明、信仰和事实。他口才很好，声音也很好听、很舒缓。大家都听得很认真。这次聚会是精神层面的，但不是某一种官方的宗教。至少不是传统意义上的宗教。肯定是一种好的宗教。他越说，屋子里的善意就越强烈。我从来没有阅读过像他们这样的人：全神贯注于一种纯净积极的情绪。让人无法抵挡，不过是非常好的体验。

没过多久，我就飘到了这种情绪上面，悬浮在一个温暖的水池里。房间渐渐消失，你感觉不到重力，很自由。就这样，大概过了长长的一两分钟。

然后，我突然惊醒。当我环顾四周，每个人都低着头，闭着眼。鸦雀无声。

“向着光明。”约翰大哥说。

“向着光明。”每个人都跟着他复述。

就这样，咒语被打破了。人们的情绪开始出现——孩子、压力、工作、我饿了、我冷了。约翰大哥伸展双臂，像天使一样召唤。人们开始起立，没过多久就在房间里散开了。

“就这样？”我轻声问吉迪恩，“是结束了吗？”

“才结束！”吉迪恩说，“我还以为永远结束不了了。”

“哦，我想我刚才走神儿了。”

“不过那里有果汁，”吉迪恩挑起眉毛，而我不解地看着他，“那个人刚才说：‘今天就到这里，果汁大家可以畅饮。’没说饼干。就只说了果汁，要我说，真是太奇怪了。我的意思是，搞不好他说的是‘喝点酷爱饮料[1]’。”

我站了起来，因为其他人都已经站了起来。“你想喝果汁吗？”我问吉迪恩。

“不想。”吉迪恩的口气就好像我根本没明白他的意思，“我可不想被人下药。”

“被人下药？”我问。我无论如何也搞不明白他在说什么。我觉得自己被一块阴云笼罩着。

“威利，你是怎么了？感觉你迷迷糊糊的。”

“他刚才到底讲了多久？”

“可能讲了半小时，”吉迪恩说，“反反复复在说同一个东西，就是科学和宗教合一。老实说，我觉得他就是想无视科学那一部分。但是管他呢，每个人的看法不一样。其他人似乎对他说的挺感兴趣。”

“这么多人我一般什么也读不出来，”我说，“但是刚才我读到一声吼叫。声音——”我顿了顿，“巨大。”

“你确定不是喝果汁喝的？”吉迪恩眯起眼睛看着我。他是在开玩笑。“听着，我想离开这里，而且我们跟奥希罗约定的时限已经超了很久了。他就要来确认我们的安危了。你想不想在他进来之前，找找和爸爸的手机有关的线索？”

吉迪恩说得对。我需要保持专注。“我们应该先和那边的女孩聊聊。”我指着先前吸引自己注意力的两个女孩，说道。

---

1 邪教主吉姆·琼斯曾经蛊惑信众喝下含有氰化物的酷爱饮料，致使近千名信众中毒身亡。

“OK，带路吧。”吉迪恩如释重负地说。他其实很想赶快离开这个鬼地方。

那两个女孩并排坐着，当我们走过去的时候，她们正围在一起看一部手机。其中一个女孩皮肤白皙，留着齐腰的金色长发，另一个体形娇小，脸上长着雀斑，留着浅棕色的鬈发。她们似乎在争论某个人社交网站上的半裸自拍照。

“不过她可能用美图软件处理过了，”金发女孩说，“我只是说有这个可能。”

“我觉得没有处理过，”鬈发女孩说，“没人能处理得那么好。”

近距离观察这两个女孩，我觉得她们没有其他人那么虔诚。她们外表更坚硬，内心更原始、炙热。就像熔岩核心上的岩石。她们肯定不是真正的信徒。

“哦。”终于，那个鬈发女孩对我说话了。她对我眨了眨眼。

这不是一句“你好”——绝对不是——但这暗示该我说话了。

“嗨。”我开了口，但是不知道接下来该说什么。突然觉得太冒险了。这些女孩有很重要的事情会告诉我们。太重要了，不能搞砸。于是我只能傻傻地望着她们。

“嘿。”最后吉迪恩走上前，化解了尴尬。他举起一只手，微笑着。“我，呃，吉迪恩。”

两个女孩咧嘴笑了，她们身子前倾，就像梳理羽毛的小鸟。这也是我第一次发现，吉迪恩已经长成翩翩少年。

“我叫格蕾丝。”金发女孩弓着腰说，像是想让自己显得更小鸟依人。

“詹妮弗。”另一个女孩说。然后两个女孩对视了一下。我能感觉到她们内心在咯咯地笑。他好可爱。

“你们能告诉我们这是什么吗？”吉迪恩指着房间，得体地表现出好奇，也许还带点困惑的神情，但是没有评判的意思。

“是匿名酗酒者聚会吗？”我问道。我的声音很尖锐。真后悔自己插了这么一句。

“匿名酗酒者聚会？”詹妮弗做了个鬼脸，就好像我是个白痴。

“各式各样的人，还有橙汁。”我说。但是此刻，这些我用来推断是匿名酗酒者聚会的证据感觉站不住脚了。

“匿名酗酒者聚会可比这有趣得多。”格蕾丝望着屋子外面还没散去的人群，悲伤地说。没有人急着要走。

“没错。”詹妮弗表示赞同。然后她抬起头，看着我，目光犀利，就像在质问。“都不知道这是什么，那你们来做什么？”

“有人在这里给我们打电话。”我回答说。

至少我的声音开始恢复正常了。我没有说那个电话是从我们还失踪的爸爸丢失的手机拨出的，可能是那个人偷了他的手机。因为那样的话，她们可能会觉得我们在寻找罪犯，然后欺骗我们。

“聚会时是不能打电话的，”格蕾丝严肃地说，“这是规定。所以……”

“是几天前打的，”我说，“当时可能没有聚会。我记不清具体时间了。”

“好吧，很多人会来这里。这里就像是一个专门见面的地方，你懂我的意思吗？”詹妮弗转动眼珠，“女童子军和她们的妈妈在这里见面。”我从詹妮弗那里感觉到了嫉妒，就好像加入女童子军是她曾经的一个愿望。

“哦。”我应和道。我不知道接下来应该说些什么。

随着我们冲进死胡同，我现在意识到，我在这上面寄予了太多厚望。

“你有名字吗？”格蕾丝问道。

“名字？”我问，不想告诉她们我是谁。

詹妮弗和格蕾丝对视了一下。“嗯，打电话给你的人的名字。”格蕾丝说道。

“哦，”我说，“我不记得那人叫什么了。”

“听着，我只是善意提醒，”詹妮弗说，“如果我是你，我不会这么恍惚地出现在这里。这些人如果断定你需要‘帮助’，就会让你接受帮助。你很走运，今天那个正常人不在。他真的是孜孜不倦。他们大多数都不是坏人，其实应该说是相当不错的人。但是他们的边界并不大。”

“你说的正常人是谁？”吉迪恩问道。

“像约翰大哥一样，但是他服用类固醇，”詹妮弗挥着一只手说，“有时候你会觉得，他们根本就不相信这里说的，他们只不过是喜欢这个社区罢了。但是那个新人呢，他对这些是深信不疑的。”

“这倒是真的，”格蕾丝严肃地说，“他只要一开口说话，不说出‘我能救你’之类的鬼话是不会停止的。这有点恐怖。不是性感的恐怖，是毛骨悚然的恐怖。你细想的话，感觉就更奇怪了。但是不管怎样，我们知道有的女孩喜欢他。搞不懂是为什么。”

“谁喜欢他？”詹妮弗问道。

“我不知道，苏菲－安。”格蕾丝说道，突然紧张起来，“应该只有一个女孩。但是，她好像在和他交往。”

珍妮佛看了格蕾丝一眼。这个苏菲－安不简单，这一点是毫无疑问的。我需要加倍押注在这个苏菲－安的身上，尽管她的名字和打电话给我的那个女孩的名字不一样。她告诉我的可能不是她的真名。

“打电话给我们的是一个女孩，也许是苏菲－安。”我说，“不管她是谁，她用的是我爸爸的手机。”我忍不住说了出来。

“你爸爸的手机？”格蕾丝来了兴趣。不过詹妮弗站起来，好像想走。“她偷的吗？”

“她说是她捡到的，”我回答说，“但我们还是需要找到她。因为我们需要找到我爸爸的手机。我爸爸失踪了。我们绝对不是说是苏菲－安或者是谁干的。我们只是想找到那部手机，仅此而已。那部手机也许能帮助我们找到我爸爸。”

“嗯，就像我们刚才说的，来这里的女孩很多。”詹妮弗的声音和感觉都很冰冷。

我想了想——那个声音很特别。它至今还在我的脑海里回响。

“等等，她有波士顿口音。”我说道，为补充了一些有用信息而感到欣慰。我很惊讶早没意识到这一点。“比如她会说‘记得哇？’。”

格蕾丝兴奋地拍起手来。“是苏菲－安！”她转向詹妮弗，“对吧？她就是那样说话的！”

詹妮弗难以置信地盯着格蕾丝。“天哪，格蕾丝。”她摇了摇头，“在你说出更多不该说的屁话之前，我们走吧。”

格蕾丝看起来很困惑，然后感到羞愧。她站起来，迅速走到詹妮弗的身后。她可能不知道自己说错了什么，但是已经准备好承认错误。

“我们在哪儿能找到苏菲－安，”我问，“你们知道吗？”

“不知道。”詹妮弗说。一个谎言。我不确定。因为很奇怪，感觉似是而非。“格蕾丝，走了。快点。”

说着，詹妮弗转身就走，还用手拽着格蕾丝的胳膊。

“对不起，”格蕾丝顺从地跟着她，说道，“因为我们的养母波特夫人不让我们提她。我可以告诉你们地址——”

“格蕾——”

“我们住在卡尔弗街 319 号。”

“——蕾丝！”詹妮弗已经低下头，闭上了眼睛。

“格蕾丝，后果你自己承担，”说着，她朝门走去，“你一个人承担。”

“好了，詹妮弗！”格蕾丝一边喊，一边追出了门，“你不是真的生气了吧？”

直到回到大厅，我才意识到我们忘了问格蕾丝和詹妮弗这个团体的名字。格蕾丝是给了我们波特夫人的地址，但是我想有可能我们还是得循迹调查。

幸运的是，有个门卫正在清扫大厅。他很年轻，可能 20 多岁。

他正挥动着扫帚。于是我朝他走去。

“打扰一下，你知道今天晚上的聚会叫什么吗？”

但是门卫没有理我。我又问了一次，这才意识到他原来戴着耳机。于是我在他眼前摆了摆手，他先是被吓了一跳，随后开朗地笑起来。

“不好意思，”他指着自己的耳机，笑着说，“我刚才在听播客。你知道吗，那个新来的人？现在人人都要听播客，对吧？”他摇摇头，又笑了。从这次微笑中，我能感觉到他毫无戒心。就像不上锁的门一样。“起初我是不信的，但是我听了整整 1 小时，他妈的还没开始讲重点。我的女朋友会说这种东西就是这样，消磨你。她这人疑心重。”

“你说的‘这种东西’是指什么？”我问道，“这到底是什么？”

在他回答之前，我感觉到一列火车正向我飞驰而来。来不及躲闪。

“这是集体。但是播客的名字叫作 EndOfDays，”他一边说，一边把耳塞放回耳朵，“现在想来，我可能还是有点不信。别告诉我女朋友她说中了。”

吉迪恩和我冲出了美国军团大厅，直奔奥希罗的车。他的车停在一辆白色面包车的后面，现在我能看到车的一角。我的汗毛都竖起来了。EndOfDays。集体。EndOfDays。集体。我确实有预感，不是吗？我爸爸的手机在他们那里。他们抓了我爸爸。我确实有预感。只是没想到会这样组合。而且，我还是不知道“他们”是谁。

昆汀？那感觉不像钥匙，而像要再转动一下的门把手。

我原本以为当我们靠近奥希罗的车时感觉会好一点，但是我错了，我的感觉更糟糕了。不过我告诉自己，奥希罗知道下一步应该怎么做。因为我想不明白，我爸爸怎么会“自愿”跟一个至少要为凯西的死负一部分责任而且差点儿害死我的团体的人走。这件事，哪怕是本来不感兴趣的人，也会想知道真相。现在那个营地已经没人管了，成为又一个未解的悲剧。但是由于被控制着，所以不太可能再出事。

“冷死了。”当我们走到面包车边上，吉迪恩已经被冻得不行。透过奥希罗汽车的后窗，我们看到他靠向一边。“难怪我们进去这么久他都不找我们，原来他睡着了。他就是这么保护我们的！”

不，我心想，无法移动一步。他没在睡觉。但是我一个字也说不出来。

剩下的部分像该死的慢动作。吉迪恩先于我走到驾驶座的窗边。“哦，天哪！”他说。

我走上前，看到破碎的车窗，周围挂着一些玻璃碎片。在破碎的窗户后面，是奥希罗警官，一动不动，血流不止。

最高机密

收件人：参议员戴维·拉索

发件人：建筑师

回复：手链识别登记和执行

5 月 11 日

尽管研究隐患还未消除，我们认为急需应急。我们建议无论如何即刻行动。

之前说过，根据我们的模型预测，识别和记录目标组员“异类”的难点在配合度上。如果一个成员被认为拒不服从，我们的模型表明以下处罚将是最有效的。

初犯：受试者将被关在房间不少于 3 天。

二犯：受试者将被关押不少于 3 天。

三犯：受试者将被关押不少于 3 个月。

四犯：我们的模型预测只有不足 1% 的目标组员会四犯。我们建议关押不少于两年。

尽管一开始处罚可能会遭到民权方面的抗议，但是我们认为连续的战略性的以安全与保护为重点的公关活动，将逐渐为我们赢得支持。

为了获得最大的利益，我们认为这一做法应该在竞选初期，目标人群一旦被公开识别，就早做勾画。

〔 瑞尔 〕

事实上，戴维·罗森菲尔德就住在比肯山，离三叉戟书店 & 咖啡馆不远的地方，这可能是瑞尔一开始被引到三叉戟书店 & 咖啡馆的原因。傍晚的时候，她照着布莱恩为她打印的地图出发了，最后在一条小巷里找到了罗森菲尔德的改建马车房。太阳还没有落山，但是巷子里已经很黑了。

有充分的理由相信，这位戴维·罗森菲尔德就是信封上提到的罗森菲尔德。但是他的名字之所以出现，或许说明他就是最需要避开的人。正是出于这点考虑，瑞尔冒着被人看到的风险，也要坚持自己一个人去。鉴于玛莉所做的一切，瑞尔不能让她受到那样的伤害。

至少瑞尔知道莱奥没事。Level99 查到莱奥的信用卡仍在正常使用，这表明他的生活照旧。至少目前还是这样。

瑞尔做了最后一次深呼吸，按响了罗森菲尔德家的门铃。然后她等待着。等啊等，一直没有人来开门。但是罗森菲尔德就在家里，瑞尔能感觉到他在里面看着自己。在等她离开。

瑞尔又按了一次门铃，试着靠近去感觉。如果罗森菲尔德很害怕——瑞尔就会感觉到，这会让她松一口气；如果刚好相反，她就不得不让他知道，让她站在外面比让她进去更加危险。

“我只是想谢谢你！”瑞尔用力大喊。她想要进去，又讨厌引人注目，所以她希望罗森菲尔德快点上钩。“谢谢你提供的信息！我想已经足够了！”

果然，门开了，瑞尔被一把拽了进去，她的脑袋由于惯性而往后仰。她与屋里的什么东西猛地撞上。

“我靠！”她大叫着，抓住自己抽动的胫骨，与此同时，身后的门砰地关上，她被锁在了里面。“搞什么！”

“你问我搞什么？！”罗森菲尔德喊道。瑞尔止住眼泪，这才看清了眼前这个戴黑方框眼镜的人：哇，他生气了，气到设想了一下徒手掐死瑞尔要付出什么代价。他全靠一根拐杖支撑着，但是瑞尔知道，他真动起手来会很敏捷。事实上，他可能已经打了瑞尔一棍。瑞尔赶紧退后一步，避免再被他打到。

“我这里有一些照片，上面有你的名字，”瑞尔说，“我只是想问问你。哦，我还读了你的书。写得真的很好。”后面这些话是在拍马屁，她觉得他一般来说会吃这一套，如果他不是这么生气的话。

“我的书？”果然，罗森菲尔德有一种软化的冲动。但是他忍住了。他摇了摇头，并伸手去开门。“不，别管闲事。出去。你有问题，打电话给荷普·郎。”

“荷普·郎死了。”瑞尔说。

罗森菲尔德愣住了，闭上了眼睛。他的手还把着门：“他妈的。”

罗森菲尔德没再说话，转身就往大厅走。他没有邀请瑞尔跟随。但是不管怎样，瑞尔还是跟了上去。她别无选择。尽管她觉得罗森菲尔德仍然会高兴地伤害她。

罗森菲尔德的家走到底，是一个漂亮的、新装修的开放式厨房，与客厅相连，壁炉和天窗一应俱全，比从屋外看要好得多。也没有堆砌的东西，除了一个颜色丰富的书架，以及对面墙上的可延伸金属架，几十个文件夹像士兵一样排列得整整齐齐。瑞尔紧盯着它们。这些文件很重要，不管它们是什么。

“你不知道荷普已经死了？”瑞尔问道。

“听着，我很庆幸自己还活着。我已经决定不再管任何人的事。”罗森菲尔德用拐杖指着后门。“现在从那儿出去，比走前门安全。”

“但我——”

罗森菲尔德举起一只手。“停，”他说，“别再说了。我什么也不想知道。”

“不行，”说着，瑞尔交叉双臂，挑衅地坐在沙发上，“我哪里也不去。”

罗森菲尔德走近瑞尔，他更生气了，用力握住拐杖的顶部。没错，他刚才肯定用拐杖打了她。而且他可能还会动手。“你可能没有明白我的意思。我不是在征求你的意见，给我滚出去。”

“如果你再碰我一下，我就死命尖叫。而且你休想让我离开这里。”说着，瑞尔把手伸进包里，拿出装照片的信封，“你看，信封上写着你的名字。”

“可能就是这东西差点儿害死我。”说着，他指了指自己的腿。

“什么意思？”

“郎就在电话里跟我说了那些照片的事。我甚至都不认识她。我以前是她的几个记者朋友的专家。反正我从没见过那些照片。就打了一通电话，然后‘轰’的一下！”他两只手用力一拍。“我被带到一个人行横道。我平躺在急诊室里，流了好多血。”他摇了摇头，但是瑞尔能感觉到他瞬间犹豫了。他不再确定要把她赶出去。他甚至有点好奇。“医生说我能活下来就是个奇迹，而我想好好活着。”

那些文件夹，瑞尔又打起了它们的念头，大概是因为罗森菲尔德担心她会去看。里面肯定有什么。她向文件夹走去。

“但是你都研究过了。”她说。这是她的猜测。孤注一掷的猜测。“你一定已经知道答案。”

罗森菲尔德眯起眼睛，警惕着她似乎已经知道的东西，但又希望有人问他。他不想独守秘密。他走近文件夹，低下头看。他呼出一口气，怒气随之消散。

“你知道吗，我毕生都在揭露政府以胜战为名的恶行。或者只是胜利，句号结束。但我现在接受他们会赢的事实了。他们会一直取胜，而我真的不想为此而死。”

“如果你不帮助我，其他人可能会死。无辜的人，青少年，他们的人生才刚刚开始。他们没有做错任何事情。”瑞尔说。突然之间，罗森菲尔德坚硬如石的外壳出现了一道裂缝，情绪汹涌而出。她只需要继续刺激他。“拜托，我们真的需要你的帮助。照片里是什么地方？为什么我外公这么在意？”

“你外公？”

“参议员戴维·拉索，”她说，“我可以告诉你，他也想杀了我，不知道你听了会不会好受一点。我确定他还会继续这么做。”

“参议员拉索是你外公？”

“是的。”

“好吧。我看看照片，但我这样做只是因为拉索根本不配做一个外公。”

瑞尔静静地坐在那里，而罗森菲尔德反复翻看那些照片，研究着。

“看到这个了吗？”最后，他指着一个警卫室样的房子后面很远的一个小路标说，“听郎说我还没法儿确定，但现在我可以确定了：这些照片拍的是 WSRF。”

“WSRF 是什么？”

“瓦塔可士兵研究中心，”说完，他走向自己的文件夹，“根据郎电话里提供的线索，我把范围缩小到那个地方和另外一个地方。她说她会把照片寄给我，但后来我出事了。在那之后，不是我不想管，而是再也没有她的消息。反正这条路就在瓦塔可士兵研究中心旁边。”

“但是我想不通的是，如果这些照片是荷普·郎拍的，她怎么会不知道那是哪里？为什么还需要你告诉她呢？”

“我从来没有说过这些照片是她拍的，”罗森菲尔德说，“她可能什么也没说，但是我有一种感觉，我觉得她是真的不知道自己拿到的是什么。”

“哦，”瑞尔说道，感觉自己知道的越多，就越是摸不着头脑，“那么这个瓦塔可士兵研究中心到底是干吗的？”

“明面上，它是一个停摆多年的研究机构。也就是说，它还在运营，只不过是在偷偷运行。指南针工业——他们就在搞这东西。他们搞了一个空壳公司，当他们想做该死的研究时，好有那么一个设施做掩饰。然后当他们完成了那该死的研究，空壳公司就收起来，消失了。好像什么都没发生过。绝对无处可诉，无人可止，无人可诉。”

“他们在做什么该死的研究？”瑞尔问道。

“各种各样的。”罗森菲尔德盯着她，“这就是为什么他们不想要政府拨款。没有问责，不受那些烦人的光明正大的政府机构的监督。就像他们在60年代做的那些迷幻药试验，记得吗？”

“迷幻药？”瑞尔问道。

罗森菲尔德厌恶地摇了摇头。“瞧，就像从来没有发生过一样。事情是这样的，军队想要看看用迷幻药对付敌人可不可行，”他说，“但是要想搞清楚，他们必须拿活生生的人来做试验，因为如果拿小鼠做实验，很难看出小鼠会不会出现心理问题。所以，军队研究院就找了一批没人管、没人挂念的人来做试验。结果，有的受试者死了，有的受试者彻底精神崩溃。后来他们暴露了。高级军官被送进监狱，严格的军事试验监管办法也随之出台。军事试验。但要是私人的呢？尤其是神不知鬼不觉进行的？他们就有多得多的回旋余地，所以如果你想掩人耳目的话——”

“你就把它外包出去。”

罗森菲尔德微笑着，由衷地感到高兴。“你终于跟上了，”他说，“像北角这样的公司……”

“北角？”

“就是我说的指南针工业的其中一家空壳公司，”说着，他埋头去找文件，“为了搞明白怎么让创伤后应激障碍变成武器，北角做尽了坏事。你知道，这意味着你得先让人患上创伤后应激障碍。”罗森菲尔德继续研究那些照片，他的目光在其中一张上停留，并凑近去看。“但是北角已经消失了，就像从未存在。瞧这个，这是一个警示信号，很可疑。”他用手指指着照片上模糊不清的施工桶。

“是石膏之类的东西吧？”瑞尔问道，“工地是一个警示信号？”

“石膏？不，不，这是一张特写。”他又看了看，“那是药瓶。我向你保证，瓦塔可士兵研究中心肯定没有获得药监局的许可，无权用它们来做研究。他们根本不达标。所以，他们只能偷偷的。如果你的研究结果本来也没准备公开，那这么做是行得通的。”

瑞尔有一种最不祥的预感，这就是为什么她非要亲自来这里，尽管有风险。因为她需要亲耳听到这个。

“什么药？”瑞尔问道。她心里没底，特别小声。

罗森菲尔德又眯起眼睛看了看照片：“瓶子上的字看不清楚，但肯定是吗啡的一种。”

“你知道她是怎么死的吗？”在医院里的时候，瑞尔的姑妈问过医生。医生很年轻、很和善，他紧张的笑和闪烁其词似乎激怒了瑞尔的姑妈。

“用药过量。”他说。他就站在瑞尔面前，但是他的声音似乎离她很远。“对不起，我以为有人告诉过你了。”

“我们知道过量，”姑妈说，“我问的是，她用的什么药？”

因为在她的姑妈看来，药有好的，也有坏的、可耻的。她想知道她应不应该跟她的朋友和同事提起她侄女的这个不愉快的遭遇，或者应该保守这个秘密。

“我们认为是一种镇静剂。”他忧虑地说。

“一种镇静剂？”她姑妈问，“你能说得具体一点吗？”

“要等报告出来才能确认，”医生说，“不过看起来像是吗啡。”

瑞尔的姑妈转向瑞尔。“吗啡？”就好像服用吗啡的应该是她，而不是凯尔西。“上帝，她到底怎么了？”

“你还好吗？”罗森菲尔德问道。他说了多久？瑞尔走神儿了。“我说的可能也不对。这全是我的猜测。我的意思是，我通常不会错，但你不能把话说绝了……这些是你想知道的吗？我看你脸色煞白，但是我不能让你昏倒在这里，所以……”

“嗯，是的。”瑞尔点了点头，“这代表可怕的东西。”

5月15日

我没有想到会变成这样。我现在夜不能寐，努力不让自己的信仰发生动摇。我试着重新相信自己的使命。我自己的得失改变不了什么。但是这真让人难受。愤怒和悲伤是一对难以分清的双胞胎。

但是我知道，我现在最应该做的是行动起来：把它做完。这样我才能从这次损失中有所收获，而不是白白损失。

我的天赋还在。为此，我要遵守自己许下的诺言。确保罪恶之人付出代价。恒在火海。

〔 威利 〕

我们冲回美国军团大厅，奥希罗现在需要救助。他的一侧胸部有血——但是他还有呼吸。他还活着。

当我们冲进大厅的时候，门卫还在，还戴着耳机。他没有听到我们进来，当我冲过去用双手抓住他时，他吓得跳了起来。

“快报警！叫救护车！”我大喊，“有人受伤！”

“什么？”他环顾四周，感到困惑，“你们在说什么？在哪里？”

“有人在车里中枪了。在停车场！”我再次大喊，“叫救护车。快！我怕他会死！”当听见自己说出“死”这个字，我喘不上气。奥希罗因为想帮我，最后可能会死。

“哦，天哪！”门卫惊呆了，他从口袋里掏出一部翻盖手机。“哪一辆车？”他透过窗户，向停车场望去。

“红色的，”我说，“就停在那辆白色面包车的旁边。”

“哪个面包车？”他问，“我没看到面包车。”

他说得没错。当我再看的时候，面包车已经不见了。

确定救护车正在赶来之后，我和吉迪恩就赶回了我们自己的车。此时，大厅里挤满了忧心忡忡的集体的成员。我听到门卫在我们后面喊：“嘿！你们要去哪里？”

但是我们没有回头，没有放慢脚步。我们不能停留。如果警方发现我在这里——违反保释规定出了牛顿——我将会被送回看守所。而且枪击奥希罗的人肯定不会放过我们。但要真是这样，刚才我们站在车旁边的开阔地时，枪击奥希罗的人为什么不朝我们开枪？还有，他们是通过吉迪恩的电话找到我们的吗，还是从一开始就跟着我们？因为我毫不怀疑奥希罗被枪杀是因为我们，因为我。他起初就非常担心，不想帮忙。我打开车门时弯下了腰，怕自己在停车场作呕。

“好了，”吉迪恩说，“我们得走了。”

我们把车开出军团大厅的停车场，停在路尾一个隐蔽的地方。从这里，我们可以看到救护车来了，但是因为距离很远，没有人会看到我们。很快，灯开始闪烁，人们四下跑开。然后他们开始疯狂地抢救奥希罗。至少在把奥希罗抬上救护车的时候，他们终于冷静了一些。就好像局面得到了控制。真心希望，奥希罗已经脱离生命危险。

“你说奥希罗不会有事吧？”我问吉迪恩。因为我的直觉无法告诉我，他是否能活下来。

吉迪恩转身看着我。“想听真话吗？”他问。

“嗯。”我说，虽然我不确定自己已经做好心理准备。

“我觉得难说。”他说。

波特夫人的家位于弗雷明汉的一个更破败的区域，距离军团大厅有 15 分钟车程。我和吉迪恩为是否回家起了争执，尽管奥希罗的遭遇让我难受，想到我们的爸爸还生死未卜，我们必须去找他。现在比以往任何时候都更加迫切。这意味着我们要找到苏菲 - 安。我有一种感觉，这让我比任何时候都更确信：之前给我打电话的就是她。

我们沿着蜿蜒的道路行驶，只见房屋越来越破，间隔也越来越近。不过，我仍然希望事情会好起来，希望自己的感觉会好起来。而且直觉告诉我，我们这次的方向对了。但是，“对”和“舒服”或者“安全”肯定不同。

EndOfDays 和集体还在与昆汀合作吗？或者，也许昆汀就是 EndOfDays？这已经不是我第一次想到这种可能性。但感觉还是不太对。我现在很后悔没有问那个“普通人”长什么样子。我知道他是昆汀。我只能寄希望于在波特夫人家找到苏菲 - 安，寄希望于我爸爸的手机在她那里，寄希望于能找到一些真正的答案。

越靠近波特夫人家，我越觉得吉迪恩有什么话想说。他不止一次欲言又止。当我们即将到达的时候，他才终于说话。

“EndOfDays 博客……”吉迪恩犹豫着，“我读过，你知道的。反正不管是谁写的，它真的很糟糕。”

我闭上眼睛，深呼吸。我不想要细节，细节只会让事情更难办。但是吉迪恩需要告诉我，我能感觉到他需要这样做。“怎么个糟糕法？”我问道。

“起初，这个人就像‘和平的牧羊人’一样。他不喜欢爸爸做的这种科学研究，还特别提到爸爸。但是在营地的事发生之后，他好像生气了。开始说他正在‘完成使命’。他变本加厉，出现杀戮的倾向。‘和平的牧羊人’消失了，取而代之的是‘上帝的士兵’。”

“士兵？”我问，“听起来很灵修。”

“我认为不是，”吉迪恩说，“无论这个人关心的是什么，我不认为那与上帝有任何关系。”

我和吉迪恩把车开进波特夫人家的车道。她家的邮筒生锈并且倒向一边，似乎不待见我们。尽管如此，我还是因为终于到了这里而感到释然。我的不安有望缓解——我一直试图说服自己，我有那些不好的感觉，不是因为预感到奥希罗命悬一线。但假如你是一个异类，你会知道回避否认并没有那么容易。

波特夫人家的车道一直延伸到屋子前面——没有车库，也没有明确的停车位。在左手边的地方，摆着一个迷你风车，就像是从一个迷你高尔夫球场偷来的。在院子的中间，是一堆绝望的柴火，上面是废弃的床垫、家具、衣服和一些坏掉的床架。我能非常清楚地读到，波特夫人家并不是一个充满快乐的地方。

“我们是不是应该有个暗号？”吉迪恩问我，“你懂的，如果进去之后，你或者我觉得不对劲？我猜应该会是你先察觉。你肯定比我先知道。”

我转向吉迪恩。“不对劲，”我说，“已经很明显了。”

吉迪恩深吸了一口气，回头看看这栋房子：“是的，但是有个暗号的话，我感觉好一点。‘煎饼’怎么样？”

“煎饼？”我说。吉迪恩的建议显然不好。“‘这里好热’或者‘我快热死了’怎么样？”

吉迪恩点点头，松了一口气：“热。记住了。这个暗号听起来不错。”

在波特夫人倾斜的前门楼梯上，一个灯泡投下一小圈光亮，我们就站在那里，感觉异常地冷。这似乎在给我们一种暗示，就像你在海洋中看到鲨鱼或者裂流区的时候，会意识到有危险。如果可以选择，我会向相反的方向游。但波特夫人是我们找到苏菲－安的唯一线索，苏菲－安又是我们找到爸爸手机的唯一线索，那手机又是我们找到他的唯一线索。

随着时间的流逝，他对我们的需要更加迫切。我能感觉到。

我去按门铃，没想到门铃真的会响。

一秒钟后，锁闩拔了下来，里面的锁链掉落。门终于打开，嘎吱作响，听起来好像已经破旧不堪。我对波特夫人一无所知，但我的感觉告诉我，她见到我们会很不高兴。

果然，还没看到人，我们就听见一个愤怒的声音：“滚下我的楼梯！不管你们来这儿想见哪个女孩，都不可能！太晚了，快走！”

波特夫人四五十岁的样子，穿着一条高腰浅蓝色牛仔裤，肚子很大，金色头发硬硬的，剪成像头盔一样。而这种咆哮是她的渐进策略——先出击，然后提问。大多数情况下都很管用。波特夫人是个恶霸——色厉内荏的恶霸。我得强硬地回击，瓦解她的心理防线。

“让我们进去，否则我们就告发你。”我冷静地说，眼睛直视她。我不需要知道她做过什么，因为我能感觉到她做过很多坏事。

她撇着嘴：“你想干吗？”

值得注意的是，她问的不是：告发我干吗？因为她也有自己的算盘。

“我们要找苏菲－安，”我说，“她拿了属于我们的东西。”

“哈。”波特夫人说，但是反应异常平淡。然后她没有再说什么，转身向里屋走去。她没有让我们跟着她。不过她敞开着大门，这应该算是允许我们进去了。

进到屋里，空气中弥漫着一种异常刺鼻的气味，我怕自己会吐，不得不改用嘴呼吸。我们朝波特夫人消失的方向战战兢兢地走着，同时留意着外面。波特夫人并不是这栋房子里唯一的威胁，我确信这一点。唯一的问题是，她是否正把我们引向那些威胁。

我们终于赶上了波特夫人，她在厨房里。油污，黄米色的墙纸，没有洗过的碗碟在水槽里，还有打开了的包装食品。可能还有小鼠和昆虫。我不敢太仔细看。波特夫人正坐在灶台上，这是一个古老、生锈的器具。她用一根火柴点燃了燃气灶，并在上面放了一壶水。

“刚才说到苏菲－安。”我说道。

波特太太从灶台上转头，双臂交叉，抱在胸前。“她不在这里。”她说。开始了，这是一个谎言。不，不是谎言——只是不完整到荒唐。

“我不相信，”我说，“刚才我说了，如果你不告诉我们真相，我们就告发你。”

“告发我什么？”波特夫人生气地说。糟糕，同样的威胁说了两次，怕是已经把我的好运气用光了。

“你让两个养女去参加宗教聚会。”我脱口而出。这是我最先想到的，然后便从嘴里冒了出来。我还没有充分考虑说完会有什么后果。

“哎呀，拜托。”她笑了，而且她是真的觉得很好笑。她也放松下来，这意味着无论她做了什么坏事，肯定比这糟糕得多。“我连教堂都不去，从来没去过。”

“呃，集体？”吉迪恩说。

“谁告诉你的？”她的目光从吉迪恩移向我，又移向吉迪恩，“你们从那里来的吗？詹妮弗和格蕾丝今晚在那边，是不是？”

该死的。我不想给詹妮弗和格蕾丝找麻烦。我刚才没有想那么多。

“我们今天早上在那里。”我祈祷自己的声音听起来令人信服，“是那个组织聚会的新人告诉我们的。他告诉我们苏菲－安住在这里。”

“他。他说得不对，那个，根本不对。”她厌恶又生气，“反正他们不是宗教组织，只是一群志同道合的人。”

“你怎么说都行，我们可以请社会服务部门的人来帮忙评判一下。”我说，“要是不想这样的话，就告诉我们苏菲－安在哪里。我们的爸爸失踪了，我们认为他的手机在苏菲－安那里。”

波特夫人恶毒地笑了。“那你完了。”她转头看了一眼水是否烧开。再看向我时，她更平静，更有准备，几乎像是在享受这一刻。“苏菲－安已经死了。”

我感到反胃，心脏剧烈地跳动，感觉会爆裂。不，不，不。她是我们唯一的线索。

“发生了什么？”吉迪恩问道。

“她在瓦塔可出了车祸。”波特夫人说。她关掉燃烧着的炉子，就好像突然不想烧水了。

不是意外。不是意外。不是意外。

“什么时候？”我问，“在哪里？”

“几天前。”她说，然后用一根弯弯的手指指着我。现在她的狂妄显露无疑。“我应该把我知道的一切告诉你，以免你瞎想。我猜苏菲－安在派对上嗑药了，迷迷糊糊，跑到路上。你知道的，这些可不是乖巧的女学生。她们像流浪狗一样。她们来了，吃些食物，睡觉，然后就走了。全是这样，苏菲－安、莱希、特蕾莎，她们——”

“特蕾莎？”我感觉到一阵眩晕，“个子小小的，戴一个很大的眼镜？”

“可能和你描述的是同一个人，”波特夫人说，“你还找她？”

“是的，我想见她。特蕾莎住在这里吗？”

“她也不在这里了。”她板起脸，“但是她跑走之后，我向儿童服务部门报告了。几周前的事了。”波特夫人摇摇头，“我发誓她肯定还在惹麻烦。特雷莎至少可以像莱希那样，去办公室，正式脱离父母的管束。她离开前的那些日子，莱希叫了一些女孩来这里，把她灌得烂醉。我的看法就是：这些女孩滋事，是小细菌。”

“你是一个可怕的人。”吉迪恩不假思索地说。

“也许吧，”波特夫人说，“我是一个可怕的人，但是可以转变。我的儿子在街上给我找了一份很好的工作，我不会让你们两个兔崽子给搅黄了。”

突然，从我们身后传来一阵响声，地板嘎吱作响。有人。我感觉到屋里还有一个可怕的人，就在我们后面。我的汗毛已经竖了起来。

“哦，弗雷迪来了，说明我该走了。就像我说的，我不会迟到的。”

当我缓慢转向波特夫人的儿子，时间仿佛停止了。深呼吸，我对自己说。但是没用。他站在那里，离我们只有几米远。是狼。那个想要置我于死地的医院守卫。现在他终于有机会了。

“吉迪恩，这里好热，”我小声说，“热死了。”

最高机密

收件人：参议员戴维·拉索，武装部队委员会研究主席

发件人：瓦塔可士兵研究中心，特别项目

回复：第 X 议定书 / 特殊人群的使用

5 月 22 日

根据瓦塔可士兵研究中心的调查结果，我们补充了研究，看这些能力如何受到压力、饥饿、疼痛和其他不适的影响。然而，阻挡似乎是后续研究的最有成效的途径。我们相信我们已经开发出了几种关键的替代品，这些替代品几乎不可能被发现。

〔 雅斯佩尔 〕

雅斯佩尔睁开眼睛，眼前一片漆黑，伸手不见五指。要不是眨了几下眼睛，他大概会以为眼睛还闭着。他到底在哪里？到底发生了什么事？

雅斯佩尔想要移动，但是他发现手臂被绑在背后。他左右摇晃，无法挣脱。他的手腕和肩膀开始有疼痛感。

他努力回忆：查恩斯，然后是自行车，然后是他的房间。在走向床边的时候，他的头很晕。一定是昏过去了？然后就到了现在。

雅斯佩尔前后晃动肩膀和身体，他身下的床或者床架发出声响。当他费了九牛二虎之力最终坐起来时，他的头也觉得痛了。他越是注视黑暗，就觉得越黑暗。他一直在等待自己的眼睛适应，但是没有任何改善。最后，雅斯佩尔挣扎着站了起来。

幽闭恐惧向他袭来，并不是因为空间狭小——雅斯佩尔并不知道这一点——而是因为未知的压力。

不过，他需要保持冷静，为了不方寸大乱。他一定可以弄明白这是怎么回事，他会弄明白。但是他感觉头好晕，就好像在戒毒一样。就好像他被下了毒。

“有人吗？”雅斯佩尔说。没有大喊大叫，是很正常的声音。他希望冷静的声音能让自己不那么惊慌。但他的声音很嘶哑，他的喉咙很痛，他好像昏迷了很久。

没有人回答他。雅斯佩尔将身子慢慢前倾，转向一边，希望他的肩膀会碰到什么，不管他的周围是什么。他想知道自己所在空间的轮廓。结果他碰到的是一堵墙，一堵可以背靠上去的墙。那么，至少没有人能从背后偷袭他。

墙壁很凉、很粗糙，可能还有煤渣块。只有一面墙感觉不同，像是铁丝网。空气也感觉潮湿。是一个地下室。这就可以解释为什么这里这么黑。最后一堵墙，雅斯佩尔终于感觉到了一扇门。他转身用绑住的双手去感觉手柄。但是扭不动。

“有人吗？！”这一次雅斯佩尔大喊并踢门。

一片寂静。

“有人吗？”

还是一片寂静。

“搞什么？！”

无比寂静。

“他妈的！”

他用肩膀撞门。感觉很爽，于是他又撞了一次。一次接着一次，每一次都恨不能把将他困在这里的人杀死。但是，撞门的愉悦感很快就变成了非常非常糟糕的感觉。他的肩膀疼痛不已，雅斯佩尔这才开始担心麻烦大了。

威利。这肯定与她和异类或者她的爸爸有关，对吧？只要是被抓住或困住，似乎都要归结到那儿。但也是，雅斯佩尔实在想不到其他的。

最后他坐了下来，过了一会儿，依旧百无聊赖，他便躺了下去。并专注在呼吸上，试着不要被沉默和黑暗所窒息。

突然，他被一个声音惊醒了。门开了，光线照进来，他的眼睛一下子无法适应。但是很快，雅斯佩尔就能看到了：方形的小房间，混凝土墙，一边是铁丝网，另一堵墙上是金属架，金属架上的文件箱堆得很高。

还有她，正从门口走进来。

是莱希。雅斯佩尔不禁松了口气——上帝啊，莱希在这里，现在一切都会好起来。但那很荒谬。莱希没有被绑住。她似乎和之前不一样了，她变得更成熟、更聪明、更满意。在他们上次见面的时候，她就有一些锋芒。现在这锋芒变成了利刃。

曲奇饼干。他突然醒悟。就是因为那些饼干，他才会昏倒。

雅斯佩尔扪心自问：为什么会上莱希的当。他想去相信——这就是为什么。他需要相信。这一直是他的底线。

“给我松绑，”他说，“快点。”

“抱歉把你绑起来，但是松绑可不行，”莱希说，“我不想自己受伤。我的朋友，你非常容易暴怒。之所以这么说，是因为我和一些非常可怕的人打过交道。”

“这是什么地方？”

“一栋房子，”说着，她指了指上方，“房子的地下室。别担心，我们没有把你带走太远。还有，感谢你没有关门。要是我们破门而入，可能会引发各种各样的问题。”

“你是什么人？”

“你应该这样问：比如说，‘哇，你到底是谁？’惊讶，但，你懂的，好奇。”她说，“一上来就发火很让人讨厌。”

“你是什么人？”雅斯佩尔又问，“你为什么把我带到这里？”

“说实话，应该说你之所以在这里，是因为你对威利非常着迷。”她说。

“你他妈的在说什么？”

“我本来是想接近你，套出威利在哪儿，就放过你的，”莱希说，“但是你很迷恋她，注意力在我身上停留不到5秒钟。所以，我们不得不执行B计划，暴力。”

“我不迷恋她。”雅斯佩尔说，尽管他知道那根本不是重点。

“雅斯佩尔，你可以骗自己。但是，我是一个异类，”莱希继续说，并转而直视他，“你所有的情绪我都能读到，哪怕是你自己都没意识到的情绪。相信我：你迷恋威利。”

“所以，你是一个异类。”雅斯佩尔说。他现在后悔没有多听威利说说怎么阻挡。但是他会去尝试记下来的部分。他应该想象一个盒子……

“没用的，”莱希说，有点恼怒，“你没法儿阻挡我的。我能感觉到你在尝试。但是我功力深厚，你就别白费劲了。”

“现在几点？”雅斯佩尔问，“我在这里待了多久？”

“也就几小时，”莱希说，“我想应该晚上 8 点左右了吧。我往饼干里放了那么多药，你还这么快就醒了。”

“你找威利干吗？”雅斯佩尔问，想将双臂分开。即使被绑了起来，他还是可以甩开莱希，然后从她的身边逃走。

“顺便说一句，我不是一个人，”她说，“所以，你就不用想着逃跑了。我的朋友就在外面，而且他比我紧张得多。他甚至从楼上拿了一把菜刀。他打不过你，但是现在你的双手被绑住了……”她耸了耸肩，“反正我们只想问威利要一样东西。我们不会伤害她的，只是要找到她。”

“去死吧，”雅斯佩尔说，“我永远不会帮你。”

莱希的表情神秘，好像有点生气：“哇，你真的非保护她不可吗？你知道，那不是爱，而是愚蠢。”

“我不知道威利在哪里。她和我分手了。”雅斯佩尔想掩饰自己的伤感，不想被莱希笑话，“我没有见到她。”

如果雅斯佩尔绞尽脑汁想，他能否想到威利可能去了哪里？也许能。但他根本不会允许自己去想。因为莱希会读到一切。

“雅斯佩尔，说真的，我感觉到你又在避免思考。很贴心，但你也太明显了吧。”莱希摇着头，“如果你不在乎自己受伤，也许我们应该去伤害别人，比如你在乎的人？你的妈妈怎么样？”

“我的妈妈？”雅斯佩尔问，“你没开玩笑吧？”

“没有，雅斯佩尔，我没开玩笑，”莱希说，“不幸的是，事情就是这么严重。我们只需从威利那儿拿到照片。就我而言，威利给了我们这些照片，你和她就可以一起去看日落了。客观地说，她是一个漂亮的女孩。而我，只想继续过自己的日子。我需要这些照片保命。否则，我的脑袋接下来就要在砧板上了。”

此时，雅斯佩尔才注意到莱希手腕上的无穷大符号文身。之前两次见她，文身都被她的皮革手链掩盖住了。雅斯佩尔回想起在德莱尼后面的巷子里威利说的话。她的手腕上有这个文身。原来莱希就是在医院的时候威利提到的“假凯尔西”。第三个原始异类。上帝，他真是个笨蛋。

“在威利被捕之前，我见过一次那些照片。但我不知道照片现在在哪里。”雅斯佩尔急切地说出他知道的真话，好让人觉得他很配合，而不会拿威利来冒险。“曾经是在我们手里，但是之后我们不得不跳进水里，威利就把它们放下了，只能放下。后来照片就不在她那儿了。”

“把它们放哪里了？”莱希问道。她很怀疑。但至少雅斯佩尔真的在说实话。她一定感觉到了。“她把它们放在什么地方？”

“在科德角的一栋房子里，”雅斯佩尔说，告诉她这些似乎没有大碍，“参议员拉索的家里。”

“我靠！”莱希说。

这时，房门第二次打开。雅斯佩尔转身，认出了来人，但那是他特别不想见到的人。随后一种感觉向他袭来。恐惧，被愤怒所裹挟。

是昆汀。他就在那里，只有几米远。他是杀死凯西的人，他还想杀死威利。雅斯佩尔要杀死昆汀，就是现在。单是这个念头就已经让他感到恶心、呼吸困难。

“他刚才说，照片已经在拉索手上了吗？”昆汀问道，“他妈的，现在我们该怎么办？”

昆汀看起来无精打采，就像泄了气的皮球。容易击败，或者相对容易击败。雅斯佩尔紧握拳头，想象着它们掐住昆汀的脖子。雅斯佩尔肯定会杀了他。他只是需要保持冷静，等待机会。

“你在做什么，你这个白痴？”莱希对昆汀大吼。然后她转向雅斯佩尔：“好家伙，这么生气啊。刚才我告诉过你，他手里有刀，我可不是瞎说的。我们不想伤害你，因为你现在还有利用价值。”

“你没死。”雅斯佩尔对昆汀说。

“威利没有告诉你吗？她早就知道。我去看守所见了她。”昆汀微笑着，然后摇摇头，“那个女孩啊，还有她的秘密。”

雅斯佩尔感到愚蠢受伤，他甚至没有试着去对莱希隐瞒。威利为什么不告诉他，昆汀还活着？好在莱希没有再去戳雅斯佩尔的伤口；她在忙着怒视昆汀。

“我才来这儿 3 分钟，”莱希气愤地说，双臂交叉抱在胸前，“就已经有进展了，然后你闯进来，话题全都围着你转了。”

“什么进展？”昆汀说，“你听到他说：照片根本不在威利那里。完全是白费工夫。”

“你知道，有一半时间我都在纳闷儿为什么当初同意你跟着我。”

“跟着你？”昆汀生气地说，“我们需要彼此，记清楚了。”

莱希俯视地板，鼻翼呼扇着，想了一会儿。她冷静地向昆汀伸出一只手：“把刀给我。我们解决了他，然后去找别的线索。”

“真的吗？”雅斯佩尔喊道，他抑制不住地恐慌，“你要杀了我？他们会知道是你干的。”

但其实雅斯佩尔心里没底。

“如果他们在威利家的地下室找到你，那就不言自明了，”莱希说，“她有追赶人的前科，人们自然会联想是她干的。”

威利家的地下室。雅斯佩尔看着远处墙上的架子，其中有一个标签写着：HEP Run 9 月 10 日。本·郎博士的文件。莱希说得没错，他们会怀疑是威利干的。他们已经在怀疑她了。

昆汀从他的口袋里掏出一把短菜刀，低头看了看，不情愿地把它递给了莱希。这把刀好短，需要很用力，才能把一个人捅死。莱希把刀握在手里，步步逼近。雅斯佩尔得赶快告诉他们自己还有利用价值。

“等等！”雅斯佩尔喊道，“我可能还知道一些。”

“什么？”莱希问，面露疑色。

“我看到有人把这里的一个文件箱拿到荒郊野外的仓库。”雅斯佩尔说。这可能很重要。当然可能很重要。“他是一名警官，我想应该叫克鲁特。可能是因为那些照片。我不清楚。威利也可能已经把它们取回来了。”

“什么仓库？”昆汀问道。

“我不知道，”雅斯佩尔说，所幸他没有说谎，“但是克鲁特警官把盒子拿到那里，烧掉了。我不知道那叫什么路，我当时一路跟着他去的。但我想我可以带你们去那儿。”

莱希眯起眼睛，阅读雅斯佩尔。雅斯佩尔说的是实话。

“好吧，”莱希最后说，“你带我们去那儿。如果照片在那儿——而且没有被毁掉——我们就放了你。”她上前一步，用刀尖顶着雅斯佩尔的鼻子，“如果你耍我们，我们就在那里结束了你。在荒郊野外，没有人会找到你。”

EndOfDays 博客

6 月 12 日

我只有一己之力。但是被正义点亮之后，一己之力可以阻止强大的黑暗。

在年轻女孩身上做试验，这是一种令人憎恶的行为，是人类的污点。必须制止。他们必须停止。无论付出什么代价，我都要制止它。我必须制止它。

安心去吧，每一个人。向着光明。

〔 瑞尔 〕

当瑞尔回到她的房间时，玛莉正在焦急地等待。拉蒙娜和伊莉斯也不安分地坐在床边等着，就像等待马戏表演开始的小孩子。瑞尔试着不去为她们动气。她们无法知道她的头为什么这么晕。

他们在瓦塔可士兵研究中心给女孩做试验所用的药物是吗啡。医院的女孩被下令注射吗啡，瑞尔已经与威利一起破解了那封电子邮件。凯尔西也是吗啡过量而死。这未免太巧了。

瑞尔认为，或许不是她的外公直接在凯尔西的胳膊上扎了一针。但是毫无疑问，他要为凯尔西的死负责。

“怎么了？”玛莉问瑞尔，因为她这样子显然是有什么事。

但瑞尔只是摇了摇头。她的意思是，现在还不是时候。玛莉似乎明白了。这时拉蒙娜走到房间的另一边，到了玛莉桌子中间放着的一部手机前。她举起手机，像是取得了胜利：“这应该会让你高兴！”

“那是什么？”瑞尔问玛莉，而不是拉蒙娜。

瑞尔不信任拉蒙娜，这是底线。是的，因为拉蒙娜背叛了威利。说改过自新容易，做到很难。

“是你外公的手机，”玛莉还没有说话，拉蒙娜就抢先说道，“这里的大麻烦大概可以让他这整个扯淡计划上新闻了。”她高兴地咧嘴笑了起来。

“要说明的是，我们还不确定里面有什么，”玛莉说，“而且手机设了锁屏密码。不过这的确是他的私人手机，我猜里面有很多内幕。”

“你们是怎么……”瑞尔难以置信地望着那部手机。

“因为我们厉害啊。”拉蒙娜说。

“而且我们很幸运，”伊莉斯补充道，“我们从这里直奔拉索的竞选总部，按照你说的成为志愿者，1 小时之后，你外公突然出现在总部‘与部队谈话’。他们说他进城来开会。”

“开会，”瑞尔嘲笑道，她的外公甚至不屑于隐瞒，“听起来挺像那么回事。”

“人们真的会相信他的鬼话吗？”拉蒙娜用手抵住自己的喉咙，“也太恶心了。”

“何止是相信？人们爱死那些鬼话了。”瑞尔急切地说。让她们知道这一点很重要。而且要牢记这一点。“事实上，有很多人上当。你们可能一听就知道是鬼话，因为你们是异类。可一般人很容易上当。”

“他们很幸运，”伊莉斯说，“看不透一切可能会好过一点。”

“短时间好过，”玛莉说，“最后你总是要面对现实的。”

“反正呢，”拉蒙娜继续说道，迫切地想回到故事中证明她非常棒的部分，“他们把我们一行人带进了一个房间，然后你的外公——”

“上帝啊，叫他拉索行吗？”瑞尔说，“我不认识他，从不认识。”

“拉索在房间里走来走去，”拉蒙娜继续说道，“他掏出手机，因为他要和志愿者一起自拍。或者说试图这样做。主要目的是作秀，想要搞怪。”

“他还讲了很多冷笑话，以表现他的嬉皮。”伊莉斯耸了耸肩。

“除了我们以外的大多数志愿者都很配合，”拉蒙娜转转眼珠，“反正呢，拉索后来被一个粉丝分散了注意力，把手机放下了一秒钟……”拉蒙娜看着伊莉斯，而伊莉斯挑起了眉毛。“好吧，严格来说，是伊莉斯偷的。不过是我分散了他的安保人员的注意力，她才有机会拿到它，跑出去。趁着他们趴在地板上找他的愚蠢的手机的时候，我溜了出去——竟然都没有人问我去哪里。”

突然，玛莉家的门口传来很响的敲门声，把大家都吓了一跳。

“你把他的SIM卡拿出来了吗？”瑞尔问道。

“当然，”说着，玛莉把一只手放在瑞尔的肩膀上，“是Level99，我让他们来拿手机。让他们来拿应该比给他们送去要安全。”

玛莉打开门，布莱恩走了进来，不满写在他的脸上。他本来就不喜欢被瑞尔呼来唤去。现在沦落到被瑞尔的朋友使唤，他自然更不爽。但这也许并不是他负能量爆棚的原因。老实说，布莱恩有太多负面情绪让瑞尔搞不明白。而且瑞尔讨厌搞不明白。但是也无可奈何，要是没有布莱恩的帮助，这部手机根本没用。

玛莉把手机和 SIM 卡递给了布莱恩:“我们需要他的罪证，或者可能的罪证。”

布莱恩低头看了看那部手机，然后把 SIM 卡放进自己的口袋:“罪证? 什么罪证?”

当布莱恩看着瑞尔时，瑞尔只感觉到了自鸣得意。布莱恩甚至没做一点掩饰，他一定知道瑞尔会读出自己的情绪。也许布莱恩想要她读出。瑞尔下意识地站了起来。

“你少来,”她对布莱恩咆哮，“如果你连什么罪证都不知道，那么我就另请高明了。”

布莱恩惊呆了，脸唰地红了。瑞尔能感觉到，在布莱恩的身后，玛莉、拉蒙娜和伊莉斯在心里欢呼。但是实际上布莱恩的生气多过尴尬。而且他仍然自我感觉良好。

“不必了,”布莱恩咬着牙说，同时翻转那部手机，“我来搞定。”

瑞尔一下子想从布莱恩手中拿回她外公的手机。但是三思之后她放弃了:没有 Level99 的帮助，有手机也没有用。

“哦，对了，我们还找到了肯德尔,”布莱恩走到门口时，转身补充道，“或者说，找到了那个假扮他的人。”

瑞尔心跳加速。“真的?”她不敢相信，“在哪里?”

布莱恩垂下眼帘。“呃，我的意思是，应该说肯德尔找到了我,”他说，“当我回到家时，他正在我家里等我。我妈妈让他进来了。这很奇怪。”

“你还和你妈妈一起住?”拉蒙娜开心地说，“你不是已经 25 岁了吗?”

瑞尔瞪了拉蒙娜一眼，于是拉蒙娜举起双手，做出了一个“对不起”的口型。

“23 岁，”布莱恩生气地说，“不是所有人生下来都有特权。”

“肯德尔说了什么？”瑞尔问道。

“他让我把这个给你，”布莱恩递上一张对折的纸，“就这么多。我想问他是谁，但是他不肯说。字条我没有看过。”

绝对是谎言。瑞尔瞪着布莱恩。

“好啦，好啦，”布莱恩说，“我看过。但只是为了确定他不是在耍我们。”

瑞尔打开折纸，看见上面写了一个时间：8 点 30 分。还有行车路线，然后是步行路线，以及终点位置。最后是警告：一个人来。

瑞尔驾驶着玛莉的车，离开波士顿，朝南驶向康涅狄格州。她已经知道自己会迟到。在路线图的指引下，她很快就从明亮的高速公路驶上了当地马路，又开了一会儿，进入一条狭窄的、双车道的蜿蜒小路。这条小路通向树林深处。现在已经快 8 点了，天几乎黑了。

随着车越开越远，瑞尔觉得越来越不可能得到她想要的任何答案。尽管如此，她肯定还是会去见肯德尔，哪怕是独自一人。瑞尔曾经认为威利相信肯德尔很蠢。但是那次在人群当中被他用手抓住的瞬间，瑞尔就理解了威利的行为：肯德尔的动机是好的。

瑞尔在树林里绕了 10 分钟后，终于发现字条上说的那条岔道：左手边第三个，一条死路，没有路牌。她把车慢慢开了下去，停在死胡同的一边。根据路线图，那里应该有一条小径，沿小径能走进树林，走上400米就能看到一个开阔地。希望如此。

直到看见树林的入口，瑞尔才下了车。的确有一条小径。她不敢相信，自己竟然真的要一个人在这条小径上摸黑前行。但她会这样做，绝对会这样做。虽然恐惧已经潜入她的胸膛，她快要喘不过气了。但是蜷缩在恐惧旁边的，是确定无疑。

瑞尔一下车便冲上了狭窄的小径，她手里握着手电筒，树枝剐蹭着她的手臂和腿。她避免去想前方有什么，或者后面可能有谁在尾随。没过多久，她就看到了前方有什么。那是两栋长长的建筑，建在一小片空地上。瑞尔停下来观察。应该只是普通的仓库，不过建在这种荒郊野外，一定有蹊跷。而肯德尔会选这个地方见面，肯定是有原因的。

瑞尔走向仓库之前，最后做了一次深呼吸，这时——

一只手捂住了她的嘴。瑞尔死命尖叫。但是，她的声音被这只强壮的大手捂得严严实实，根本传不出去。她想挣扎，然而这只手太有力了。就连她的头也动弹不得。

“嘘！”她耳边传来低语。一个硬物抵住她的后背。会是一把枪吗？“别喊！”

瑞尔照办了。那只手仍然没有松开，那个可能是枪的东西仍然抵着她的后背。被推向仓库后面时，她试图去读身后的这个人。是肯德尔，一定没错。不管这个人是谁，他丝毫没有察觉她在读他，而是专注在自己手头的任务上。

“打开它，”等他们到了仓库门口，他说，“进去。”

瑞尔被用力推了一下，险些摔倒在地。当她站稳脚跟并转过身来，她看到肯德尔在自己身后，靠近门口，扫视着窗外的黑暗。月光勾勒出他脸庞分明的线条，在一件贴身衬衣的包裹下，是他紧实的双臂。他看起来的确像是会干掉营地里所有人的那种杀人不眨眼的家伙。而现在他可以轻而易举地杀死瑞尔，并且很可能也不会眨眼。但是这太荒唐了。瑞尔已经照他的吩咐做了。

“他妈的搞什么？”她大喊。

“我需要确定没有人尾随你。”肯德尔的眼睛还盯着外面的树林。

“我不傻。我很小心。”瑞尔说。她四下环顾这个仓库，想知道自己在哪里。在前方，有一个空房间，水泥地上积满了灰尘。尽头墙体的两端各有一扇窗户，两侧的墙上则没有窗户。在中间，是一个很长的大厅，之间有很多道门。“这是什么鬼地方？”

“再小心都不行。”肯德尔说道，看也不看瑞尔。他继续扫视仓库内部，就像机器人一样快速有序。那不是他刻意为之，而是一种条件反射。

“这是什么地方？”瑞尔又问。

肯德尔没有回答。相反，他走向大厅，检查另一头。在折返的过程中，他一路里外检查长长的大厅的每一扇门。

“你到底是谁？”见肯德尔一言不发，瑞尔又问。她再次尝试阅读他。但是肯德尔仍旧全神贯注，似乎没有任何情绪。“我的意思是，告诉我你的真实身份？”

最后，肯德尔停止了检视，笔直地站立，胳膊放在两边，看着瑞尔。果不其然，他手里拿着一把真枪，刚才一定就是它抵着瑞尔的后背。

“我谁也不是，”肯德尔严肃地说，言简意赅，“他们花了好几年，让我变成这样。”

“你是我外公的手下？”

“不是。”

“那是？”

“军事情报机构，我的汇报对象。但是他们不会承认有我存在。”他并不抗拒承认这一点。好像他已经知道这并不重要。他并不重要。“他们给我派任务，我执行。我通常不知道为什么，只知道要做什么。但是这个，我做了调查。结果是：是的，你的外公牵涉在内，从头到尾都和他有关。”

终于，像活板门突然打开一样，他的情绪闪现了。后悔。肯德尔深陷在后悔之中。在他的内心深处，有一个真实的人。

“你枪杀了营地里所有的人。”瑞尔小声地说。

肯德尔摇了摇头。“我本来应该这么做，但是我遇到的第一个目标是一个老太太。她说她是一名护士，问我有没有受伤，需不需要帮助。我想她大概以为我们在越南或者是什么地方，”他痛苦地回忆说，“想到这些年来，我做的这些事情——她感化了我，我于是金盆洗手。而她根本不知道当时是怎么一回事。我试图把那里的另一位警官带走，这样他就无法完成安排给他的任务。克鲁特是他的名字。我一生当中最大的遗憾就是没有击中他。”

“我们假设你说的是真话——那你现在想要干吗？”瑞尔问道，“你为什么把我带到这里？”

“在那个设施里，有一些女孩，年轻的女孩。我看到她们在里面。”

“你是说波士顿医院？”

他的表情困惑、恼火。“不，比医院早多了。我说的是瓦塔可士兵研究中心，”他说，“是在我被派到缅因州的营地之前很久的事。”

“瓦塔可士兵研究中心。”瑞尔重复道。她浑身僵硬起来，她知道这将是一个自己永远不敢面对的真相。吗啡。吗啡。吗啡。

“是的，那是一个试验设施，”他说，“医生在我们面前说了很多不该说的话。我猜他们认为我们太愚蠢了，无法理解。起初，他们想知道致幻状态能不能让人变成异类。这不是他们的原话，是我总结出来的。后来，他们又试验了各种压力源，比如痛苦、睡眠剥夺。发现都没有用之后，他们就开始研究阻挡。”

“这些受试的女孩是哪里来的？”瑞尔问道，她联想到凯尔西。

他耸了耸肩：“买来的。他们需要很多女孩才能找出一个异类。大多数都不是异类。这些女孩出身不好。试验失败了，她们也不会被人想起。而试验一直在失败。他们用的药物令其中一些女孩发疯，很多女孩死了。”

瑞尔深吸一口气，试图吞咽口水。肯德尔所说的内容，她还没有完全消化，但她知道这就是凯尔西的死亡原因。与瓦塔可士兵研究中心有关。瑞尔特别不想在肯德尔面前哭泣，但她的眼泪竟然汹涌而出。

“这是多久以前的事？”不顾自己声音沙哑，瑞尔问道，“什么时候开始的？”

肯德尔耸了耸肩：“几年前。三四年前。”

瑞尔感到恶心想吐。她一直以为的都是错误的，就好像她以为自己在前行的火车上，但其实在移动的是她旁边的火车。

“几年前？”瑞尔重复道，“但是本·郎才刚发现——”

“本·郎不是起始，”肯德尔说，在空中动了动一根手指，“他是最后。因为他，拉索的秘密再也守不住了。本·郎是第一个称她们为异类的人，但也就那样了。我本来寄希望于郎的妻子，就是那个记者，我希望她能用我寄给她的那些照片做点什么。但是在他们试图杀死她之前，她根本连那些照片是什么都没搞清楚。”

瑞尔搞错了很多细节。始作俑者是她的外公，而不是郎博士。那些照片是肯德尔拍的，而不是荷普拍的。这就可以解释为什么荷普不知道瓦塔可士兵研究中心在哪里了。

“他们把她杀了。”瑞尔说。

“不，不，”肯德尔说，就好像瑞尔还没有搞清状况，“她还活着。但只是因为建筑师想让她活着。”

“建筑师？”

肯德尔耸了耸肩。“不管建筑师是谁，他一直在拉索身后。是策略。”他指着仓库，“这也包括在内。他负责把事干完，这样拉索就不必弄脏双手。你必须承认，这挺有效。拉索只是一个参议员，现在他都要竞选总统了，似乎还有可能获胜当选。”

“你确定建筑师还活着吗？”她问道，想到了昆汀。但是她觉得不大可能。

“我想是的。但是营地的事发生之后，我就不确定了，”他回答说，“我没有消息来源了。我们不再帮他们做事时，他们就不喜欢了。”

“从莱奥宿舍门下面塞字条进来的是你，对吗？”瑞尔问，“你去医院见了威利。”

肯德尔再次耸了耸肩：“我试图提醒你们俩。我能做的也就这么多了。”

“那这是个什么地方？”瑞尔问道。

肯德尔吸了一口气，靠在窗户上四下打量：“他们要在有人发现之前建几十座这样的设施，所以他们动作很快。等木已成舟，就没办法了。但他们首先要杀人灭口——威利、她的爸爸、你。他们不会放过这其中的任何一个人。”

这是事实，肯德尔很清楚。而且瑞尔有一种可怕的感觉：他说的基本都是对的。

“我还是不明白这是个什么地方。”

“接下来，”肯德尔说，“就会——”

突然，一声碎裂的声音传来。肯德尔不动了。瑞尔低头看了一眼，担心是自己踩碎了玻璃。随即，又一声沉闷而沉重的“砰”。

肯德尔应声倒地。

“糟糕。”她冲了上来，“肯德尔，你——”

又一声碎裂，然后又一声。瑞尔跌倒在地。天，天哪。是子弹。玻璃上有子弹眼儿。

而击中肯德尔的第一颗子弹，正中他的头部。

〔 威利 〕

当我们终于回到瓦塔可公共图书馆的时候，我还在颤抖。里面几乎已经没有人。毕竟现在已经晚上 8 点 40 分，人少也很正常。即便如此，这里仍旧讨喜而迷人——装修一新，但是故意做了旧，好与市中心的其他建筑完美融合。现在图书馆里只有一位读者，是一位老人，正在聚精会神地看报纸。剩下的是年轻漂亮的图书管理员，两女一男，他们在桌子后面聊天儿。我提醒自己：他们之前就在这里。他们不可能知道我们会来。他们不是跟着我们来的。

我觉得狼没有来追我们。如果他来追，应该早就追上了。但是我的眼前总是浮现出他站在波特夫人厨房的景象。恐怖，这就是我的感受。恐怖至极，让我喘不过气。

就在我说出“热”这个字的瞬间，吉迪恩从波特夫人家夺门而出。他非常警觉，从一开始就紧张得不得了，做好了随时冲出去的准备。而我紧随其后。我没有回头，一溜烟跑回车里，并锁上了车门。

狼跟我们出来，但是只跟到了前门台阶。然后他在门廊若隐若现，惊愕地看着我。在灯泡的照射下，没穿安保制服的他比之前看起来弱多了。不管是谁让他看管医院里的女孩，这个人显然更加可怕。

即使狼不在我们后面，我仍然觉得在被追杀。来到苏菲 - 安出事的小镇并没有什么帮助。但是瓦塔可公共图书馆是我们挖掘苏菲 - 安事故线索的不二之选。特别是我们可能必须要求助于图书馆的工作人员，他们也许会有一手信息。虽然现在上网不安全，但是我们需要知道苏菲 - 安为什么出事。我们的时间所剩不多了。图书馆晚上 9 点就要关门。

当吉迪恩和我走向电脑时，我试图更好地阅读房间里的一切。除了两个女图书管理员的眉飞色舞，我并没有读出什么特别的。事实上，那个老人已经睡着了。而开枪射杀奥希罗的人可能就在外面，正瞄准我们。肯定的。但那些人不在图书馆里面，至少现在还不在。我们只能祈祷：他们放我们离开奥希罗遇袭的那个停车场的可怕理由依然存在。

他们。狼的出现让我更搞不清“他们”是谁了。我一直非常关注昆汀，认为他是营地、集体、苏菲 - 安、我爸爸的下落之间的桥梁。但医院呢？不可能。那是一次官方行动，有真实的支持。很像参议员拉索这样的人可能做出来的事情。让华盛顿特区失踪人员的案件消失也像是他能做出来的事情。

“我们先跟伊丽莎白确认一下，”我说道，“我想知道奥希罗没事了。”

“你确定这是个好主意吗？”吉迪恩问道，“如果他有事呢？”

吉迪恩说得对，我并没有真的让自己考虑这种可能性。我希望那是因为我知道他不会有事，但是我无法确定。

“无论如何，我都需要知道。我想向她说一声对不起。”

吉迪恩的手指在键盘上快速移动，登陆了他在伊丽莎白家中申请的 Gmail 邮箱。有两封 LizzyBusy123 发来的新邮件，但是夹在它们之间还有一封，我一看就觉得反感，因为发件人的电子邮箱是一串数字，而且邮件主题空着。也许是一封垃圾邮件。但是我的内心深处有一种可怕的预感，似乎已经否定了这种可能性。

吉迪恩最先点开的是在奥希罗中枪之前伊丽莎白发来的邮件。他是在保护我，怕万一伊丽莎白后面那封邮件会是坏消息。

EndOfDays 几年前在德国成立。停更了两年，9 个月前被另一家马萨诸塞州的因特网服务供应商收回域名（博客停更后经常会这样。）不过此后它一直没有动静，直到 6 个月前，它才在佛罗里达州发布了一个帖子。然后是两个月前，从佛罗里达州又跳回马萨诸塞州的各地。包括弗雷明汉和瓦塔可。甚至牛顿：有两个帖子是在杜松街 412 号发布的。

希望以上有所帮助。如果他再次发帖，我会马上告诉你们他在哪里。

祝好　伊丽莎白

我的目光停在杜松街 412 号上。我希望是自己看错了。但不是，没有错。

“怎么了？”吉迪恩问道。

“这是雅斯佩尔家的地址。”

在塑料娃娃出现之前，雅斯佩尔正好出现在医院，并且就在特蕾莎死前不久。自始至终，在每一个重要事件发生之前，雅斯佩尔都恰巧出现。但不，这并不意味着他和这些有什么关联。是有人故意想让我这么想。

“雅斯佩尔？”吉迪恩怀疑地问道，“他是 EndOfDays？”

“他不是，”说着，我寻找自己内心的怀疑。但是没有，一丝也没有。雅斯佩尔是被栽赃的。

“会不会是和他住在一起的人？”

“雅斯佩尔的哥哥不可能。至于他的妈妈——我感觉她连电脑都没有。”

“但是邮件不是指向雅斯佩尔吗？”吉迪恩为我感到难过，非常非常难过。就像此前在德莱尼外面一样。只不过比那一次还要强烈。

“不是雅斯佩尔，”我果断地说，与吉迪恩对视，“这不是自欺欺人。是我的直觉告诉我，不是他发的帖子。或许我们应该——看看她的另一封邮件。”

伊丽莎白的第二封邮件是 1 小时之前发来的，在我们找到奥希罗之后：

埃文会没事的。别自责。他想去那儿，帮助你们。但是你们应该立刻回家。外面不安全。他也想让我转达这一点。

祝好　伊丽莎白

我长舒一口气，却因声音太大，引得图书管理员侧目。我盯着电脑屏幕，没敢转头。

“好消息，奥希罗脱离生命危险了。”吉迪恩说。

“嗯。”

“她让我们回家是对的。”吉迪恩说。

“你能点开最后一封邮件吗？”我没有理会他，问道，“中间的那封。”

那种可怕的感觉还萦绕着我，即使是在吉迪恩点开它的那一刻。邮件里只有一行字：

赶快。你爸爸没时间了。EndOfDays近在咫尺。

我和吉迪恩一言不发地看着电脑屏幕，我的心狂跳不止。但是不管我们看多久，这就是邮件的全部内容。没有解释，没有说明。没有什么让威胁消散。

“快去哪里？”吉迪恩小声地问。

“我不知道。”我说，但是确实感觉这封邮件像一个陷阱。

“它怎么会让我们快点，又不告诉我们去哪里？”吉迪恩问道，就好像这整件事中只有这一点不公正。

“回复，”我说，“问去哪里。”

“还有5分钟闭馆！”吉迪恩打字的时候，一位图书管理员喊道。

“现在快速查一下苏菲－安，”我说，“不查不能走。”

“嗯，嗯，”吉迪恩试图在打字回邮件时保持专注，然后他打开一个新的搜索界面，“好的。”

几秒钟之后，一系列报道这起事故的文章出现了：《弗雷明汉市郊的一位居民苏菲－安·佩恩在附近的高速公路边夜行时被撞身亡》。但是总觉得这个标题有暗示性，令人不禁生疑：大晚上的，苏菲－安在那里做什么？而且，她这种女孩？她以为会发生什么？另一些文章则比较客观，没有多少渲染。还有一篇，甚至引述一位“不愿透露姓名的知情者”的话，说苏菲－安是因为参加聚会才“出车祸”，这个知情者的口吻与波特夫人很像。

然后是毒理报告，在最近发布的，也就是那天早上的一篇文章中。主标题是《日落高速公路死亡少女是人数趋增的服药过量受害者之一？》，副标题是《弗雷明汉少女体内查出吗啡》。

我的目光停留在“吗啡”一词上。

和他们将要用在医院里的女孩身上的一样。我想也会用在我的身上。这不是巧合。我知道这不是巧合。

这篇文章说，苏菲－安嗑药到了神志不清的地步，她确实在路上徘徊，并被车撞死。当然，逃逸司机没有任何借口。但是苏菲－安——一个生活在寄养家庭、有前科的问题少女，嗑这么多药，以至于不看路——也是有过错的。

但是通篇文章真正引起我关注的是这样一行字：“她死于空无一人的日落高速公路上，过了7号路标，靠近曾经是瓦塔可士兵研究设施的地方。”

“那个设施，”说着，我把手指放在屏幕上，点击打印，“应该就是波特夫人所说的：他们工作的地方。谷歌搜一下瓦塔可士兵研究设施。”

我有点不希望搜到这个地方的信息。但是不一会儿，我们就搜到了很多。它曾经是一家政府机构，开展过从创伤后应激障碍治疗，到网络战，再到心理审讯技术的各类尖端研究。3 年前，瓦塔可被一家名为指南针工业的私营承包商接管，不久之后关闭。瓦塔可士兵研究中心不像是一般的军事设施，在这个地方做异类研究能说得通。

“所以，实验就是在这儿进行的，”吉迪恩叹了口气，说道，“一个大家以为已经关闭的地方。这样就可以掩人耳目了。”

“把昆汀和瓦塔可士兵研究中心放在一起搜一下。”我说，失望灼烧着我的嗓子眼儿。

吉迪恩尝试了好几种组合，结果都搜不出来。后来他尝试昆汀·卡顿博士，搜到了一些信息——都引自我们的爸爸，或者与我们的爸爸有关，说昆汀是他的研究助理，很优秀。因为在遇见我们的爸爸之前，昆汀·卡顿并不存在，这个名字并不存在。我早就知道这一点。但是当看到那些文章里说爸爸赞扬昆汀，我还是感觉很难受。

“搜一下瓦塔可士兵研究中心和参议员拉索吧。”我看了看已经开始关灯的图书管理员，说道。

只搜出了一个结果——是 3 年前的一篇文章，只提到一个由军事委员会批准的关于创伤后应激障碍治疗的研究。文章引用参议员拉索的话说："研究对于我们士兵的健康以及我们国家的安全至关重要。在瓦塔可士兵研究中心等尖端设施的帮助下，军方不断创新。"而且在文末瓦塔可士兵研究中心在编博士名录中，还出现了一个名字：科尼利亚博士。

我凑近电脑屏幕，亲自搜索拉索和科尼利亚，免得吉迪恩不知道科尼利亚几个字怎么拼。

不一会儿，结果就出来了：是12年前指南针工业公司退出时的一张照片，显然比瑞尔的外公成为参议员还要早。这篇文章说的是科尼利亚博士，与90年代末出版的一本书有关。下面有一行字：指南针工业董事会成员戴维·拉索和彼得·科尼利亚博士。

我们开车在通往瓦塔可士兵研究中心的日落高速公路上快速行驶，希望找到苏菲－安出事的地点。随着时间一分一秒地流逝，感觉我们要来不及了。我想过直奔瓦塔可士兵研究中心一探究竟——但是很快打消了念头，因为我很清楚，明知狼会在那里我们还去，简直是送死。

我拿出了在图书馆打印出来的文章并大声朗读："她死于空无一人的日落高速公路上，过了7号路标，靠近曾经是瓦塔可士兵研究机构的地方。"

前方就是6号路标，清晰可见。"等等，减速。"我指向一个路弯，"在那儿停下。"

吉迪恩把车停在砾石上，紧张地看着后视镜，但是什么话都没说。他又有我觉得这不是一个好主意的感觉。我知道他有这种感觉。这让我再一次怀疑这到底有没有一点公平。

“有一点要说明，我不知道自己在这里找什么，但直觉告诉我应该这样做。”我对他说。这就是事实，我很坦诚。我看着吉迪恩，以为他会提出反对意见或者疑虑或者发问。但是，我所感受到的只有理解、同情和爱，如此强烈，以至于让我无法呼吸。

“没关系。”吉迪恩点点头，把手伸进汽车仪表板上的小柜子，去拿手电筒。黑暗中他环顾四周，强颜欢笑。“因为最好的情况就是你的感觉出错了，我们什么也没有找到。”

我们默默走向 7 号路标。夜晚的空气很诡异——温暖而沉重。雾太浓，笼罩着旁边一个路灯发出的光。这里没有路肩，所以我们一前一后走在路沿上。因为汽车的确随时有可能从什么地方蹿出来，可能现在就有这样一辆汽车在某个地方等着。看到前面有 3 棵树种在一起，在它们上方，就是 7 号路标，我这才松了一口气。

“找到了，”我直奔那几棵树，“就是在这里发生的。”

恐惧。甚至还没跑到那里，我就已经不寒而栗。但是我没有发现任何出事的迹象，除了路沿上的几块碎玻璃，而它们从任何东西上掉落都是有可能的。

“好了，”我说，“我们继续往前走吧。”

我们默默行进，直到后来我发现自己都已经迷迷糊糊，走到了树林中的另一个出口。到那里，路灯发出的光被树木遮挡，我们周围突然变得非常非常黑。

“我来照明，”吉迪恩说，用手电筒照亮了我的前方，“你带路。”

我们找啊找，走向森林深处，穿过一些田野，又再次走进树林。吉迪恩一直在我身后照着，让光束来回移动。我捡了一根长棍子，用它来探路，希望能在地上碰到——我也不知道会碰到什么。但是我发现只有泥土、岩石和树叶。每隔一段时间，我都会回头看看来时的路，以确保我们没有迷失方向。

大约又过了 5 分钟，我眼前的光束突然消失了，漆黑一片。

“威利。”吉迪恩的声音从我身后传来，奇怪而压抑。

当我转过身，看到他把手电筒照向旁边。光束越过我们右边的一些高高的草，照出泥土和沼泽的交界。一个个水洼在草地之间。但是从吉迪恩震惊的样子来看，他应该是看到了什么东西。而且我能感觉到他很害怕，怕得魂不守舍。

“吉迪恩，你看到了什么？”我问他，心在狂跳，手在颤抖，“我什么也没看见。”

吉迪恩没有说话，而是用手电筒的光画圈，就好像在强调什么。“那里，”他低声说着，在我身后靠近我，用光束更准确地指向草地里的 3 个水洼。他想让我看那 3 个水洼。“那里，还有那里。水里有东西。”

我把眼睛眯得更小。终于看到了。是手。3 只手。每只手的距离那么远，不可能连在同一个身体上。3 只手，是 3 个不同的人。

而且是女孩。3 个不同的女孩。是异类。我已经知道这就是惨绝人寰的事实。女孩的尸体沉入沼泽，被杀害的女孩。异类被弃尸荒野。

〔 雅斯佩尔 〕

雅斯佩尔一直闭着眼睛，试图保持冷静。他在黑暗中，而且身体还在抖动，想要保持冷静很不容易。还有恼人的噪音，外面真是太吵了。

莱希和昆汀问出仓库的大致位置后，就把雅斯佩尔塞进了汽车后备厢。他们的计划是快到了的时候再把雅斯佩尔放出来，好让他给他们指剩下的路。雅斯佩尔想让他们先给他松绑，但是没有成功。莱希能清楚地读出雅斯佩尔想置他们于死地。

闭着眼，抖着抖着，雅斯佩尔睡着了。但是车门“砰”的一声把他惊醒了。他们快要到了。不用多久，昆汀和莱希就会知道，就算照片在那个文件箱里，现在也只剩下灰烬了。雅斯佩尔一直避免去想这一点，不想让莱希读到。而且，进入仓库至少是逃离地下室的一种方法，一种临时方法。下一步怎么做，雅斯佩尔还没有想好。他一直期待着灵光一闪，想出逃脱的好办法。但是他期待的好主意并没有出现。

后备厢终于开了，里面的光照向外面，照亮了黑暗中的人。“我们快到了，”昆汀说，“去乘客座位上坐，给我们带路。”

“我不知道我还能不能找到那里。”在被昆汀和莱希拽出来之后，雅斯佩尔想要拖延。

“你最好给我找到，”昆汀说，“不然不会有好结果。”

“兄弟，不管怎样，都不会有好结果，”雅斯佩尔说，“我说得没错吧？”

“也许对你来说是，”昆汀耸耸肩，“但是我会全身而退。我吉人自有天相。然后，谁知道呢，没准儿我会再找到威利。”这是一个威胁。

雅斯佩尔怒视昆汀。“你他妈的离她远点。”他咬牙切齿地说道。杀死昆汀。杀死昆汀。雅斯佩尔内心有这样一种冲动。

昆汀笑了。“我会离她远远的，”他说，“只要你带我们到仓库，帮助我们找到那些照片。”

雅斯佩尔轻松地回想起了去仓库的路。但是当他们越来越接近仓库时，雅斯佩尔祈祷能有逃跑的可能，祈祷发生一些突发状况，让这件疯狂的事停下来。但是没有。

“我觉得应该在那里。”雅斯佩尔指着车道。

“你觉得？”莱希转过身来，问道。

“我确定。”雅斯佩尔说，他说的是真话。他也很确定，这是自己平息这件事的最后机会。

“你不如帮助威利，跟她一起，保护其他异类？你们想法一致吗？”当仓库终于出现在视野当中，雅斯佩尔问莱希，“你们可以一起……”他甚至不确定自己想说什么。他无法想象威利愿意与莱希合作。“你可以帮助异类。”

“在医院的时候，我问过威利要不要合作，”莱希说，“她说不要。”

“不要什么？”雅斯佩尔问，“也许她没明白你的意思。”

“她当然明白我的意思，”莱希说，“想象一下，陪审团顾问，或者赌场的经销商，甚至坐在公司谈判桌前的是异类会怎么样。我们可以为人赚钱，赚很多的钱。而且我们越是稀有，就越有价值。要是我们人数少一点。”莱希耸了耸肩，“但是威利就只关心‘拯救’大家。她不达目的，绝不罢休。”

“那还不是因为他。”雅斯佩尔歪头。他指的是坐在后排座位上的昆汀。他想挑拨莱希和昆汀的关系，好趁机溜走。“要不是你为了找到威利去追杀她最好的朋友，威利也不会这样。”

“什么？”昆汀大笑，而且是发自内心的大笑，“不，不，不，是凯西把我牵连进来的，而不是我牵连她。”

“这说不通，”雅斯佩尔说，“根本说不通。”

“朋友，或许你觉得说不通，但是我绝对没有说谎。”昆汀说，“早在我认识他们很久之前，凯西就是集体的一员。她来找我，在实验室找到我。而且她已经想好了一个毁掉郎的计划。她用我的‘强化简历’鼓励我加入，说要是我不答应，她就向郎告发我；要是我答应，她能让我成为一位著名的科学家。但那全是胡说八道。”

“但我亲眼所见，你就是那个——”

“听着，我不否认我在营地被带走。我不想真的成为自己假扮的那个人。做主力有趣是有趣，”昆汀说，“但是通过威利去找到郎的整个计划起于凯西。现在看来，明显不是她一个人干的。她一个人办不了这么多事。但是当时我都是听她吩咐。”

昆汀还说了一些事情，但是雅斯佩尔听到的全是凯西、凯西、凯西。此前他对凯西的事感到很内疚，因为就在凯西死之前，他说了那么多伤她的话。说她糟糕至极，说全都是她的错。现在真相大白了：凯西从一开始就参与其中。

“行了，别追忆了，”莱希在仓库前停车，说道，“让我们先把这事办了。说，他把盒子放哪儿了。说了也许你就自由了。”

“不管发现什么，你都不会放过我的。”雅斯佩尔说。

“有可能放过你，”莱希说，“这他妈比你被锁在地下室时的可能性大得多。”

下了车之后，昆汀用他的手机照亮了前面的路，淡蓝色的灯光让雅斯佩尔想起当他和威利从餐厅逃出来，穿过树林时，威利照亮了前面的路。但是这一次，雅斯佩尔很清楚他逃不了。

当他们终于绕过仓库转角，他立马看出来：东西已经被移走，清理干净，布置一新。盒子不见了，灰烬也是，也就是说他可以假装寻找它们。希望能找到什么。

“在哪里？”昆汀问道。

“天哪，之前就在这里，我发誓。”雅斯佩尔说。至少他的困惑是真实的，莱希应该能够感觉到。“就在这里，在空地上。还没有烧完，他就走了。当时这里还有别的垃圾。后来肯定有人来，把东西都给清理干净了。”

“当时还有什么别的东西？”莱希问道，这一次她的语气有所变化。比之前更加紧张。

“一些垃圾，堆放在那边的木托盘上，还有罐子之类的东西。”雅斯佩尔环顾四周，试图回忆当时看到的所有东西。“好像还有一些……扁扁的空盒子和打捆的报纸，在那边。”雅斯佩尔的手还被绑着，他不得不用耸肩去指示方向。他转身，看到一个人影在后面的仓库闪过，就是离路较远的那个仓库。应该不是动物，因为动物没有那么高。“那是什么？”他问道，蹲下去看。

“啥？”昆汀往后面的仓库走去。

“我不知道，”说着，雅斯佩尔眯起眼睛，“我好像看到那头有人。”

昆汀转头看莱希。“别看我，”莱希说，“你去看看。”

“之前是上锁的。”雅斯佩尔说。

“是的，”昆汀检查了门把手，“现在还是上锁的。”

“不如你四下看看，检查一下那头，看看有没有别的入口？”莱希对昆汀说，“我留在这里看着他。”

“什么，你现在害怕了？”昆汀冷笑，“你需要男人去做事了？”

“不是害怕，”莱希冷冷地说，“是聪明。快去吧。赶快给我站起来，去看看。”

EndOfDays 博客

7 月 3 日

世界末日即将到来。迎接我们的会是恩典和至高无上的信仰吗？在最后时刻，我们是否能够接受给我们的安排，即使这安排不是我们想要的？我们能强大到将弱者、病者、破碎者、迷惑者和不信者一起带到我们的最终目的地吗？

我现在意识到自己对很多事情的想法都是错误的。我冒了太多的风险，那不是我应该付出的。但是我必须相信，这不是自己最后的结局。我能在这次失败中找到恩典。还有救赎。我所爱的人不会白白牺牲。

是信念，使我们在被带入火焰之时有力量去追寻。

安心去吧，每一个人。向着光明。

〔威利〕

我们从沼泽地逃出来，返回牛顿。逃离了那些伸向天空的手。我们一共看到了6只手。6只手。可能是被分尸的，可能没有。

在5公里外，也就是能找到的第一个加油站我们停了下来。这个加油站很大很新，灯火通明，还有一个很大的在营业的超市，这个超市让我想起了雅斯佩尔和我遇到道格和莱克西的那个果蔬店，以及后来我们买干T恤的科德角市场，只不过这个超市比它们俩都要好。

想到雅斯佩尔，我又后悔不已。那封信的风险太大了。我为什么会觉得可以轻易收回写下的话？就连现在，我更担心的都是这个问题，而不是EndOfDays上面的文章是从他家里发布的。

“我可以用一下你的电话吗？”我们一进超市，我就问店员。他有一头柔软的金发，一副无精打采的样子，在陈列着新品系列糖果的明亮的柜台后面快睡着了。

这一次我要报警，哪怕我并不信任警方。哪怕我已经不再相信任何人。

“电话？”店员问，就好像他不知电话为何物。

我指向柜台后面的固定电话：“是的，你的电话。我的手机没电了，我又有急事。”

我没打算告诉他是什么样的急事，也不准备说我们没有手机，是为了避免被跟踪把手机丢了。有任何可疑迹象，这家伙都可能会拒绝帮我；自从进入这个超市，我就很确信这一点。我不用说得那么明白。给他一点压力，让他帮我们，但是压力不能太大，太大会把他吓到。

“好吧，”店员终于说，并把听筒递给我，“不过必须我帮你打。”他把散下来的头发拨回耳朵后面。“顾客是不能进服务台的。”

“911，谢谢。”我装作不经意地说。

“你是认真的？”店员拉下脸来。但是我没有回话，只是直直地看着他，他这才拨出了电话。

“这里是911，你有什么急事？”接线员的声音传来。

“我们发现了一具尸体，”我语速很快，必须要赶在有人阻止自己之前说完，“在日落高速公路7号路标外。”

“她在说什么？”店员冲吉迪恩大喊。我没有看店员，而吉迪恩耸了耸肩，转动眼珠，他的意思是他不知道。

“一具尸体？”接线员问，听起来她并不感到很惊讶或有兴趣。

“是的，一具死尸，”我继续说，努力让自己的话听起来可信，

“在树林里，树林和沼泽地的交界。实际上我认为可能不止一具。”

“不止一具？”我的话终于引起了她的注意。

“是的，”我说，“那里很黑，但是看起来可能不止一具。”

“是你不经意间发现的？这么晚，你去高速公路旁边的树林里做什么？”

好在我早就编好了理由：“我尿急。我们就停车下来。唔，不好意思。”

“哦，呃，”她说，“你现在还在那儿吗？”

“不在了，我们得离开那儿找电话报警，”我说，“我的手机没电了。”

“OK，我看到你在我的系统上的位置了。”她说。他们这么快就能知道来电的位置，我很震惊。这让我又想到了可能在跟踪我们的人。“待在那里别走，我会派一名警官去找你。我还会派一名警官去7号标记的位置。”

“谢谢。”我说。我挂断电话，看向吉迪恩：“我们现在得走了。”

“嘿！”快步走到超市门口时，店员叫住我们，“你说的尸体，是真的吗？”他看向黑暗，流露出好奇而不是害怕的表情。他喜欢阴谋故事，有可能还喜欢有死尸的阴谋故事。“在这附近？”

我回过头看他：“是的，是真的。告诉尽可能多的人。有人可能会封锁消息。”

开车返回牛顿的一路上，吉迪恩和我都没有说话。返回波士顿学院校园的一路上也是。苏菲－安死了，现在雅斯佩尔成了找到我们爸爸的唯一可能的线索。雅斯佩尔没有在家中发布 EndOfDays 的博文。我知道他没有。一定另有其人。

“你觉得她们遭遇了什么？”吉迪恩问我，“那些女孩，她们应该是异类，对吗？”

他希望我知道比他更多的东西，他希望我能感知到答案。也许我真的能感知到。

“应该都是女孩。也许是异类。至少其中一些应该是。我认为有人杀了她们，因为她们成了麻烦，或者没有利用价值了。瓦塔可士兵研究中心一定正在做异类方面的试验，或者在异类身上做试验。或者已经做了。”

“然后，他们杀了这些女孩？”吉迪恩问道。

“或者这些女孩意外死亡，”我说，“波特夫人的儿子，狼——那是我在医院的时候给他起的名字——可能在给他们稳定供应寄养女孩。我觉得这些女孩当中有一些出现在医院，也和狼有关。他甚至有可能在帮助他们处理女孩的尸体。”

“但他不是整件事的幕后黑手。”

“嗯。”我说。

“那你知道幕后黑手是谁吗？”

“现在还不知道，”我转过头看着吉迪恩，“但我想我会知道的。”

没用多久，我们就找到了季前赛冰球选手住的宿舍。然后，我和吉迪恩一起坐在有着白柱子和高台阶的哈密尔顿大厅外面等候，直到一个穿着波士顿学院冰球队服的人出来。他是一个有着南方口音、手大心也大的男孩，当我们提出找雅斯佩尔的时候，他根本没有多想，就让我们进去了。他甚至告诉我们雅斯佩尔的宿舍应该怎么走，虽然现在已经晚上 10 点多，并且他连我们是谁都不知道。

当我们穿过 3 楼大厅，走向雅斯佩尔的宿舍时，我心里在想要跟他说些什么。我肯定会问他 EndOfDays 上的帖子。我别无选择。但是谁知道雅斯佩尔看了我的信之后是什么感受，会说什么？他可能会说自己就是 EndOfDays，以此来伤害我。

一个帅气的金发男孩打开了雅斯佩尔宿舍的门。他看起来很困，但是很友善。

“有什么事吗？”他问道，就好像我们之前见过面。他不确定，但是并没有轻易下判断。

“我们找雅斯佩尔。”我说。他的轻松状态让我感到既安慰又焦虑。

“天哪，怎么人人都在找他。”他摇摇头说。

“什么意思？”我把一只手放在雅斯佩尔宿舍的门上，怕他的室友会不做解释就把门关上。

他一只手摸着自己金色的头发：“我想应该说，雅斯佩尔，唔，失踪了。我的意思是，失踪还没多久，就几小时。我个人觉得那不算失踪，但是他妈妈急坏了。”

“失踪？”我的心跳加速，我凑近他，“你在说什么？”

“他妈妈觉得他可能跟某个人走了，我猜是他妈妈讨厌的人。”他说。我知道那个人就是我。“可以肯定的是，他一开始就不是自愿来这儿。我倒是没看出来，但他妈妈是这样说的。而且，天哪，他妈妈好生气。我觉得她都想要打我了，就好像是我让雅斯佩尔走的，这怎么可能。后来我跟他妈妈说了早前来这儿的一个女孩——”

“什么女孩？”我打断他。吉迪恩难以置信地瞪着我：没搞错吧？现在吃醋？

雅斯佩尔的室友举起手，担心自己又说错话：“听着，也许他们只是朋友，我并不清楚。这个女孩今天下午来找过雅斯佩尔。雅斯佩尔不在，所以她放了一些饼干在这儿，说她还会来。我所知道的就这么多。”

饼干？

“她长什么样子？”我问道，感到心虚。这的确是我们需要知道的，但也许不是我问的唯一原因。

“长长的鬈发，绿黄色的大眼睛，”他说，“她很漂亮。哦，对了，她的手腕内侧有个文身，可能代表某种含义。”

我的心脏像停跳了一样。医院里的那个凯尔西？雅斯佩尔怎么会认识她，除非，除非雅斯佩尔知道那是假的凯尔西。先是EndOfDays的帖子，现在雅斯佩尔又和假凯尔西联系在一起，要是还不怀疑他，我就是傻子了。

尽管如此，我还是感觉哪里不对。哪里有一些背叛。但不是他，不是雅斯佩尔。

“她叫什么名字？”吉迪恩问道。这是一个很正常的问题，正常到我从未想过要问。

“莱希，”雅斯佩尔的室友说，“真的。我问了她两次。”

我跑下宿舍楼梯。“威利，等等我。”吉迪恩跟在我后面喊。

莱希。莱希。莱希。假凯尔西叫莱希，而莱希是波特夫人提到的女孩中的一个，她的名字在特蕾莎和苏菲–安之间。我狂奔不止，直到跑到外面，停在黑暗之中。我俯下身子，试图让气喘吁吁的自己平复，希望心跳能够慢下来。

原来在医院的事情之前，莱希和特蕾莎就彼此认识。而她们也认识狼。拉蒙娜当时说，假凯尔西跟警卫说话，那个警卫是狼无疑。会不会是莱希放雅斯佩尔进医院的？他们如果是一伙的……不，不，我觉得不对。我真的觉得不对。

“威利，你怎么了？”吉迪恩终于追了上来，气喘吁吁地问道。

我这才意识到，吉迪恩对此一无所知——我竟然没有告诉过他假凯尔西的事。我还没有机会告诉他。

“雅斯佩尔要么做了非常非常糟糕的事情，要么惹了大麻烦。”我环顾整个校园，就好像答案藏在黑暗之中。

“OK，”吉迪恩说，努力表现得淡定，“你认为是哪个？”

“我相信雅斯佩尔，”我说，因为这就是我一直以来的感觉，“我觉得他现在遇到大麻烦了，非常非常棘手的那种。”

当我们终于回来，在黑暗中，有一个女人正站在我们家门口等待。她有着棕色的皮肤、短短的头发，路灯一照，她的高颧骨特别明显。而从她交叉抱起的双臂和一直回望房子的样子推测，她应该已经等了很久。

我们将车停在路边。“那人是谁？”吉迪恩问道。

“我不知道。”我说。但是我已经确信，这个女人知道我们所需要的信息。“来吧，让我们搞搞清楚。”

“你确定要这样做吗？”吉迪恩问道，“我们可以继续往前开。她甚至都不会知道我们住这里。我的意思是，现在这个时点，我们应该谨慎小心，不是吗？”

“是的，”我说，“但是我觉得现在的谨慎小心，就是去和她聊聊。”

当我们的车门猛地关上时，那个女人吓了一跳，并转向我们。“哈喽？”她眯起眼看我们，表情和声音都变得更加犹豫。

“有什么事吗？”我说。我想要快步走到亮光下，起码让她看到向自己走来的是吉迪恩和我——两个青少年——而不是像克鲁特警官之类的人。

“我是奥杜乌尔博士，”我们刚走上台阶，她就做了自我介绍。仅是她自报家门的方式，似乎就解释了一切。“我找荷普·郎或者本·郎博士。不过本·郎博士应该不在吧，你们是威利和吉迪恩？”

终于，我回忆起了这个名字。奥杜乌尔博士，就是我的妈妈去加利福尼亚找的那个人，那个和我爸爸有合作的加州大学洛杉矶分校的神经学家。奥杜乌尔博士之前一直在帮我的爸爸探究为什么会有异类存在。我的爸爸一直想为她参与的这项研究筹款。

“我妈妈去见你了。”我说。我确信这个女人没有在她是谁上说谎。还有更重要的一点，那就是我能感觉到她的动机是真实的。“她刚给我发了一封电子邮件，说她去见你了。”

“已经和我见面了？”奥杜乌尔博士走上前来，问道。她瞬间从关注变成了担忧。“几周前，你的妈妈在和我的邮件中说她会来找我。她还叮嘱我别告诉任何人，说否则会让你陷入危险。但是好几周过去了，她并没有来找我，我担心她会出事。”现在奥杜乌尔博士的目光越过我们，像是在看一个真正的，即将来临的危险。“你最后一次和她联系是什么时候？”她问我。

吉迪恩看着我：我们应该告诉她吗？我们应该相信她吗？我在转向奥杜乌尔博士之前，对他点了点头。

“我几周之前见过她。但是那次——我们并没有讲话。”我回答说，“我爸爸已经失踪快 3 周了。”

“嗯，我很抱歉。你妈妈跟我说了。”她说。她的抱歉是发自内心的。她真的很关心我爸爸，这一点是肯定的。“你妈妈说，他在为我们的研究申请经费时失踪了。我想也许——”

“你最后一次和我妈妈联系是什么时候？”我问道，心里已经非常忐忑。

“大约 3 周前，”她回答说，“所以，我才来这里找她。联系不上她，让我很担心。”

“她说，因为我爸爸不想让其他人知道为什么异类现在才被发现，你们起了很大的争执。”但是我已经怀疑了。话说出口，才发觉这句话不对劲。

“我们起争执？”奥杜乌尔博士睁大眼睛问道，“我和你爸爸的意见总是很一致。而且他从没有想过要保密。事实上，刚好相反。”

“那为什么我妈妈这样对我说？”虽然我已经觉得自己像个白

痴，但还是要问。“游泳教练”这个发件人是我和妈妈之间的小秘密。所以，我以为那封邮件是她发的。但那其实可以是任何人发的。

“我不知道。”

奥杜乌尔博士的目光再次越过我们，警惕地看向黑暗。“但有人刚刚发表了一项研究，与你爸爸和我正在做的这个很相似。它明确证实了异类的存在。一场公开我们的研究发现的竞争——”她犹豫了一下，“唔，如果已经有人胜出，那么我想竞争也就不存在了。”

“这不是好事吗？”我问，因为不被公开对异类来说应该是最佳保护，对我来说是最佳保护。但我已经感觉到奥杜乌尔博士并不这样认为。

“我困惑这项研究从何而来。老实说，它看起来非常像我们的研究，”奥杜乌尔博士说，“很难相信还有人自己提出这种想法。科学界很少有能够这么隐匿工作的。事实上，我能想到的只有一个。”

“是谁？”我问。

“美国军方。”

〔 瑞尔 〕

瑞尔花了1个多小时才从仓库赶到她父母在东波士顿的封闭式住宅，就坐落于鹰山之巅。到的时候，已经晚上10点多了，她把车停下，而这栋庞大、老旧、维多利亚风格的房子还是她记忆中的样子。时间飞逝，已经过了好几个月了。自从凯尔西去世之后，就没有人住在这里了。

瑞尔对她的阿姨说，她会看好家，她只是去朋友那儿住一阵，然后就回来。不过这并不重要。凯尔西死后，再也没人关心瑞尔做什么了。事实证明，除了她的外公，真的没有别人关心她了。显然，她外公的目光从来没有从她身上移开过。但至今为止，他还让她活着。她害怕知道其中的原因。

过了10多分钟，瑞尔还躺在那里，脸颊紧贴着冰冷的仓库地面，不敢动。她害怕枪击肯德尔的人会枪击她。她也不敢靠近倒在地上、了无生气的肯德尔。

好一阵，瑞尔都希望肯德尔醒来，生龙活虎的，因为他穿着防弹背心，或者只是因为他是……他。但是当肯德尔的头下开始出现可怕的花瓣一样的血泊，瑞尔知道真的结束了，肯德尔已经死了。

而且她知道，如果不离开那里，下一个死的可能就是自己。

瑞尔猫着腰爬向仓库的大门。经过肯德尔的时候，她发现了夹在他一侧胳膊下的手枪。她扭过头，并伸手拔出了手枪。

"谢谢，"她低声对肯德尔说，尽管自己也觉得这句话太没有分量，"谢谢你做的一切。"

瑞尔发现房子的备用钥匙还在原来的地方，就在旧前门台阶下最大的石头旁边。钥匙有点生锈了。也许之前就有点生锈，只是她忘了。现在她低头看着钥匙，陷入巨大的悲伤。她所剩无几。孤身一人。既然她不惜一切要除掉自己的外公，这种结局就是注定的。她也愿意为此付出代价，无论代价有多大，或者要持续多久。这是她欠异类的，欠凯尔西的。

房子里面弥漫着一股霉味，并且门缝下面铺了一些没有拆开的信件。其他的，则和瑞尔记忆中的一样。

她上楼梯的时候开了几盏灯，并笨拙地拿着肯德尔的枪，枪口朝下，放在身体一侧。此前她在树林里开过一枪，只是为了确定自己有能力开枪。而开枪的体验与她原来设想的完全不同——枪要更重，更难瞄准，后坐力更强。到现在，她都感觉手还在抖。但是她已经准备好。下次开枪的时候，她至少不会感到惊讶。

上楼之后，瑞尔在凯尔西的房门外停了下来，并将手放在门上。她忍不住想推开它，即使是现在也想再看最后一眼。也许还是别看的好。因为她一定会后悔，后悔早没想到和她的外公有关，后悔没能让她的妹妹活着。

她继续走，进入自己落满灰尘的卧室。瑞尔找到了自己的旧手机和 SIM 卡。几个月前，她把这两样东西分别放在床垫两侧和弹簧挨着的地方，现在它们还在那里。虽然当时她根本没有想过会用到它们，从而引诱她的外公来找她。她的外公在她面前枪杀了肯德尔，但是没有枪杀她。因为她的外公想从她这儿获取他想要的东西。如果他从仓库就跟着她，但是到现在还没有行动，那么他们应该还在寻找她的手机，无论她多久没有用过它了。

瑞尔把 SIM 卡装进手机，找到充电线给它充上电，然后回到楼下。她找了个地方，背靠墙，等待着。

在客厅里，瑞尔注视着前面的窗户，等了半小时，而手枪藏在她背后的坐垫下。她的外公有同伙，这一点她早就知道。但是她有一个计划，也许还称不上“计划”。

它只有一步：先开枪。

最后，房间里闪过一道光。瑞尔站在那里，吸了一口气，然后用力呼出。她能行。她可以。她必须做到。她犯了很多错误，错失了很多。但是她知道，这一次她的外公必须被阻止。而她可能是唯一一个能阻止他的人。

瑞尔走过去，躲在前门后面，枪口朝外。她做好了出去的准备。随后她听到脚步声，然后是门把手慢慢转动，门轻轻开了。她的心怦怦直跳。

克鲁特警官先走了进来，然后是她的外公。瑞尔一确认克鲁特还没拔枪，立马上前一步，踢上了门。

“别动。”她的声音沉稳有力，并用枪指着她的外公。

克鲁特警官回头看着她，挑起眉毛：“你都不知道怎么——”

瑞尔冲着角落的地上开了一枪。子弹反弹起来，击碎了一扇窗户。

“你他妈的在干吗？”克鲁特警官大喊一声，微微弯腰。

“回答你的问题：我知道怎么用。”瑞尔平静地说，目光仍注视着她的外公。她的感觉还是不好。这个计划是对的——但是它就要结束了。“现在，你他妈的给我出去。我要和我外公单独聊聊。”

“谢谢你，克鲁特警官。接下来交给我。”说完，瑞尔的外公冷静地坐在沙发上。在他身后的窗外，波士顿市中心的灯光在远处闪亮。

克鲁特警官好像没有出去的意思：“我想还是不——”

“谢谢你，克鲁特警官，”瑞尔的外公更坚定地又说了一遍，“你出去吧。”

于是，克鲁特警官不情愿地出了门。瑞尔感觉到，她的外公其实比表现出来的更担心枪。对一个狂妄自大的人来说，用枪指着他显然是在挑战他的极限。很好。

“瑞尔，我很抱歉你失去了很多，先是你的父母，然后是凯尔西，所以你这么生气。”他的口吻煽情且居高临下，“老实说，我真的很同情你。”

“他们也是你杀的吗？”她问道。这是她一直想知道的。

他笑了起来，好像真的觉得瑞尔的问题很搞笑。瑞尔能感觉到他放松了一些：“杀谁？”

“我的父母，你这个混蛋。”说着，瑞尔调整了一下握枪的姿势，克制着扣下扳机的冲动。她会扣下扳机，但是她得先知道一些答案。“我知道是你杀了凯尔西。”

她的外公把头歪向一边，皱起眉头：“你的父母在山洪中遇难，你知道的。他们的问题在于他们总在用各种错误的方式‘帮助别人’，试图将人们从自然报应中拯救出来，却从来不学着拯救自己。像你父母那样勤劳善良的人要付出代价。”

“这就是你想对凯尔西做的事吗？”瑞尔问道，“教她去拯救自己？”

“你妹妹的事和我无关。”

“她服用了过量药物，你的药物，在你的试验里，在你的工厂。”是的，瑞尔在套她外公的话。这里面有些内容是她的猜测。但感觉他妈的就是事实。那晚的派对办在一个被遗弃的研究机构。“你是不是灌了她很多药，好做试验？或者你就希望她出车祸死掉？”

“凯尔西的遭遇，正是我们需要保护你——不受其他异类伤害——的原因。你就没有想过吗，如果异类的总数少了，你会变得更有价值？至少有一个异类意识到了这一点。那个身上有无穷大符号文身的女孩？我想你已经跟她聊过了，”她的外公得意扬扬地说，

“我们一开始相信了她。后来我们发现莱希很厉害，就派她去参加本·郎的测试，看她能不能发现更多。但是她只关心自己是异类有什么好处。我承认，告诉她你和凯尔西是我的错。我只是想跟她示好。我哪里能想到，她打算用你们俩来对付我，”他摇了摇头，真的感到很失望，“莱希说，她只是让凯尔西独自待在一个有这些药物的房间里。有这种可能，但也很可疑。我认为医院里的一个女孩——特蕾莎——确实是她杀的，然后她嫁祸给了威利。说实话，我不知道她是怎么潜入医院的。反正你知道莱希有多危险了。而她，就是你们需要我们的最好证明：拯救你们自己。”

“去死吧，”说着，瑞尔又举起了枪，“我们不需要你的任何帮助。”

她的外公嘴巴紧闭。但他仍然那么冷静，太冷静了。他知道一些瑞尔不知道的东西。

“加布瑞尔，那样举着枪是非常危险的，”他说，“你可别做会让自己后悔的事。”

“威利在哪里？”

“是的，威利是另一个很好的例子。太冒险。这个世界上有特别不稳定的人。他们混淆了自己的欲望和更高的权力。他们中有的人就会去消灭威利、雅斯佩尔和威利的家人，因为他认为是他们的错。我们也要保护你免于这些人的伤害，瑞尔。我们可以做到，我们可以让你安安全全的。”

肯德尔说得没错：她的外公正在处理枝节问题。但是威利还没有死。瑞尔能感觉到，她的外公还是有点担心威利会给他惹麻烦。

这意味着，如果瑞尔快速行动，她还可以救威利。

“加入我吧。”她的外公说。说完，他看着她，就好像她很珍贵、很关键。这让瑞尔觉得恶心。“加入我，我会保证你的安全。”

“啥？”瑞尔退后一步，“我才不要加入你。我要杀了你。”

“如果你这么做，异类会有什么下场？我想确保异类得到保护和尊重。我希望实现所有人和平共处。这就是我的愿望：适用于所有人的系统。”

瑞尔自然不会相信他说的任何东西。但是在搞清楚他在说什么之前，她还不能朝他开枪。

“什么系统？”她问道，试图掩盖自己的不屑。

“身份证，”她的外公说，“这样，每个人的隐私都能得到保护：异类和非异类。不会比驾照更复杂。”

“但让我猜猜，只有异类有身份证？”

“好啦，我们又不是打广告。老实说，认证中心就像车管所一样。”

仓库。这就是肯德尔把瑞尔带到仓库的原因：那是一个即将完工的认证中心。是下一阶段。

“如果异类拒绝呢？”瑞尔问道。

她的外公试图咽下怒火，但是怒火就快要喷出来了。“瑞尔，你瞧，这正是你需要加入我们的原因。你可以为异类发声。你跟我一起参加竞选活动——还是一家人——能彰显我的善意。而且我会很乐意听取你可能提出的建议。你可以代表异类为我工作。”

瑞尔不寒而栗。

“我。死。也。不会答应。”瑞尔的声音充满了愤怒。她能做到。她会做到。

“如果是我，我会答应，”他说，“你的男朋友现在和克鲁特警官在车里呢。”

“什么？”瑞尔朝窗外扫了一眼，“‘我的男朋友’？你指的是谁？”

“莱奥。现在这种情况，我敢肯定克鲁特警官马上会带他进来。”他们停了一会儿，望着门。果然，门开了，克鲁特警官把莱奥拽了进来，用枪指着他的头。

瑞尔小心地用枪指着她的外公，但是她的手已经开始发抖。“莱奥，你没事吧？”她对莱奥大喊。

“我没事。”莱奥说，尽管他的声音和感觉根本不像没事。

“现在的情况大家都已经了解，我再给你一个机会，重新考虑我的提议。”她的外公说道，“另外，我还需要那些照片。”

“什么照片？”瑞尔问道。

“好了，瑞尔，”她的外公说，“别装傻了。就是促使你去找罗森菲尔德的那些照片。”

瑞尔犹豫了，但只犹豫了片刻。她看向莱奥，能感觉到莱奥希望自己把照片交出来。好在她外公的手机还在他们手里。他们还有其他证据，让杀害了凯尔西和其他异类的她的外公付出代价。

“好吧。”瑞尔最后说。她放下手枪的时候，目光还在莱奥身上。“照片在车里，坐垫下面。”

克鲁特走过来，拿走了瑞尔的枪。“很好，”她的外公站在原地，说道，“异类周围已经发生了太多令人痛心的事情，我不想再看到更多。邀请你加入竞选活动的提议，瑞尔，”他说，“你再好好想想。”

说完，她的外公把手伸进口袋，掏出他的手机，举在空中。

“问问你的朋友布莱恩。他是个聪明的男孩，很久以前就知道了合作的好处。”

〔威利〕

当我们站在瑞秋家的台阶前，我下意识地想到了雅斯佩尔。随着时间的流逝，我越发担心他的安危。

雅斯佩尔的每一个厄运，不都是由我而起吗？他妈妈说得没错：要是没有我，他会好得多。

“我们得快点。”说着，吉迪恩绕过我，走上瑞秋家的台阶。

他把笔记本电脑夹在腋下，这样只要 EndOfDays 一回复我们的问题“我们应该赶去哪里”，我俩就会知道。吉迪恩和我一致认为，无论听从 EndOfDays 去哪儿都很愚蠢，这显然是一个陷阱。这就是为什么我们希望伊丽莎白能找出 EndOfDays 发帖的地点，这样至少可能会有惊喜。

当吉迪恩敲响瑞秋的门时，门立马就开了。“怎么了？”瑞秋问。她一边招呼我们进去，一边扫视我们身后的人行道。我庆幸不用提醒她保持警惕。她已经很警惕了，也许太警惕了。“进来，进来。”

我感觉到了什么：一闪而过。

“奥杜乌尔博士来我们家了。”我说。

“真的吗？”瑞秋问道。但是她出奇地冷静——不，奇怪的是她什么情绪也没有。“她说了什么？”

“说我妈妈一直没有去找她。而妈妈的电子邮件里说去找她。这说不通。”

“你说得对，确实没道理。”瑞秋垂下眼帘，皱起眉毛，双臂紧紧抱在胸前。但还是没有闪烁。碎裂。消失。没有。她抬起头来，耸耸肩。“你我都清楚，要是你妈妈撒谎——要是她谎报自己的位置——她一定有正当的理由。”

“撒谎？”吉迪恩说。很高兴不只是我认为这种说法很荒谬。

“我们不是说她撒谎，是说她遇到了麻烦。”我说，感觉黑暗中有一种可怕的感觉向自己涌来。现在抱起胳膊的人变成了我。“你最后一次和她通话是什么时候？”直到现在我才意识到，我一直以为瑞秋和妈妈是通过电话联系。但是瑞秋从来没有这么说过。“你有听到她的声音，对吧？我的意思是，在我上次在看守所见过她之后。”

我感觉瑞秋在抽搐。紧张。闪烁。碎裂。消失。她没有听到我妈妈的声音，有一阵没听到了。这就是从黑暗中向我涌来的不祥之兆吗？瑞秋搞砸了？她的眼帘再次垂下。

“你妈妈不想在电话里说，但她的谨慎是有道理的。事发当晚她突然出现——”

“不是突然出现，”我立马打断了她，瑞秋对细节的不严谨已经坑了我们一回，“在那天晚上之前，你们见过面。”

吉迪恩走上前，把笔记本电脑放在咖啡桌上。“我要连一下网络。”他说。

“连吧。”瑞秋对他说，然后回到我的身边，“你在说些什么？”

突然间，我的脑海里响起一声警报。

瑞秋家离我们可不近，她干吗要大老远地跑去上我妈妈上的老太太瑜伽课？

“嘿，”吉迪恩叫我，“‘赶快’那封邮件没有回复，但是伊丽莎白发来了新邮件。”他将电脑屏幕转向我，好让我自己看：那个车牌注册在参议员戴维·拉索办公室的名下。

这就解释了为什么他们非常想要拿到那些照片：因为那些照片将拉索和瓦塔可士兵研究中心以及所有死去的女孩联系在一起。

“第二封邮件说什么？”我指着刚收到的伊丽莎白的另一封新邮件。

“哦，那一定是她刚发的。我刚才都没有看到它。”

EndOfDays刚发了新帖。这是他的位置。埃文让我转告你们不要去。

邮件后面跟着一个地址。

吉迪恩抬头看我：“我们怎么做？”

“我们去那里。”说完，我转向瑞秋。我把注意力集中在她身上，但是再难感受到之前那种愤怒。现在我的心思全在我爸爸身上。“事发之前，你在我家附近的一个瑜伽课上遇到我妈妈。”

我等着瑞秋否认，或者反问“你在说些什么？”，至少是困惑。但是没有，她面无表情了好一会儿。

然后瑞秋对着我微笑。憎恨。就像一扇门打开，然后冷风袭来。当我睁大眼睛时，瑞秋默默地摇头。突然之间，她所有的仇恨都消失了。我什么都感觉不到了。

打开和关闭，就像电灯开关一样。就像医院里的凯尔西一样。

“威利，这到底是怎么回事？”吉迪恩在我耳边低语。他现在站在我的身边。“我们应该去，那个地址……”

“你在阻挡，”我对瑞秋说，“你一直在阻挡。”

然后瑞秋开始鼓掌，响亮，而且缓慢。

“那该死的字条。你妈妈说她需要回家取一样东西，于是我送她去了。”她摇摇头，“显然这是一个错误。是的，我在阻挡。我们可能永远都不会知道怎么把一个人变成异类。但是，如果我们学会了阻挡，会怎么样呢？就快成功了。”

瑞秋是坏人。但是，我不是一直感觉她不好吗？是我妈妈出现，让我相信瑞秋，跟我说什么瑞秋救了她的命。

“我爸妈死了吗？”我的声音在颤抖，导致我的胸腔起伏不定。

“我想没有。但是像 EndOfDays 这种人非常善变，”她佯装后悔地说，“一个建筑师只能建房子，不能控制住在里面的人的行为。”

“一个建筑师？”我小声问。

瑞秋对这个类比很是得意，让人恶心。她知道不应该再往下说，但是她忍不住。我希望这一次她阻挡我，因为我不确定还想读到她的想法。

“参议院、总统竞选，都需要一个人有计划。我没让你妈妈出事，都怪克鲁特那个蠢货。他觉得除掉你妈妈能吓住你爸爸。但是那时行动太早了。他根本不懂什么时候是好的时机。塑料娃娃也是我干的，最让你妈妈失控的就是它们。她来找我帮忙的时候，反复在说她的孩子。她以为塑料娃娃代表对你们的威胁。她对你们的爱，让我能轻易掌控她。你救了一个人的命之后，对方绝对不会去想，你居然还能用别的方式慢慢杀死他。”

“你这个禽兽！”我感到窒息。

“每个人眼中的罪恶不同，”她摇着头说，“我知道，你们都觉得异类这件事对女性来说是巨大的进步。但是你知道我怎么想的？我认为我之所以取得今天的成就，凭借的是自己的努力，没有什么捷径。我觉得异类就是胡扯，我才不管科学说什么。你爸爸应该知道什么时候停止。你们全都收到了警告。但是你们这些人就是不肯罢手。比如说，那些无用的照片——我费尽心机从你们家弄来——”

“闯入我们家的人是你？”我说，并为疑惑得到解答感到片刻的轻松。

“当然。”瑞秋恶毒地嘲笑。现在她的感觉更加冷酷和丑陋。“说真的，你难道不知道吗？我是说，你不是一个异类吗？”

吉迪恩用手拉住我的胳膊，因为我正一步步靠近瑞秋。我还握起了拳头。“行了，”吉迪恩劝我说，“我们赶紧走吧，趁着还能走。”

他把我拉向门口。

“吉迪恩说得没错，”瑞秋说，“你们该走了。我可能会给

EndOfDays 指个方向。一开始就有几个重要的盟友，就像你爸爸的助手，还有你的朋友瑞尔。但是现在他自己来了。而且他动手之前是不会打招呼的。”

我一直瞪着瑞秋，直到吉迪恩把我拉到门边。

“还没有结束。”我咬着牙说。

“还没有，”她说，带着如此可怕、冰冷的肯定，“但快了。很快。”

〔雅斯佩尔〕

昆汀绕着后面的仓库来来回回走了好久，还检查了所有关着的门窗，再也没有看到那个人影。于是他回到两个仓库之间莱希和雅斯佩尔站的地方。前面的仓库灯突然亮起。

“什么情况？”昆汀一边说，一边走过去检查那个仓库的门。与后面的仓库的门不同，这个仓库的门一下子就开了。

莱希、昆汀和雅斯佩尔犹豫着走进前面的仓库。放眼望去，后面还在诡异地放光。他们缓慢地往前走。走着走着，雅斯佩尔看到走道分了两个岔，就像烧烤叉的两支。光线从左侧后方照过来。

“不，”莱希停下脚步，说道，“你们这些混蛋，想做什么随便。我肯定不会去那里。”

昆汀看向莱希，然后又看向雅斯佩尔：“我肯定不会自己一个人去那里。”

“给我松绑我就去。”说着，雅斯佩尔把被捆住的手腕转向昆汀。他听起来兴奋不已。这是他第一次提出条件：以一种冒险的方式。“兄弟，你不去都行。你也可以跟在我身后，随便你。这个地方绝对有人，要么就是有人来过。之前那里没有光的。我会去查看一下，但是你得给我松绑。否则我没法儿自卫。”

“我不会给你松绑。”昆汀干脆地拒绝了雅斯佩尔，就好像这个想法很愚蠢、很无聊。

“我跟你说了，我去，”雅斯佩尔在努力说服昆汀——这并不容易，“只要你给我松绑。”接着他得想办法让昆汀或者莱希跟他一起去。他俩谁都行，但是不能一起。不过，第一步还是得先让昆汀给他松绑。“快点，那个人随时有可能出现。正视现实，你需要我的帮助。”

突然，雅斯佩尔感到背后猛地一拉，绑住他手腕的绳子断了，掉落在地上。

“你敢乱动，我就砍了你。”莱希说。是莱希割断了绑住雅斯佩尔手腕的绳子，现在她正用刀指着雅斯佩尔的脸。“昆汀，你跟他一起去。”

“我不去。”昆汀说。

于是莱希把刀指向昆汀。“快去，”她说，“你这个胆小鬼。否则我也砍了你。”

“好吧，但他走前面。”昆汀推了雅斯佩尔一把，“快走！”

雅斯佩尔一边思索，一边向光亮走去。快点，快跟上。他希望昆汀跟紧一点。昆汀手里没有武器，这是雅斯佩尔的机会。莱希和昆汀分开，不再是二对一。刀在莱希手里，而不是昆汀手里。

“走快点，”昆汀大吼道，“去看看那是什么。”

但是，昆汀越催促雅斯佩尔，自己越放慢脚步。他大概是故意的，为了及时发现那儿是不是有人。当他们走到一半时，雅斯佩尔和昆汀之间的距离已经拉得很开，雅斯佩尔要想抓住昆汀，就不得不转身往回跑。希望太渺茫了。尽管如此，雅斯佩尔终于可以看到是什么东西在发光。一台笔记本电脑，放在一张小桌子上，运行着，什么东西在屏幕上来回移动。

“嘿，你在那儿还好吗？”昆汀对莱希发出一声没有意义的低语，却像大喊一样。他们现在已经不在莱希的视线范围内——他们走到了大厅的尽头。时机不能更完美。或者应该说，如果雅斯佩尔和昆汀的位置对调的话。

但紧接着，当雅斯佩尔越来越靠近电脑时，他发现沿着墙壁有一排短金属管。它们就像是答案。他已经能想象到昆汀的头骨撞得粉碎，湿漉漉的脑浆迸发出来的样子。

“那是什么？”说着，昆汀突然超过雅斯佩尔，直奔电脑。现在，金属管到了昆汀的背后，雅斯佩尔的面前。

在电脑屏幕上，黑乎乎的飞蛾越聚越多，然后突然消失，黑屏，就像火焰突然熄灭。昆汀目不转睛，被眼前的一幕吸引了。与此同时，雅斯佩尔快速下蹲，拿起一截短管，别在自己腰后。

就在雅斯佩尔拉下上衣盖住金属管的时候，莱希愤怒的声音从他们身后传来。“糟糕！”昆汀赶紧往回跑。雅斯佩尔也急忙跟上，他的心怦怦直跳，金属管碰到了他的背梁。

当他们回到仓库的前面时，莱希正在扭门把手，摇晃被锁上了的门。“他妈的，我们被锁在这里了！”她尖叫起来，并开始疯狂地踢门，声音在仓库里久久回荡。

“走开，让我试试。”说着，昆汀去扭门把手。但是他也扭不开。“我靠。”

“你到底做了什么？”莱希转过身来，指责雅斯佩尔。雅斯佩尔被她恶毒的尖叫声吓得往后靠，他的肉被金属管刮得生疼。但他不肯退缩。

“我？”他问，“我刚才在那里，怎么可能是我锁的门。而且那里有一台该死的电脑，屏幕上是飞蛾扑火。明白吗？有人希望我们待在这里。”

“好吧，现在他们得逞了！拜你所赐！”莱希尖叫，“太妙了！我要因为你们两个白痴死在这儿了。”

“莱希，冷静下来，没有人会死，”昆汀愤怒且居高临下地说，“我知道你是一个异类，但是别那么激动。”

“你他妈的说什么？”莱希握紧刀子，朝昆汀走去。现在他们之间只有几厘米的距离。

“我说——”昆汀走上前来，“别那么激——”莱希把刀举过头顶，但是昆汀抓住了莱希的手腕。“莱希，你他妈的干什么——”

他们争抢着刀。跑，雅斯佩尔心想。但是跑去哪里？门还锁着。他环顾四周，想寻找别的出口。就在这时，他听到一个轻微而尖锐的声音。求救声，就像一只小狗。然后声音消失了。当雅斯佩尔转过身，莱希和昆汀一动不动。莱希踮着脚尖。最后，昆汀退后一步，把他的手臂收了回来。而刀从莱希的身体一边穿出来，她倒在地上。

雅斯佩尔和昆汀面对面站着，靠着墙，久久凝视莱希的身体。昆汀看上去六神无主，甚至有些困惑。他的手上和衬衫上都是血迹。毫无疑问，莱希死了。失了那么多血，不可能还活着。

“你知道，这都是凯西的错。”昆汀指着自己衬衫上的血迹，说道。

“你杀死莱希，和凯西有什么关系？”雅斯佩尔问，尽管他可能并不想知道答案。

“在她出现之前，一切都很好，”他摇了摇头，“是的，我在简历上撒了谎。在即将取得麻省理工大学博士学位的时候，我被退学了。我需要一份工作。谁他妈的在乎？我是一个很好的研究助理，然后凯西非得出现。”

“嗯，这些你之前就说过。而我还是不相信你。”

“信不信随便你，混蛋。反正我说的是事实，”昆汀说，“当时我在那里和郎博士一起工作，忙着我自己的事情，然后凯西来了，说要是我帮助她，我的价值会更大。她说我有很大的潜力，有很多好点子。说我应该是管事的人。也是她把我介绍给了那个黑客小妞。不过，我们都不知道那个黑客小妞是拉索的外孙女。”

“如果凯西从一开始就参与进来，为什么她——她为什么要这样做呢？她死了。”

昆汀摇摇头。“别问我，”他说，“我不知道她会这样做。我也不知道她为什么要这样做。但她的目的绝对不是从我手里拯救你们所有人。”

〔 威利 〕

我们一定会去 EndOfDays 最后一次发帖的地方，虽然明知是陷阱。除了瑞秋，其他人都叫我们别去。但是我们必须去。小心地去，还要睁大我们的眼睛。我们在途中报了警，但是向 911 接线员解释现状不是一件易事。很快，我就感觉我们的对话变成了一场争论，而不是求助。

“不，我不确定我爸爸在那里，而且我爸爸是不是在案失踪人员又有什么区别？”我对 911 接线员说，“我们认为有人把他关在这个地方，我们正在赶去的路上。但我们只是两个未成年人。如果我们被杀害，责任在你身上。”

我没有提到我妈妈。你能指望一个 911 接线员相信多少东西？

“干得好。”当我放下电话，吉迪恩说。他居然没有讽刺我。

“我不知道有没有用。”我说道。

吉迪恩耸了耸肩："值得一试。"

我们对瑞秋避而不谈。有什么可谈的？她背叛了我们所有人。我从一开始就不喜欢这个人，但是我决定无视自己的直觉去相信她。我相信她，因为事实让我相信，因为我妈妈叫我相信。她救了我妈妈一命。所以，我决定相信事实，而不是我的直觉。结果却让我们——和我们的父母——命悬一线。

我们驾车驶出牛顿，开了1小时，才终于到达伊丽莎白给的地址。我们缓慢驶入树林，汽车在泥路上艰难前行。树林里很黑。非常非常黑，我有一种不祥的预感。尽管如此，我们的决定仍然是正确的。对此，我确信无疑。

爸爸需要我们，而且他在那里，在某个地方，等着我们。他还活着，至少我这样认为，妈妈也还活着。我希望是这样。我没有去想如果他们不在一起意味着什么。但是我确定地知道，可怕的事情将要发生。瑞秋放我们走，肯定不会有什么好事。她放我们走，不是因为她感到内疚，也不是因为她内心深处是一个好人。她放我们走，是因为这是她整个计划的一部分。尽管如此，去那个地方仍旧是我们唯一的救命稻草。

异类规则 8：知道你不应该这样做，并不代表你能不这样做。

吉迪恩把车停在两个长长的米色仓库之间。这里面漆黑的建筑看起来很新。今天晚上出奇地晴朗，一轮满月悬挂在我们头顶。它让我想起了雅斯佩尔和我第一次到缅因州的营地的情景，在月光下，小屋之间的草坪就像太阳快升起般明亮。当时雅斯佩尔和我感到很害怕是对的。我毫不怀疑自己现在感到很害怕也是对的。

因为当我们坐在车里，盯着那奇怪而可怕的仓库时，我的直觉在说：走进去。你必须这样。你别无选择。与此同时，我的直觉在尖叫：危险、危险、危险。

异类规则 9：知道什么是正确的选择，并不代表它是一个好的选择。

“我们需要那个手电筒，”说完，吉迪恩伸手去摸他的手套箱，就好像他的生命全都靠它了，“还有，我们应该待在一起。”

“嗯。”我点了点头，虽然我觉得这样不会有任何帮助。也许那封电子邮件说的是对的。EndOfDays 近在咫尺。肯定有什么近在咫尺。

我们下了车，周围一片寂静。没有风，没有沙沙声。就像全世界都在屏住呼吸。我们没有说话，而是并排朝后面的仓库走去。我以为会有人冲出来阻止我们，但是没有人出现。没多久，我们就走到了后面的仓库跟前，并从窗户窥视到更黑暗的仓库内部。

“它看起来已经废弃了。”吉迪恩把脸贴在窗玻璃上说。在吉迪恩上方的窗玻璃上，则有几个奇怪的小洞，非常圆。就像是通风孔。

透过窗户，我看到仓库内部布置得像一个办公室或者商店，长长的走道通向中心，两侧各有一扇门。但是只有这些。前面有几个台阶，在窗台上的火腿旁边有一些清洁用品。还有一些椅子，和一块本应盖在一块奇怪的地板上但放歪了的小地毯。不像有人。我爸妈也不像在这儿。赶快。EndOfDays 近在咫尺。但我确定，是这个地方没错。

“你认为这是胡闹吗？”吉迪恩问道。

在我回答之前，仓库的后面闪过一道光。像流星一样。出现，然后消失。

“你看到了吗？”吉迪恩问道，希望和恐惧在他的内心发生碰撞。他希望我也看到了光，但同时又希望这是他的幻觉。

“嗯，我看到了。”我说，非常想放松下来。但是我紧张，紧张得要死。

我把一只手放在门把手上，以为会是锁住的，但是轻轻一扭，门就开了。一个邀请，却是一个可怕的邀请。

我们刚走进去，光就又闪了一次。现在我们可以看到是什么在发光：一个灯泡，在仓库的后面闪烁，就像马上要熄灭。

“我们应该再开几盏灯吗？”吉迪恩指向墙上的开关，“有电。”

当吉迪恩按下手边的开关时，我还很惊讶，头顶上的灯全亮了。这么简单，这么明显。现在仓库更加明亮，只是微黄的灯光让人不太舒服。但是比黑暗要好，不管什么都比黑暗要好。

这个被灯光照亮的仓库，前面看起来就像是一个等候室：墙边有椅子，左手边有一个大的方框，像一个接待窗，只不过没装玻璃。与仓库里的其他东西相比，椅子更旧。这是一间毛坯房，墙面刮了腻子，但是没有开关板和其他饰面，还是水泥地，室内所有的窗户——除了前台的那扇，还有几扇——都没有装玻璃。令人奇怪的是，在角落里有一个很小的金属盒，就像装待化验的血样的容器。

“这是什么地方？”我问，虽然吉迪恩也不知道答案。

“走吧。”说着，他示意我往前。

我们小心翼翼地走进大厅，大厅里面有很多扇门。后面发出的光再次熄灭。“你觉不觉得不太对劲？”吉迪恩指着这些门，“门太窄了，而且它们之间距离太近。”

我转向离自己最近的一扇门，仍旧以为会是锁着的。但是我一扭，门又开了。走进去之后，是一个火柴盒般狭小的房间，能放下两把椅子，但是估计连张桌子都放不下。肯定不能用作办公室。而且房间里面没有一扇窗户，虽然感觉上应该有。墙上挂着一面镜子，显得房间大些，却也因此令人毛骨悚然。为什么会有镜子？我从第一个房间出来，走进下一个房间。但是这些房间看起来一模一样。

仓库对外肯定有窗户，按理说应该与这些房间连通。这就说明，在镜子的后面一定有狭窄的空隙。通过镜子可以观察房间？观察什么？观察谁？我突然感觉地板在我身下晃动起来。

然后，仓库的最后面传来巨大的剐蹭声。我和吉迪恩赶忙跑出我们正在查看的小房间，朝大厅的尽头望去。那里只有黑暗，就像一堵砖墙。声音很快再次传来，但是持续的时间更短，动静更大。就像用金属手指在黑板上剐蹭一样。吉迪恩和我面面相觑。

“我们得多加小心。”我低声说，虽然仅是置身这里就已经是在危险之中。

我和吉迪恩贴着墙，继续往前走。没走几步，光线又突然没了。

但是这一次，在那遥远的光环的中心，有什么东西。是一个人。他的嘴被堵着，人被绑在椅子上。

是我爸爸。

吉迪恩和我向他冲去。而我们越是靠近，爸爸就越是疯狂地挣扎。那刺耳的声音就是他挣扎时椅子剐蹭地面发出来的。但他这样做的目的并不是吸引我们过去。相反，他希望我们向后转身，去逃命。他不想让我们冒着生命危险去救他，这一点我能够清楚地感受到。要不是因为嘴被堵着，他一定会大喊，叫我们离开。

“我们不会丢下你自己走的。”我们一跑到爸爸跟前，我就说。我试图解开他脖子后面的绳结，这样至少能把他嘴里的东西弄出来，让他能说话。吉迪恩试图给他的手松绑。我们俩的进展都很缓慢。

“让我试试。”吉迪恩刚一解放爸爸的双手，就转而对我说。在吉迪恩和我的轮番努力下，爸爸嘴里的东西终于弄出来了。他终于能够回话。

“爸爸，你没事吧？”我问道。

“跑。赶快，”他喘息着，声音嘶哑，“你们得赶快离开这里。”

“我们会的，”我跪在他旁边冰冷的水泥地上，开始给他的脚踝松绑，“但是你要和我们一起。”

当然，这里除了我们，还有别人。如果没有别人，我爸爸也不会来到这个陌生的地方，不会出现在这光下。我还能感觉到，它们在黑暗中隐约可见。我的爸爸难过地摇头，并向吉迪恩和我伸出手。他紧紧地抱住我们，不再催促我们逃跑。“我很抱歉发生这一切，”他说，“要不是我的工作——我对不起你们。”

终于，吉迪恩给爸爸的脚踝松了绑。我希望爸爸能站起来，冲向门，大喊：大家跟着我，快走！但他仍然不动。

“爸爸，好了。”吉迪恩拽着他的手臂，“我们赶快走吧。”

但是爸爸仍然不动。而且他并没有再让我们逃跑。相反，他注视着我们身后的黑暗，注视着黑暗中的人。他在等待。

他轻轻摇头，皱眉，忧郁的眼睛在黑暗中放光。“现在已经来不及了。但是一切都会好起来的。”他这句话的意思是：因为我们在一起，所以不论结果多糟糕，都不要紧。他的声音也在颤抖。不是异类也能知道他很害怕。“无论如何，我们不能慌。这一点最重要。相信我，我跟他已经相处一阵了。”

“你在说谁，爸爸？”我问道。

这时我们身后传来声音——鞋在水泥地面摩擦的声音，有人正朝我们走来。但是从黑暗中最先显现的是一支步枪。枪口朝上指向一边，至少没有指着我们。我闭上眼睛。深呼吸，我对自己说，深呼吸。

我心里还在想：这是结束的开始。EndOfDays 近在咫尺。

“你们怎么不坐下？”一个人说。

是一个熟悉的人，但是我太慌乱，以至于想不起他是谁。这个男人还在黑暗中，没有露脸。终于，他又往前走了几步，现在我能看见他的样子了。灰色长发，粗糙地扎成一个马尾辫，粗壮的双臂。他上身穿着一件褪了色的黄色 T 恤，上面印着一棵棕榈树，下身穿着一条肥大的工装短裤，松垮垮地挂在他的胯骨上。他个子本来就矮小，巨大的步枪显得他更矮小了。

是凯西的爸爸，文斯。他就是 EndOfDays 吗？

难以置信，却又千真万确。我感到一只手抓住了我的手臂。当我低头看时，我的爸爸正看着我。

“我们会没事的，”他说道，“都会没事的。”

我转头，终于看到文斯的枪指着的人。

是我妈妈。她站在黑暗的边缘，就在他的身边。筋疲力尽，如此害怕。她吓坏了。但她还活着。

〔瑞尔〕

瑞尔已经在忌惮他们仨将去的地方，但是他们别无选择。或者说，至少瑞尔别无选择。当她、莱奥和玛莉开车驶入黑暗时，她努力平复自己的情绪。没有用。她在抗拒回到那个仓库，她永远不想再回去。

事实上，她永远忘不了肯德尔中枪时突然中断的说话声，还有他倒在地上的样子。但是瑞尔别无选择。威利需要她的帮助。听了她外公的一番话，她已经清楚认识到了。她能深切地感受到。

玛莉一打开房门，瑞尔就冲了进去：“我需要你的电脑，现在就要。”

“莱奥？”当玛莉看到瑞尔身后的莱奥时，她叫了起来。她走过去拥抱他。“很高兴见到你。”

“电脑，玛莉。”瑞尔重复道。瑞尔和莱奥两人这么快就从瑞尔家赶到了玛莉家，玛莉很惊讶他们又合体了。“拜托，现在就给我。他们把威利抓走了，我们得尽快找到她。我想我外公会杀了她和她的家人。杀了所有知道这件事的人。他正在动手，想要毁尸灭迹。我觉得他一直在施行这个计划。”

听完，玛莉面如死灰，指给瑞尔边桌上的电脑。“但是现在我们在这儿上网寻找她，不是很危险吗？”玛莉道，“他们会找到你的。”

“没关系，他们已经找到我了。”瑞尔在电脑前坐下，“我还在这里，是因为我的外公希望我改变主意，去帮他。”

“帮他什么？”玛莉问道。

瑞尔用四根手指在空中比画了一个引号：“‘保护异类’。”

“没开玩笑吧？”玛莉反感地说。

瑞尔耸了耸肩：“没开玩笑。”

“那你打算怎么找威利呢？”站在瑞尔旁边的莱奥问。

“我问你，你给她的那张照片，”瑞尔深吸一口气，问莱奥，“你还记得上面的车牌号吗？”

原来，瑞尔和莱奥刚一安全返回他们的车里，莱奥就告诉了瑞尔那张照片的事。他印象中他看完照片的那晚就把照片放回了信封。但是当大火被扑灭，消防员允许他回到自己的宿舍取一些衣物时，莱奥看到了那张照片，被消防队员在一块湿透的地毯下发现。

莱奥上前一步，掏出手机，在屏幕上点了几下。然后他把手机递给瑞尔，上面是一张车牌照的图片，车牌号码清晰可见。瑞尔抬头看向莱奥，满心感激。“行了，”他说，“我一直在听。”

“谢谢。”她用力亲吻他，然后转向自己的电脑。

瑞尔花了很久才黑进车管所的系统，并发现这辆车注册在联邦政府的名下。她又用了一些时间，才将那个注册信息与参议员戴维·拉索的办公室联系在一起。她好奇她的外公是否已经意识到，没在他手里的那张照片才是最重要的，它把他与瓦塔可士兵研究中心联系在一起。

“现在怎么办？”玛莉问道，“知道那辆车属于你的外公，对我们找到威利有什么帮助？”

“现在我们来寻找在查这个车牌号的其他人，”瑞尔说，“我相信威利也一直在查这个车牌号。或者让人帮着查。反正这个车牌号会引导我们找到她。”

几分钟之后，瑞尔查到了查那个车牌号的人：一个叫埃文·奥希罗的警官。她不得不佩服威利的机智：一个警察去查车牌绝不会引起别人的怀疑，但是黑入车管所的系统会。不过知道是奥希罗之后，瑞尔只需要追踪他——奥希罗的手机定位在他家，与此同时他创建了两个全新的Gmail帐户。两个邮箱之间只有过几次通讯，但是它们似乎都指向威利。最后一封邮件里有一个地址。与之前瑞尔跟着肯德尔去的地方一样。

“我得走了。”说着，瑞尔已经朝大门走去。玛莉和莱奥想跟着她，但是她转过身，阻止了他们。“停。别跟着我——这太危险了。我的外公为了自保，连威利和她的家人都要杀。他清楚地传达给我这个信息。如果有必要，他同样也会杀了我，杀了你们俩。”

“但是你需要我们。”玛莉坚定地说。

“是的，”莱奥说，“我们不能让你一个人去。”

他们没有让瑞尔一个人去，所以，现在他们仨又行驶在黑漆漆的蜿蜒小路上。无论路的尽头有多可怕，至少瑞尔不会一个人面对。

〔威利〕

我的妈妈向我举起一只手，她睁大的眼睛中满含泪水。愤怒。恐惧。爱。这些情绪在她体内咆哮。

但是我的感觉是松了口气。“妈妈。”我说。

“嗨。”她低声说，泪光闪烁。

“请坐。”说着，文斯移动了一下枪口，好对准我妈妈的头。但是不知道为什么，他手里有枪，看起来却很痛苦。而且他握枪的姿势很难看，就好像他惊讶地发现枪在自己手里一样。这实际上可能导致他不小心走火。“我不想把事情搞得很不舒服。”文斯说。

他和我印象中大不一样。他的脸好像变了，眼神很空洞。

“我想我们早就已经很不舒服了。”吉迪恩低声说道。

“听文斯说，”爸爸瞪了我们一眼，“大伙儿坐下，快点。”

我能感觉到爸爸有多害怕，但不是为他自己。他已经想通了。

他是担心我们，担心妈妈。他害怕文斯失手朝她开枪。

“你们是怎么找到我的？”我的爸爸小声问。

“他给我们发了一封邮件：EndOfDays 近在咫尺，”我说，“然后他又在 EndOfDays 博客上发了一个帖子，从这里发出去的。我们找人帮忙查询，坐标定位是这里。”我转头去看文斯，尽管爸爸才刚告诉我别和他对抗。“是你引我们来这里的。”

“从这里发布到我的博客上？”文斯问道。他突然精神了，眼睛放光，就好像他刚从恍惚中醒来。有那么一瞬，他看起来就像老文斯。“那不可能。而且我没有发过任何邮件。”

“发了。你发了一封邮件。”我错了。我已经意识到了。我不知道错在哪里，但我知道自己错了。“而且是你发的帖子。那是你的博客。”

“我在博客上的工作已经完成，完成好些天了，”文斯说，他看起来好像还在思考，“这很奇怪。”

最糟糕的部分是，我知道他说的是实话。发邮件引我们到这里，接着掐好时间在EndOfDays发帖子的，不是他。而是另有其人。

“有可能。”我的妈妈说，但文斯似乎始料未及，他握枪的手抖动了一下。

“荷普，别。别说话，别动，”我爸爸提醒道，“在文斯的认识里，我的研究一直在伤害年轻女孩，这显然是因为去年秋天他在一次匿名酗酒者聚会上遇到了一个人。一位建筑师。”

“一位建筑师？”我问。瑞秋的话在我的脑海中回响。

“是啊，文斯不知道那是不是她的真名，”爸爸说，“但她把我的假设研究都告诉了文斯。从那以后，文斯一直试图阻止这一切，阻止我——我的意思是，不是我。但他认为是我。”

“从去年秋天开始？”我问。

这些人不是在追踪我爸爸的研究，他们是想让我爸爸别再给他们找麻烦。

“是的，从营地出事之前很久就开始了。”

瑞秋。她就是匿名酗酒者聚会上的建筑师，“重新引导”了文斯的精力。肯定是这样。是她在建造她自己的房子。她成为文斯的“建筑师”，但更重要的是，成为拉索的“建筑师”。我的感觉已经让我深信这一点，尽管瑞秋很聪明，至今也没有明说。“是对异类进行的研究在伤害女孩们，但那是在瓦塔可士兵研究中心。”说着，我的目光从我爸爸身上移到文斯身上，然后又移回来，“这与你无关。”

“是的，我告诉文斯，我永远不会伤害任何人。我说我的研究只是为了找到答案。”我爸爸冷静而有针对性地说，“过去的几周，你妈妈、我和文斯一直待在卡伦的家里。我们有很多时间交谈。但是我说的话文斯听不进去。他要证据。在凯西的事发生之后，我想他有这样的要求也很好理解。”

现在我明白了为什么自己会被吸引到凯西的家：我的爸爸和妈妈在那里。瑞秋肯定是想了什么办法让我的妈妈进入看守所，然后让文斯困住她。但是我得说，瑞秋真是厉害——让我最终相信瑞秋的，是亲眼看到我妈妈，看到她的信。

以及她救我妈妈一命的事实。我再次看向我妈妈，她就在文斯的枪口下。但她此刻担心的是我们，而不是她自己。

“在卡伦家？”吉迪恩道，“我们去过那里。还和那个女邻居说话，她告诉我们没人在家。”

这就是为什么我感觉多米尼克太太不对劲。她太感兴趣了。全错了。我感觉不对劲是对的，只是搞错了不对劲的是什么。

“多米尼克太太一直就不喜欢卡伦。”文斯耸了耸肩说，“我知道她会保守我在那里而卡伦不在的秘密。”

“文斯，放了威利和吉迪恩吧。”我妈妈恳求道。此时此刻，已经不可能不去想要是枪走火会怎么样。“本和我在你手里还不行吗？两个孩子并没有做错什么。”

爸爸瞪着妈妈，又摇了摇头。“凯西去世以后，文斯很不好过，”我爸爸说，“他一直感到自责。”

“自责？”我问文斯，“你又不在事发现场。”

凯西。EndOfDays。集体。营地。它们像快速滑动的拼图。而我蒙了。

“我承诺，当我受命帮助这些女孩时，我会矢志不渝，不管经受什么考验，都不会动摇。”文斯说。哇，他是认真的。他会誓死捍卫这个想法。他会不惜杀人。他的手可能已经沾染过鲜血。“我曾经向上帝保证，如果他帮助我清醒过来，我会听命于他。结果真的起效了。我清醒了。我现在仍然清醒。所以，为了偿债，我需要保护这些女孩。失去凯西时，我想自己也许会被击垮。但是后来我意识到，她的死亡是有价值的，我需要完成自己的未尽之事。”

“这位告诉你我爸爸和他的研究的女建筑师在说谎。”我说，“她的名字叫瑞秋。她也参加了凯西的葬礼，和我们一起。”我的话好像并没有让文斯感到惊讶，也许是后来他和瑞秋又聊过了。谁知道瑞秋做了什么解释。“她在利用你。她的动机不纯。”

“可怜的凯西。”因为内疚，文斯的声音有些颤抖。他自顾自说着，就好像没有听到我的话。但要是他还能感觉到内疚，就代表他还能感受到别的东西。这说明还有机会。“她从一开始就满足了我所有的愿望。她会竭尽所能来帮助我保持清醒。哪怕是她帮助我发的那些博客。我能看得出来，背叛你们令她痛苦。她甚至不能再和你们做朋友。但她还是坚决地做了。为了我。”

是凯西从雅斯佩尔的家里发的帖，关于我爸爸的。哪怕现在时间倒退，我也发现不了会是这样。可能是我对凯西的记忆里掺杂了太多的悲恸，以至于很难看清楚。也有可能，分散我注意力的不是凯西的衣服，或者朋友，甚至是她的酗酒。也许是我内心深处知道，她已经背叛了我。

就像瑞秋出卖了我妈妈一样。也许我妈妈也有这种感觉。

“文斯，你错了。”我妈妈轻声说，她的眼睛现在闭上了，应该是不想看枪，“你就不想用正确的方式完成你的使命吗？去阻止应该阻止的人？”

这是一个不错的策略、逻辑。如果文斯一直在听，可能会奏效。

“显然，我们不应该接触昆汀·卡顿博士。但是当建筑师告诉我这项研究时，她还告诉了我卡顿博士是谁，告诉了我他容易相信自己的谎言。我很后悔让凯西去和他说话。”文斯说。他摇了摇头，深吸一口气。“但像卡顿博士这样的骗子，他们打着自己的算盘。而且往往不是你所期望的。像苏菲－安。我向她寻求帮助，她却决定从本的手机中获利。”

“你杀她就是因为这个？”我问道。

文斯看起来很震惊，而且我能看得出来，这真的出乎他的意料：“苏菲－安死了？”

“她被一辆汽车撞死了。”

“哦，”他的难过似乎发自内心，而且确实吃了一惊，“太可怕了。但我不知道她出事了。我发现自己无法解释的事情太多了。就像发生在凯西身上的事情。我知道她的死是我的错，不管究竟发生了什么，或者为什么。但是我希望，等我的建筑师朋友来这里——”

“她要来这里？”我问道。

“她让文斯把我们带到这里，等着她来。”我爸爸说。

“我们必须离开这里，”我转向我的妈妈和爸爸，“这是一个陷阱。”

就在这时，外面传来一声巨响，还有一道亮光。我们全都看向五六米远的仓库后面的窗户，就连文斯也在看。然后我们看到，黑暗中燃起了熊熊火焰。

“噢，我的天，”我低声说，“他们要烧毁这里。”

当我回头时，文斯的枪放低了，他正在凝视黄色和橙色的火焰。我的妈妈正趁文斯不注意，慢慢地走开。很快他的枪就垂到了地上。他望着燃烧的火焰，感到很困惑，却放松了下来。他已经做好结束的准备。

“快！”我的妈妈大叫，把我拽了起来。我的爸爸和吉迪恩已经开始向前奔跑。

我以为文斯会来追我们，会试图阻止我们逃跑。但是没有，他只是坐在我爸爸刚才坐的椅子上。他放下枪，仰起头，闭上了双眼。

当我妈妈和我跑到仓库的前面，我爸爸已经在撞门。

“锁上了！”他大喊，“他们把我们锁起来了。”

“快，我们得想别的办法。”我的妈妈说。她努力保持镇定，但是她的声音里透出了恐惧。“试试看窗户。”

我们从一扇窗户跑到另一扇，没有一扇能打得开。我妈妈抡起一把折叠椅就往窗户上砸，但窗玻璃只是破碎而已，没有脱落。

“停下，停下，这是防碎玻璃。”当我妈妈再次抡起椅子，我爸爸说，“我们得想别的办法。”

吉迪恩把双手平放在远处的墙上：“它已经很热了。”

我们在仓库里跑来跑去，检查每一个角落，想要出去。突然，我看到在那个小金属盒里有一个本子。我过去翻开本子，看了看，推测可能是文斯的日记簿。而夹在本子后面的是从凯西的日记上撕下的纸页，和雅斯佩尔收到的一样。一定是瑞秋干的。现在它在文斯这儿，和他的日记在一起。也有可能不是他的日记。我只是粗略翻阅，无法断定就是文斯的——有可能是瑞秋干的——目的是让文斯情绪失控。现在证据更充足了：文斯为了复仇，会不惜一切——包括杀死自己和我们所有人。

我们将就这样被清理干净。绑在弹弓上，弹飞。一切可怕的结果都会由文斯——一个情绪失控、悲伤欲绝的信徒——一个人承担。

当爸爸再次猛拉大门时，火焰已经蹿到了前窗。火势在蔓延。

我尽量避免去想我们会先被什么杀死：烟雾、火焰，还是仓库倒塌。

不会的，我们还有机会。我觉得有人在外面，就在不远处。不止是放火的人，还有救我们的人。

于是我开始砸门。

“救命！！救救我们！！”我深吸了好几口气，“我们被锁在这里！！”我转向我的家人：“我们得把动静搞大，搞得很大。我想有人在外面。”

“有人吗？！有人吗？！”吉迪恩站在我的旁边，他握紧拳头，更用力地锤门，“我们在这里！”

很快，父母也到了我们身边，所有人全都开始敲门和呐喊。现在火苗蹿得太高，我们已经看不到窗户了。

终于，外面有一个声音传来。

“停停，嘘，嘘！”我挥手让大家停下来。

又听到声音了，闷闷的，但毫无疑问是真实的。是人声：“退后！”

“好的！”爸爸大声回应，挥手让我们往后退，“我们退后了！”

门外传来巨大的砸门声，门哐哐晃动，仿佛是在与一把大锤抗争。最后，门开了。就这样开了。片刻的宁静，然后是难以置信。瑞尔手握一个大哑铃冲了进来，莱奥和另一个女孩在她的身后。

“快！快！”瑞尔喊道，催促我们出去。爸爸妈妈和吉迪恩跑在前面，冲出了门。我在后面，而瑞尔在我的身后，她似乎在找谁。“雅斯佩尔不在这里？”她问道。

“他为什么会在这儿？”我问。我已经有一种不好的预感。

“糟糕，”说着，瑞尔还在四下张望，“他在这里，某个地方。”她看向另一个仓库。在它的上方，烟雾也已经开始升腾。“快！我们得去另一个仓库看看。然后我们离开这里。我外公派人放了火。这些人肯定还在这儿，他们会确保任务完成。”

我看向莱奥和另一个女孩：“跟我爸妈说，我就来！”

莱奥皱起眉头：“我不——”

“去吧，莱奥，拜托。”瑞尔说，“你也是，玛莉。你们要确保没人跟着我们。如果我们没有回来，你们就要——”

“我要跟你一起去！”莱奥大喊。

“拜托，”说着，瑞尔冲上去，把手放在他的脸上，“拜托，莱奥。”

“好吧，好吧，走吧。”说着，玛莉拉走莱奥。而我并不知道是应该为瑞尔选我做同伴而高兴，还是我只是她最无所谓牺牲的人。

从仓库出来之后，瑞尔和我轮流用大哑铃来砸第二个仓库的门把手。这并不容易：哑铃很重，把手很硬。但是最后它还是被砸开了，掉落在地上。

当我们推开门时，里面烟雾弥漫。黑暗的走廊尽头发出阴森的光，光线在烟雾中折射，就像没有转动的迪厅圆球灯一样。我听到在我们身后，我爸爸妈妈远远地呼唤我的名字。我们时间不多。我不能让他们进来找我。

瑞尔和我匍匐前进，脸朝下，避免吸入烟雾。我扭过头想去看已经爬了多远，但是只看见身后的阴霾。

“有一些，有人……”我低声说，不知道怎么去表达自己的感受——我感到我们的处境比之前更加糟糕和危险。

“不好的预感，”瑞尔说，“我也有。”

“但是雅斯佩尔……”

“我知道，他也在这里。”她说，“好了，我们时间有限。”

我们缓慢进入仓库深处。“雅斯佩尔！”我大喊，“你在这里吗？”

我们一边竖着耳朵听，一边继续向前爬，不时朝黑暗中呼喊。我们沿着墙壁，墙壁处烟雾好像少一些。

正在思考等下我们是不是必须折返的时候，我突然被拽了起来。于是，我与昆汀再次面对面。他一只手血迹斑斑的，抓着我的胳膊，另一只手握着一把刀。昆汀把我拉过去，用刀抵住我的喉咙。

“你对雅斯佩尔做了什么？”我大吼。

“威利！”是雅斯佩尔的声音，“放她走！”

他还活着。我们找到他了，他安然无恙。我悬着的心终于放了下来，一时间忘记了昆汀和他手里的刀。

“我们都要赶快从这儿出去。听见没有，昆汀！”瑞尔喊道，“这里已经是一片火海！”

昆汀摇了摇头。“我要赶快从这儿出去，”他冷静地说，“而你们休想。”

我看到瑞尔向昆汀身后看了一眼。只是一眼，很快。但那不是随便看的一眼，我能感觉到。那背后大有深意。当瑞尔和我再次对视时，她希望我注意。哑铃还在她的手里。她将有所动作，而我要做好准备。

“拉索！”瑞尔喊道，她又向昆汀身后看了一眼，仿佛有人从他后面走来。

昆汀大吃一惊，急忙转头去看。瑞尔趁机将哑铃砸向他。“你在干——”“砰”的一声，哑铃砸中昆汀，然后掉在地上。

“我去！”他喊道，弯下腰去摸他的脚。

就这样，刀不再抵着我的喉咙。我飞快跑开。

“你他妈的贱人！”昆汀冲着瑞尔大喊，向她举起刀。

但是雅斯佩尔动作更快。他手里有什么东西。他对准昆汀的头就是一击，用上了他运动员的全力和精准。

昆汀的头被击中时，他踉跄了一下，但是没有立刻倒下。他的一只手想去摸自己的头，还没碰到——

“呃”是昆汀在倒下前说的最后一个字。

雅斯佩尔站在昆汀的身体旁边，惊呆了，不敢相信自己做了什么。他低头去看还紧握在他手里的金属管。

“雅斯佩尔，快！”我把他往门的方向拉，“没事的。我们现在得赶快离开这里。可能有人正在赶来。我们走吧！”

〔威利〕

几小时后，我们都回到了我家里：我的爸爸妈妈、吉迪恩、玛莉、莱奥、雅斯佩尔和瑞尔。距离天亮还有很久。我们震惊和沉默着，像僵尸一样走来走去，会被每一点微小的噪音惊吓到。我们当然知道，在家里也不安全。但是无论在哪里都不安全，而且我们也没有地方可去。

我的爸爸和妈妈都洗过澡了，雅斯佩尔也是。他现在穿着我爸爸的一条旧运动裤，既舒适又怪异。玛莉和莱奥帮我妈妈找出家里所有的零食，放在厨房的餐桌上。大部分是饼干，还有一些放了很久的薯条。然后，我妈妈开始为我们每个人倒水。

“抱歉，东西不多。”我妈妈指指那些零食。

“现在谁还有食欲？”雅斯佩尔说。他望着桌子，一点胃口没有的样子。

我们面面相觑。可能要用“魂飞魄散”这个词来形容我们的感受才足够准确。劫后余生，可我们知道，现在可能还没有脱离危险。它不像一场车祸，躲过去了就安全了。他们是不会放过我们的。他们也知道我们知道这一点。这意味着我们别无选择，只能赶在他们得逞之前找到他们。

“幸好放火的人没有对我们开枪。”我说。尽管我一点都不觉得幸运。

“这不符合他们故事的设定，”瑞尔说，“这会引发太多问题。整场大火，烧死你们所有人，这应该是他们的目的。所以，他们还会动手。但不是今晚。他们行事过于谨慎。”

“我们需要报警。”我妈妈说。

“警方应该已经快到仓库了吧，”我爸爸说，“你们已经报过警了，对吧？”

“那不代表他们会派人过去。”吉迪恩说。

“所以，我们应该打电话给别的人，”莱奥说，“瑞尔，我们必须让更多人知道你外公的事。”

“我同意。但是打给谁？”瑞尔问道，“我们能信任谁？”

“我们可以打给奥希罗的妻子伊丽莎白。”我基本是在对吉迪恩说。问对人，就会有答案。“她可以问奥希罗，奥希罗知道我们该信任谁。”

“好主意。”吉迪恩点点头，起身去打电话。

“大家都喝点水吧。”我妈妈说，“还有，大家都没受伤吧？”

她环顾每一个人。我们都点头确认：没受伤。她现在开启了妈妈模式。每次有非常重大的事情让她担心时，她都会变成这样：盯住小事，她力所能及的那些事。之前我一直不喜欢她这样。但是现在，我感觉这简直是一个人能具备的最优秀的品质。

当我妈妈发现我在注视她时，她朝我走了过来。“我们能聊一会儿吗？”她问道。我点了点头，于是她用一只胳膊挽住我的胳膊，带我走向客厅的沙发。我们还一直没有交谈过，没谈过任何事。

在客厅里，她对我说：“对不起，威利。”我坐在沙发上，而她望向窗外，双臂交叉，抱在胸前。“永远相信瑞秋。努力去做，就能做到。当我写下在看守所交给你的那封信时，我还不知道她牵涉在内。事发后她让我深信，要是我离开，你会更安全。几个月来，她帮助我销声匿迹。我住在她的小木屋里。她跟我说，我把精力放在寻找盟友组队的话对你会有帮助。她甚至帮我牵线搭桥，我现在才意识到，原来这些联系人都是在帮她。”我妈妈摇摇头，对她自己感到失望。“实际上，她只是想利用我取得你的信任，这样她就可以用这个疯狂的文斯作掩护，对我们斩草除根。”

“她骗了你，妈妈，”我说，“而且，她为此精心准备了几个月，甚至几年，我也丝毫没有察觉。所以，你才会相信她，我也才会相信她。”

不过我知道，我的故事更加复杂。不是忽略了警示信号那么简单。而是我自身的问题，哪怕是现在，我还是不够相信自己的直觉。

“但我知道瑞秋是一个坏人，”她说，“所以我才不再与她联系。”她在我旁边坐下，非常内疚。

"你想要相信她变了，"我说，"你想给她一次机会。情绪并不总是完美的。即使你能读到它们，有时也很难相信它们。顺便说一下，人们对事实的认识也会出错。每时每刻都在发生。"

"但我应该保护你，"她泪眼蒙眬地与我对视，"这是我最重要的职责。"

"要我说，你已经做得很好，所有事情都考虑到了。"我指着自己的身体，"我还活着。"

她微笑着，紧紧抱住我。而我感受到满满的爱。简单、纯粹、深沉。她的爱。还有我的爱。"你从哪里学得这么慷慨？"

"从你那里，"我说，我的声音闷在她的头发里，"我都是跟你学的。"

然后，雅斯佩尔出现在客厅里。

"我想出去透透气。"他指着门说。

我站起来："我和你一起去。"

"要小心点，"我的妈妈警惕地说，"别走太远，就在门廊待着。"

而我希望这个提醒是无比荒谬的。

"好的。"我说。

在我们冲出仓库之后，雅斯佩尔已经多次告诉我他没事。但是很明显，他有事。不过我什么也没有说。我们在屋外的台阶上坐下，望着对街房屋上方的天空。天刚刚要亮。太阳就快出来了。那预示着什么。

"要不是你，我已经死了。"我说，因为我非常确定是他手里那根金属管的感觉让他心神不宁，“你做了当时我需要你做的事。”

“但是我之前想过。我想这样做，在我‘需要’这样做之前。”雅斯佩尔注视着远方的地平线，“如果杀死昆汀是正确的，那我现在为什么感觉这么糟糕？”

我耸了耸肩：“因为很多时候做正确的事情都会感觉糟糕。”

雅斯佩尔微笑：“你就这样安慰我？”

我也笑了：“抱歉，我是一个异类。这并不代表我很会安慰人。不过，也许你不该老是觉得自己每一件事都做得很糟糕，还寻找证据去证明它。你可以决定你做什么、你是谁。”

“看，这样说就好多了。”雅斯佩尔靠着我。

“嗯，因为这话是我的心理医生说的。”

之后，我们沉默了一会儿。

“这一切还没有结束，对吧？”最后，雅斯佩尔问道。

“嗯，”我说，“我觉得他们不会善罢甘休，除非我们打败拉索。”

“我们怎么做到这一点？”他问。

“想办法。”我说，“听着，我真的很抱歉，写了那封信。你妈妈让我写的，我不应该听她的，不管她说什么。我知道这有风险。”

“要是没有写那封信，你可能会进监狱，”他说，“而我可能会死。”

“你知道我写的——那不是我的真实想法。”我说，故意不去看他。

“我没有办法知道你的真实想法，”雅斯佩尔说，然后他转过头来深情地看着我，我别无选择，只能看他，“我不是异类，记得吗？

你得告诉我。”

“好吧。”我说。我闭上眼睛，尝试深吸一口气。我提醒自己妈妈说过的话：勇敢有很多不同的方式。“我想，也许，我开始喜欢上你了。”

当我强迫自己睁开眼睛时，雅斯佩尔正盯着我，挑起眉毛，嘴角露出一丝微笑。“‘也许’？‘开始’？很多修饰语哦。”他呼出一口气，像在嘲笑我，“不过我想也还行。”他点头，“嗯，完全可以。”

说完，他就开始亲吻我。

在医院病床上的奥希罗派来了我们可以信赖的警官。穿着制服的牛顿警官对工作以外的事情没有任何兴趣，他们只想保护当地人免受眼前的伤害。他们到达的时候，天已经亮了。

我们聚集在客厅，尝试条理清晰地说明在仓库发生了什么，于是只能从头说起。我们首先讲了文斯、昆汀以及我爸爸的研究。但是需要说明的东西太多了。最后由瑞尔讲到了拉索。她来解释是最合适的。

“参议员拉索绝对是这一切的幕后主使，”瑞尔说，“他是我的外公。”

“你是说那个总统候选人？”一名警官问。他胖胖的，眼睛浮肿，秃头。

他看向自己的搭档。他的搭档是一个大臂上全是文身的女人，脸上一副没时间听人废话的表情。

“我就知道那家伙是个混蛋。”她说。

“呃，唔，”胖警官说道，“你如果想让我们做点什么，就必须证明这位参议员有切实的犯罪行为。因为道德法律之类的不归我们部门管。”

“我们有证据，”我转向瑞尔，“对吗？”

“我们会有的，”她说，“我们会有的。”

“我们一有证据，你们就会帮助我们吗？”我的妈妈问警官。

“或者是为你们找到能帮助你们的人。”女警官说。

我能感觉到她是认真的；她非常相信自己将找到对的人，并彻底解决问题。但是我已经知道她不会成功。我知道，唯一能够保护我们的人是我们自己。即使是现在，我们仍然可以保护自己。

我们，异类们。我们每一个人都不止具备读人的能力。我们既强大，又无力；我们既特别，又平凡；我们善良慷慨，我们也会犯错误；我们很复杂，我们也是人。

但是我相信，我们团结起来，将战无不胜。而现在，我们必须团结起来。

8 月 15 日《黄金时代新闻报》采访参议员戴维·拉索的采访稿

查得·迈耶：我们上次交流时，有传言说你可能会竞选总统。现在你已经正式宣布参选。你的政府会优先处理哪些问题?

参议员拉索：安全和隐私问题。世界瞬息万变，我们必须去适应。最近有一项研究表明，一些个体似乎具备超强感知能力。大众对此还不了解，但是我们军事委员会是做过长期研究的。

查得·迈耶：你指的是最近的报道中经常提到的异类吗? 所有人似乎都在谈论她们。

参议员拉索：是的。选民应该问问自己，谁能最好地应对像异类这样的复杂挑战。我们必须保护非异类的公众的隐私，当然，我们也必须保护异类。我们在设法保护这些年轻女孩，她们当中有很多都搞不懂这种新能力。此外，谁也说不准我们社会上的一些非主流群体会不会想利用她们。我们也必须保护异类不受他们的伤害。

查得·迈耶：能详细说说你的计划吗?

参议员拉索：现在说的话，会破坏我们已经做出的努力。所以我不会说，尽管说出来对我的竞选有利。如果我的胜选以牺牲美国人民的利益为代价，那是没有意义的。

〔 异类们 〕

9月中旬的印第安纳州，你能想象到是什么样子：炎热、玉米丰收。我们飞往印第安纳州的波利斯。这座城市比波士顿要小，但它是一座真正的城市，拥有高大的办公大楼和漂亮的餐厅。我们坐着查恩斯弟弟的车，在这座城市中穿行，去参加集会。查恩斯的弟弟是我们在当地的联络人。他知道路该怎么走，以及我们怎样才能不被发现。他还在当地给我们找了很多帮手，解决了我们的吃住以及必需品问题。这些人还会在必要的时候献出生命来掩护我们。

不算查恩斯的弟弟，我们一共有5个人。3个异类，两个普通人。尽管存在这样的差异，我们仍旧团结一心，要阻止拉索。我们特意选了这次集会，因为全国人民都将看到这次集会的直播。而我们即将做的事情需要这种报道。

最后，牛顿警方尽了全力帮助我们。但是他们很快被制止了，像其他人一样受到了权力人士的威胁。我们自始至终都很清楚，我们别无选择，只能自己掌控局面。在前线战斗。我们现在做好了充分的准备。我们制订了一个游戏计划——不仅是为今天，也是为了后面的计划。有人——很多人——愿意帮助我们。这些人拥有各种各样的技能，甚至还有一部分人手握一些权力。

但是就今天而言，我们只能依靠自己。这是我们所希望的。

是的，我们失去了拉索手机里的证据和几乎所有的照片。但是仅剩的那一张照片至关重要。我们已经确保瓦塔可士兵研究中心、波特夫人和狼没法儿与那些女孩的尸体——失踪的女孩——撇清关系。这并不难，只需要打几个妥善的电话。而要将拉索绳之于法则很困难。但这是我们的机会，我们手里有他的车停在瓦塔可士兵研究中心前的照片，以及伊丽莎白提供的其他文件。这些证据将让他百口莫辩。我们相信成功在望。

掌握这些证据已经有一段时间了，但是我们一直在等待合适的揭露时机。如果他还没参选总统，我们就过早行动，那么他的罪恶可能会被当成噪音所接受。但是拉索成了总统候选人，现在每个人都在看，每个人都会知道。

如果我们没能得手，如果这个计划失败了，大部分异类将完全不受影响。不过，我们不允许自己失败。我们计划了太久，做了万全准备。但是我们知道，胜利的道路可能要比预想的长得多，也更加曲折。

我们只希望，这会以建筑师，也就是瑞秋被逮捕来收尾。现在她是参议员戴维·拉索的竞选经理、左膀右臂。有传言说，不出意外，她会在他的政府担任要职——国务卿、司法部长之类。但是谁又知道瑞秋的下场会是什么？傀儡的悬线一旦被切断，就很容易摔跟头。

参议员拉索的集会在州博览会的那头。当我们驶过那里，爆米花和漏斗蛋糕[1]的香味与车里的干草味混在一起。那是希望和纯真的味道。

我们越远离城市，越觉得温暖。查恩斯的弟弟说，即便是印第安纳州也很少这么温暖，今天很特别。他弟弟是一个很好的人，真诚善良，就像查恩斯一样。要不是必须回去参加波士顿学院冰球队的训练，并掩护雅斯佩尔，查恩斯这次也会一起来。

我们朝着高高的摩天轮和旋转木马的方向看去，看到笑着的孩子把他们的父母拉向博览会的大门。真不敢相信，他们还一无所知。

我们只能希望，在真相大白之后，当他们知道这有多糟糕，当他们了解拉索说的“保护异类”的真正含义的时候，一切会有改变。但是很多人已经同意他的观点。他擅长直戳人心。大部人很难接受有一些人——异类——能看透自己的感受这个事实。他们认为这绝对是不合理的。甚至是应该批判的，就像巫术一样。在拉索的煽动下，大多数人产生了恐惧，因而没有了善意。异类的人数如此之少，他们的利益为什么要在那么多其他人的利益之上？

终极问题将是：人们真的会去保护异类吗？

1 美国一种极具特色的街边小吃。

终于到达目的地。我们从查恩斯的车里下来，到了9月的艳阳下。我们身穿印着“支持拉索，隐私就是力量”的T恤衫，慢慢走向大门。当然，我们不是真的支持他，但至少这场集会上没有人能识破。就算是那些能读出我们想法的人，也会假装不能。当靠近入口处时，我们被众多拉索的支持者围住，他们也穿着同样的T恤衫。我们没有想到他的支持者会有这么多，也不希望有这么多。

但是我们不能让敌众我寡这个事实改变原本的计划。

在大门口，我们戴上以假乱真的贵宾通行证，是伊丽莎白·奥希罗给我们的。Level99现在已经不复存在，成员们也都走了。到最后，他们听从的是瑞尔的警告，而不是布莱恩的保证。

我们已经商量好，要是我们被捕，由谁作为代表说话。我们将遵循另一项核心原则，异类规则# 10：当真相已经非常接近时，谎言一般更好。

瑞秋知道这一点。虽然我们一直不想承认她对此理解透彻。

我们挥手向门口的老妇人微笑。她看起来像是一个善良的人，应该会相信我们编造的故事。我们举起伪造的贵宾通行证，告诉她我们与拉索的特殊联系，以及它与家人的关系。我们跟她说，参议员拉索的助理玛吉说可以让我们进去。

这位叫玛吉的助理是真实存在的，虽然她从来没有听说过我们。

“哦！”这位老妇人叫起来，“太好了！”她挥手示意一名保安：“把他们带到后台，玛吉那里。”

从那里，转介绍开始了。当然，这是我们故意为之。随着保安人员把我们交给后台助手，我们是谁，我们为什么在那里，都变得更不清楚。到了最后，已经没有人知道我们是谁。我们被交给了玛吉，她身材娇小，长着一双蓝眼睛，留着鲍勃头，头发一看就是精心修剪过的。

“哦。”她说。她看着我们，回忆了一下是否同意过把后台通行证给谁，甚至是参议员的亲戚。没有，她心想，她不可能愚蠢到这样做。但是她太担心自己的记忆出错。所以，当她说第二句话的时候，她说的是“没错”。

而我们的真正要务是：靠近一个特定的开关，将它切换到 AV；伊丽莎白描述过它的样子。切换之后，伊丽莎白就能控制那个系统，把我们连到直播，然后这里发生的一切就会传播到全国各地。

玛吉把我们带到一个大型拖车式活动房屋，感觉就像参议员是某个电影明星。当然，这正是拉索想要的效果。甚至可能是他指定的。玛吉看了看自己的手表。她耽搁了。她不想打扰他。

就在这时，我们发现了需要切换的开关。就在那里。我们已经在最合适的位置。

拖车的门已经打开，参议员拉索穿着蓝色西装往下走，他的一头银发在阳光下更加明显。他的注意力被吸引住了，他在与身后的人说话。也许有人在介绍他，那人肯定在夸奖他。很快，瑞秋出现了。容光焕发。她终于获得了自己想要的位置。在那一刻，很难判断他们俩谁更坏。

走到一半的时候，拉索看到了我们。我们挥舞着手。瞬间，时间仿佛停滞了。拉索愤怒地叫来一名保安。他肯定在对保安说：把他们赶走。

是时候了。跑动起来，并撞倒什么东西。趁着骚动，去切换开关。这正是我们所做的。

一切顺利。严格按照计划。

半小时后，我们坐在州博览会西边的水枪游戏的上方。我们看着这场集会，每当有谁获胜时，就会有风铃声传来。我们等着，从第一个发言者到最后一个发言者，参议员拉索终于站在了中心舞台。现在太阳正在迅速下落，天空开始变成粉红色，并且出现又长又弯的条纹。木炭的气味，还有夕阳。靠近树木，在欢笑和人群之上，是如此的宁静。是的，我们认为这次会成功。我们可以感觉到。

瑞秋走上台介绍拉索，骄傲地说着他取得的各种成就。我们努力无视这些话，不然我们的愤怒会一发不可收拾。相反，我们必须坚信善良和正义。毕竟我们拥有的只有希望。

我们远远地看着领奖台上小小的拉索。我们并排坐着，双手紧握，面朝夕阳。我们屏住呼吸，祈祷这就是结束。同时，也可能是一个开始。

终于，拉索背后的屏幕切换了。上面的影像被一圈长长的稳定的闪光所取代。每一份文件，不管加密的还是私人的，拉索的每一步恶行，他要为之负责的所有恐怖之事。画面上有他的车牌号照片，有年轻女孩，包括瑞尔和凯尔西，有瓦塔可士兵研究中心，有EndOfDays发布的赞扬他的虚假新闻文章。最后一个图像是女孩们的照片。那些失踪的女孩。也许是异类。她们的手指绝望地伸着，想要抓住什么人，或者什么东西。

人群中传出议论声，有些人感到疑惑。当观众开始明白那是什么，他们倒吸冷气。图像播得太快，他们无法马上理解。但是媒体会慢速播放，并做出解读。他们会去揣摩图像背后的意思。虽然现在还是零散的点，但是可以组成一幅幅图像。它们最终会发生碰撞。

然后拉索的恶行就会真相大白。人们会知道他的丑陋本质：他只在乎权力。他的权力。

在那一刻，我们终于达成了长久以来的目标。每个人都有特殊之处，但同样都是勇士。会思考，但也会感觉。勇士们会坚持奋斗更久，为了他们所爱的人和他们的信仰。为了他们从未见过的人，永远不会认识的人。为了正义，为了世界本应有的样子而奋斗。

勇士们强大而完整。最后也获得了自由。

〔尾声〕

参议员拉索在大选中落败，参议员拉娜·哈里森以微弱优势胜出。尽管进行了广泛的联邦调查，但是预计参议员拉索不会受到任何犯罪指控。

拉娜·哈里森总统已经开始推动 1964 年民权法案第 7 章的修改，希望扩大权利和纳入一些受保护群体，其中就包括异类。

她还创建了自由学院，致力于保护所有少数群体。自由学院尚在规划阶段，但它已经有了自己的口号：知识就是力量。

致谢

感谢我的编辑詹妮弗·克伦斯基，在异类三部曲创作过程中的辛勤付出与慷慨帮助。感谢非常耐心和异常勤奋的凯瑟琳·华莱士。还要感谢克劳迪·加贝尔以及杰出的哈珀团队的其他成员：吉纳·里索、艾博尼·拉德尔，以及封面设计师莎拉·考夫曼。

特别感谢苏珊·墨菲和凯特·杰克逊。

感谢杰出的哈珀营销、宣传和图书馆团队。还要感谢哈珀所有尽职尽责的管理评论人乔希·韦斯、马克·里夫金、贝瑟尼·雷斯和校对瓦莱丽·希。

感谢亲爱的代理商，马·鲁索夫。谢谢你所做的一切。特别感谢朱莉·莫斯科的明智建议。还要感谢迈克尔·拉迪尤利斯卡、莉齐·克里默、哈丽特·穆尔，以及了不起的沙里·斯迈利。非常感谢持之以恒、耐心积极的凯瑟琳·弗。还要感谢劳拉·蔡森和蒂娜·华纳。

感谢智慧的丹尼尔·罗德里格斯又想到一个这么棒的书名，感谢维多利亚·库克的慷慨赐教和友善，感谢梅根·克兰的长期支持，尤其是关键时刻的陪伴。

非常感谢好朋友的倾力支持：马丁和克莱尔·普伦蒂斯、凯瑟琳和戴维·波黑吉安、辛迪、克里斯蒂娜和乔伊·巴泽奥、杰夫·约翰、卡拉·克拉根和迈克尔·莫罗尼、德拉甘一家、克兰一家、乔和娜奥米·丹尼尔斯、拉里和萨齐·丹尼尔斯、鲍勃·丹尼尔斯和克雷格·莱斯利、戴安娜和斯坦利·多姆、埃琳娜和达恩·潘西安、达沃·费希尔、希瑟和迈克尔·弗通、塔尼亚·加西亚、索尼娅·格雷泽、妮可和戴维·基尔、梅里·科特、哈利·勒文、约翰·麦克特和基姆·希利、布莱恩·麦克特、梅茨格一家、贾森·米勒、塔拉和弗兰克·波梅蒂、斯蒂芬·普伦蒂斯、玛莉亚·伦兹、汤姆·巴尔、莫托科·里奇和马克·托平、乔恩·赖尼什、布朗温·斯坦、托马托一家、梅格和查尔斯·翁茨、丹妮丝·扬·法雷尔和彼得·法雷尔，以及克里斯廷·余。

感谢耐克·阿洛沃洛给予的温情与慷慨。

艾默生、哈珀和托尼：我最为感谢的永远是你们仨。